10 years.
1908 km

one
NIGHT
in
BEIJING

王威廉——著

人間出版社
中國作家協會

北京一夜

認真編織一場小說家的夢

藍建春（靜宜大學台文系副教授）

看完這本書的初稿之際，我腦海裡不免萌生著些許困惑。究竟，這樣一本小說、這樣一個作家，適合怎樣的讀者？或者說，是怎樣的一種讀者，會越看越過癮？在哪些情境之下，會油然而生心有戚戚焉之感？這些問題，其實都還不難找到對應的答案。比較複雜的倒是，如何找到一個最適切的方式，來描述或介紹這本小說。當然，這也正是這篇短文最主要的任務。而這下，可有點難倒我了。

猶記得，大約半個月前，編輯傳了封e-mail來，想託我幫忙寫篇序文之類的，隨信附帶了一個檔案，正是小說集其中的一篇，〈第二人〉。儘管篇幅算是蠻長的，但我還是迅速地把它給瀏覽過一遍，以便盡快回覆。還記得，我當時的回信中，只簡短地表示，「好像有點意思」。

說起來，一開始的時候，我那封回覆之所以如此簡短、經濟，其實背後的原因，只不過是匆匆閱讀過後，一時難以把當下抓到的感覺，經過沉澱、再化為精確的理解把握。所以只好從權地給了一個模稜兩可的精簡短語。待看過整本書之後，這個「一點意思」，總算比較清晰了些。

原來，那點意思的產生，可能正來自於這位、大陸俗稱「八〇後」的作家王威廉，在他的作品中所運用的敘述手法。一種既「近於大眾通俗、流行範疇」，卻又「隱含深奧哲思的詭異綜合」。而這也正是我多年來，曾經反覆用來為難自己的一項小說難題。如果主流文學老是長得那麼高不可攀、難以親近，而大眾文學、流行文學卻生就一副別來這裡自找麻煩、只要過過癮就好的長相，那麼，這兩者難道就不可能揉合出一種新的面貌？

我這個人平常總是瞎忙，有時忙到連自己也不清楚在忙些什麼。若有幸擁有一些連瞎忙都不用的休閒時間，通常便不大會再去研讀什麼勞什子解構、後現代、環境正義、生態批評，什麼P. Bourdieu、什麼J. Rawls，連M. Atwood也不碰、連F. Kafka也不摸。如果還想看點有文字的東西，多半便是科幻、武俠、奇幻、或者推理偵探。運氣好點的時候，恰巧找到上官鼎的新作《王道劍》，或者劉慈欣的《三體》，便會一鼓作氣練完整套武功。即使一時之間找不到新作，我仍寧願重翻橫山秀夫《震度O》、貫井德郎《慟哭》，又或者R. Jordan的《時光之輪》。言而總之，打死我也不想再謀殺自己的腦細胞，卻又想獲得一些莫名的閱讀滿足之際，這時，我總是既不臉紅、也不心跳地，翻出那些被主流批評家視為荼毒純正心靈的通俗文學、類型文學。這下可好了，這一切到底跟王威廉、跟《北京一夜》，有什麼關係？

台灣在八十年代前後，曾經也有好些所謂的主流作家，開始嘗試以科幻的形式、創作小說。知名者如林燿德、黃凡、張大春，連李昂、平路也寫了一些。但平心而論，企圖揉合流行文學形式與主流文學意念的這段過往，雖然為台灣文學歷史留下了饒富興味的作品，但反映在閱讀市場上，卻是乏善可陳、少有一般讀者予以關注。換句話說，這樣的嘗試其實並不容易兩面討好。最淒慘的結果，往往可能是裡外不是人，被當成了豬八戒扮演的蝙蝠。顯然，願意這般嘗試的作家，至少擁有非凡的勇氣、和一顆不怕人家說三道四的強大心臟。這下又好了，這些那些，究竟跟王威廉《北京一夜》存在什麼瓜葛？

我想說的其實只是，看起來，王威廉，好像就是這麼樣一個、願意嘗試也持續嘗試揉合不同小說傳統的作家。當然，我只能說好像是，也完全無法百分百肯定，王威廉已經達到了某種巨大的敘述成就。畢竟，這樣一條路，並不好走。

引發我「好像有點意思」的〈第二人〉這篇，算是中篇小說。中篇小說通常無法開展如長篇、也難以濃縮為短篇。換句話說，中篇小說〈第二人〉，同時得要通過閱讀耐性的考驗、卻又需求著有點長又不能太長的細節，從而輻輳、對應出某些抽象主題。在作品中，王威廉先是借用類似推理偵探、常見的懸疑手法與犯罪元素作為開場，進入故事中段回到童年故鄉青馬鎮，又轉而渲染一些些浪子返鄉、人面桃花式的情懷，但最令人意想不到的是，〈第二人〉的核心意念，圍繞著巨大創傷後的負面精神遺產之轉化、及其一體兩面的尋求自我肯定，則在前述的敘述基調下，成為作品最後的構成重點。我應該要多用白話才對。上述這段話的白話版大概是，雙胞胎哥哥大山，由於小時候的一場意外而導致顏面傷殘、人見人怕，當大山在成長過程中確認這樣的真理之後，決定好好運用這個具有震懾效果的利器，從此功成名就。而敘述者，則是大山的童年夥伴、長大後曾寫過一篇描述臉孔的小說〈內臉〉，於是，大山就策畫了這場綁架。只因為大山渴望能夠有一個充分理解自己這種遭遇的「第二人」，來確認或錯認自己的存在樣態。於是，小說就這樣雜揉在一種奇詭的綜合手法當中。

與書名同題的〈北京一夜〉，則有許多我們往往能夠在韓劇或者各種通俗劇裡頭常見的元素，舉凡愛的錯過或錯愛、意中人久別重逢、情慾的勃發之類。但可怪的是，王威廉卻又寫得一本正經。正經的不是兩性情愛與道德倫理的關係辯證，而是敘述者（又是一名小說家）一本正經地娓娓為讀者道來，重逢當下的各種內在心路、以及與人物感受相呼應的情境氣氛。然後，又那麼不體恤平凡讀者地，反覆運用著穿插倒敘，以便拼湊出男女之間過往的遭遇軌跡。其他諸篇如〈倒立生活〉、〈書魚〉、〈信男〉，光看篇名即可意會其非比尋常。但這些作品中刻意揉合著種種現實中的超現實成分，恰好又呼應著主流通俗的跨界嘗試。至於其他的部分，我想，就鄭重地邀請所有的讀者一起來欣賞吧。

最後，必得要提一下，我家中的太座老虎大人。我原本打算商請她一同來看這部小說，然後進行一番跨領域的對話。老虎大人身為一名部落客，文字寫作對象完全是開放式的一般大眾，題材從美妝、食宿到兒童用品，不一而足。我則老是擺弄無聊的術語、只在課堂上對大學生說教。或許可能有些火花的最初設計，卻因為不知名的緣故而作罷。但至少，老虎大人看過了〈北京一夜〉，而且留下了一句相當重要的證詞，「好像有點時代通俗劇」之類的。賓果！所以我最初最初的「那點意思」就這般獲得了印證。何況，還是來自老虎大人。就這麼樣，先有了王威廉的《北京一夜》，再有了證言，於是又有了這篇拉雜串場的非序非導短文。

在後記中，王威廉提到了小說輾轉成為灰燼的景況，卻仍未放棄講故事、寫小說。儘管傳奇故事的年代早已隨資本主義現代化而作廢，但這個時代卻依舊還有做著夢、夢想繼續說故事的傢伙，那大概就是王威廉吧。

目錄

北京一夜

在飛機上他聽到北京的地面溫度為零下十度。他的心裡劃過一絲顫慄，他知道那意味著怎樣的一種冷。那就像是什麼呢？毫不誇張地說，就像是當頭一棒的猛烈衝擊。多少年了，他在南方溽熱的天氣中淡忘了那種刺骨的痛楚。儘管南方的冬天並不好過，甚至比北方的城市更艱難，因為屋內沒有暖氣，他坐在那裡，熱量一點點耗散掉，濕漉漉的冷氣緩緩滲進骨頭縫裡，即使鑽進被窩裡，也是四肢冰涼，止不住瑟瑟發抖。但這就像是溫水煮青蛙，他時常無法採取必要的應對措施，從外邊回到家裡，似乎並不覺得冷，但坐了一會兒，忽然開始猛打噴嚏，這不僅是感到冷了，而是已經著涼了，典型的感冒前兆。這和北方完全不同，北方的冷在他看來，像是迎面襲來的強敵，他早早就做足了準備，然後短兵相接，那種冰冷像刀刃在臉上劃過，然後再刺進鼻腔，讓大腦在高度緊張中變得無比清醒。他不喜歡冷，但他喜歡那種清醒。

這時，他的耳朵感到了一陣抽緊的疼痛，他幾乎聽不見任何聲音了，飛機廣播裡正在播報的那些通知，變成了「刺啦刺啦」的電流聲，在離他耳蝸很遠的地方浮動著。飛機在下降了，北京快到了。他閉著眼睛，吞嚥著口水，耳朵深處的症狀並無緩解。但詭異的是，他突然犯睏了，腦袋裡昏昏沉沉的，想要旅程繼續延續下去，可以舒舒服服打個盹兒。他已經煩躁不安地在座位上睏了三個小時，可到了要解脫的時候，他的身體卻放棄了反抗，選擇了順從，這是多麼可笑的事兒啊。他不免想到自己這些年在南方的生活不也是這樣的狀態嗎？南方有三分之二的時間都被盛夏統治著，他在大汗淋漓中度過每天的生活。炎熱讓他親近睡眠，甚至迷戀睡眠，每天不睡滿九個小時，他都覺得身體深處的困頓像滾燙的泉水湧起，讓他煩躁不安。那是一種類似漁網般籠罩起來的困頓感，時常會讓他恍惚，甚至眩暈。他不免有一度懷疑自己的頸椎有問題。他去醫院拍片檢查，醫生只看了一眼片子，就對他露出了誇張的笑容，說：「小夥子，你這頸椎比我的都好！」這句話讓他樂了很久，因為他從來沒遇見過這麼幽默的醫生，他以前在醫院裡遇見的醫生幾乎都像泥菩薩一樣坐在那裡，在病歷本上勾畫著一些外星人的符號，然後惜字如金，多一個字都不願開口。醫生的幽默，對於他來說太特別了。當然，在飛機降落的此刻，他想起醫生的幽默，意味著更多的事物。那涉及到這次行旅的全部祕密，正是這個祕密讓北京不再是大而無當的首都，而是出自記憶與心底的親暱召喚。

座椅突然開始劇烈震顫，壓迫著耳鼓的無形之手鬆開了。飛機已經落地了，但他覺得自己反而開始向上升起，像是水裡的一個氣泡，一直向最高處升起，直到爆裂。

「北京，我來了。」他在心裡默默呼喊了一聲。在那一瞬間，他覺得自己有些矯情了，因為北京他已經來過很多次了，這個地方已經無法再給他更多的神祕和幻想。但是當他閉上雙眼，陸潔的那張笑臉終於浮現出來了，他一下子明白了那聲呼喊的真意。那張曾令他心碎的笑臉，在時間的灰塵掩蓋下，他總是回憶得不夠真切，可在這落地的瞬間，竟是那麼完整真切地出現在了腦海裡，幾乎與十年前親眼目睹的一模一樣。

「陸潔。」

他輕輕叫出了那個人的名字，眼睛竟然濕潤了。他伸手抹淚，然後用餘光四顧，暗暗慶幸周圍都是站起來忙亂拿行李的旅人，誰也不會多看他一眼的。

走出飛機艙門，不如意料，果然是那種迎面痛擊的寒冷，滿身的燥熱與困頓一掃而光。他使勁吸了幾口清冽的空氣。都說北京的空氣汙染嚴重，可他卻覺得此刻如此清爽，整個肺部都被寒冷浸透了，久違的清醒感終於從頭腦的核心位置向全身瀰漫開去。他不無遺憾地發現，自己只要極度清醒，就會變得傷感起來，不知道是天性如此，還是長時間的南方炎熱改造了他的性情。無論如何，寒冷帶來的清醒讓他有點兒不知所措。

他跟著人流走，出了候機樓，然後排隊等的士。在寒冷裡站了十分鐘後，他感到自己的腳趾從麻木變得疼痛，他跺起了腳，銳痛變成了鈍痛。好在，終於輪到他了。他鑽進車裡，一位花白頭髮還戴著墨鏡的老司機問他去哪兒，他說出了那個名叫「和平里」的地方。多麼好的名字，許多城市有和平大街，可只有北京才有和平里大街，是處在和平的裡邊呀，該有多溫暖。

從車窗望出去，脱光了樹葉的白楊密密麻麻站在一起，像是一群瘦骨伶仃的逃荒者。時已黃昏，橘黃色的夕陽像潮水一般瀰漫在白楊林的縫隙之中。這樣的風景讓他感到震撼，他掏出手機，拍了一張照片，發在了微博上。關於文字説明，他只用了三個字：風景裡。這是從「和平里」得到的啟發。在這片風景裡究竟有什麼打動人心的東西呢？他一時也想不清楚，只覺得疾馳在路上，那風景便深深印刻在了心底。

坐在他前方戴墨鏡的老司機，專心開車，一直無話，這讓他還有點兒不適應。以往每次來北京，只要坐上出租車，司機便會天南海北和他侃起來，他聽到了許多新鮮和刺激的小道消息，覺得平靜的水面之下原來有這麼多的騷動。可這次，他卻碰見了一個沉默的北京司機，沉默，正如這窗外的風景，暗暗有了一種壓迫的力量。

快進城的時候，司機終於説話了：「這事兒太危險了。」他扭頭看到一輛轎車停在了路邊花壇的邊沿上，就在那飛馳而過的一瞬間，他看到那車的後座上坐著一男一女，他們居然還擁抱在一起。這一幕簡直是赤裸裸的暗示，讓他想到了自己和陸潔，彷彿擁抱的那對男女就是他和陸潔，而不是別人。怎麼可能是別人呢？只有他和陸潔才需要那樣，在命運趕來之前緊緊廝守在一起，再也不分開。

手機響了，是陸潔打來的，他盯著手機屏幕，心跳開始加快。他按下接聽鍵，還沒說出個「喂」字，就聽到陸潔急切卻不乏溫柔的聲音：「你落地了吧？」

「我已經在出租車上，」他說，「快進城了。」

「啊？」陸潔愣了下，「你怎麼不先和我說聲兒？」

「沒關係的，我想住下了再和你說。」

「那好吧，你住下後，先休息一下，然後就在酒店的三樓自己吃晚飯吧。吃好點，不用等我，我會晚點過來。」陸潔一口氣說完，然後笑了起來。

「我不餓，等你一起吃吧。」他脫口而出。

「嗨，別傻了，」陸潔笑了，像是曾經那般天真的笑聲，「我也想和你一起吃，但有個接待任務，走不開。」

「你們醫院不治病救人，搞這麼多接待任務幹什麼？」他調侃道。

「沒辦法啊，陪好領導這不是為了救自己嘛。」陸潔的嘴巴伶俐極了。

電話掛斷了，他被一種奇妙的情緒籠罩著。他是如此思念這個人，可和這個人的通話自始至終，不得不壓抑著這種情感。多少年來，他都沒法突破這樣的障礙，以至於每每覺得剛才與他通話的根本不是陸潔，而是一位無關痛癢的朋友，真實的陸潔彷彿還在遙遠的某處，自己費盡心力也難以觸碰。

這讓他不免再次傷感起來。窗外的高樓逐漸密集起來，他陷入了凝視之中，那些建築寬大的輪廓化做陰影一般覆蓋在他的情緒之上。帝都那種引而不發的巨大力量，讓他感到了壓迫，猶如他與陸潔之間的漫長交往所沉澱下來的重量。

和平里大街到了。他看到了藍色的路牌，看到了花壇裡的積雪，看到了街邊頭戴瓜皮帽嘴裡哈著白氣的搬運工，他來不及看清他們手中抬的是什麼，但他能感受到那東西的冰涼與沉重。他感到內心的傷感被鍍上了一層明亮的色澤，這些平凡的街景顯得如此親切。他想，北方就應該是這樣的。北方，就是沉重的，像搬運工手中的重物。他抬眼看了一眼灰濛濛的天空，掏出了錢包，車已經緩緩停在了酒店門口。

賓館是陸潔訂好的，他直接入住。房間內的陳設沒什麼意外，一張大床，一張沙發，一張弧形的玻璃寫字檯。他放下行李，這才覺出了困頓，索性仰面躺在床上。這時他才發現寫字檯靠牆的位置放著一個粉色的紙袋。這是上一位房客落下的東西嗎？肯定不是，房間早被打掃過了。那一定是陸潔事先放下的。會是什麼呢？他心中掠過一陣悸動，迅速翻身而起，一把就將袋子抓在了手中。

裡邊有一封信和一個包裝好的禮物盒。信封上寫著他的名字：家樺。那字跡讓他覺得陌生，他完全沒有了關於陸潔字跡的記憶，那就像是陸潔從未被他了解的另一面。他小心翼翼地把信捏在手心裡，然後坐在了桌邊的座椅上。他沒有急著拆開信，伸手把紙袋也拿了過來，取出包裝好的小禮物，輕輕放在面前，用手指撫摸著，彷彿那是一個有生命的小動物。外邊的走廊傳來一陣腳步聲，他緊張起來，會不會是陸潔來了？他像雕塑那樣望著門口，直到樓道重新沉寂下來。他深呼吸了一下，眼下這個引而不發的神祕時刻，他不希望任何的打擾，即便是陸潔本人也不行。

他打開了信，粉紅色的紙張上只有短短四行字，像是一首小詩：

思戀就像是指尖，
敏感至極，都不敢輕易觸碰。
我只能把它緊緊攥進手心裡
讓我遺忘，卻也讓我疼痛。

淚水滴在了紙上，他趕緊揚起腦袋，好像淚水是可以倒流回去的。他和陸潔有十年沒見了。十年，曾經讓青春的他覺得是不可跨越的距離，彷彿比死亡還要漫長。他和陸潔認識的時候，他還不到二十歲。對他來說，生命第一個十年的記憶如同空白，大多是父母替他記著；第二個十年的記憶，全是上課、放學、考試，單純得好像只有一天。因此，那時的他怎麼能理解一個十年對於成年人來說意味著什麼呢？

這種意味已不是語言所能說清的。但是，十年時間依然無法消解那一場刻骨銘心的戀情的慣性。

十四年前，他坐了二十九個小時的火車，從大西北到了廣東，進了南方大學，人生步入了一個新的環境。他以為自己的普通話很標準，沒想到南方的同學經常聽不懂他粗重的兒化音。為此，他感到迷茫和孤獨。而且禍不單行，在蒸籠樣的濕熱中，他習慣了乾燥的鼻腔染上了炎症，讓他的語音愈發渾濁起來，一開口簡直像個俄羅斯來的留學生了。他幾乎隔三差五去校醫那裡開藥，不管是口服的還是噴劑的，他都像實驗用的小白鼠那樣無條件接受。校醫是一個裝腔作勢的中年女人，她看上去威嚴不可侵犯，但實際上她只聽患者的一面之詞，你說是什麼病，她就按說明書開藥給你。他不止一次想，這樣的醫生也太好當了吧，放誰坐那兒都可以。不過，當他離開那裡，就將她忘得一乾二淨了。讓他一直留意和惦記的是那個拿藥的女孩兒，留著長長的披肩髮，個子高挑，皮膚白晰，眼睛在微笑的時候向上彎起，宛如月牙。尤其是她的高鼻梁，讓她看上去不像是本地人。她每次只是把藥遞給他，一言不發，顯得非常矜持。

那天他從正午的溽熱走到醫療室的清涼中，發現裝腔作勢的女醫生不在，只有那個女孩兒坐在那兒看書，他居然莫名地緊張起來。他手足無措地站在那裡，彷彿走錯了地方。好在那個女孩兒看到他時微微一笑，全然沒有了女醫生在場時的矜持，率先對他說：「你是來看鼻子的吧？」

他一下子放鬆了，不僅僅因為這樣的話暗示了她對他的關注，還有那樣的音調，是如此似曾相識。

「你也是西北人吧？」他問道。

「是的，」她笑著說，「我蘭州的，你呢？」

「我西安的。」

兩個人笑了起來，彷彿兩個間諜接上了暗號。接下來就容易多了，兩個人一下子就有了說不完的話，大多是關於抱怨南方天氣的，好像大西北是最適合人類居住的地方。在這樣的欣喜中，他獲得了關於她的信息：她叫陸潔，是醫學院大一的學生。他們作為同屆的新生，再次惺惺相惜起來。不過，等到所有的抱怨情緒傾瀉一空，他們的談話出現了尷尬的停頓。這時他看到了她讀的那本書的名字：《霍亂時期的愛情》，便問她：「你喜歡看愛情小說？」她不好意思地笑了笑。他感慨道：「你們學醫的女孩子真好玩，就連愛情故事也喜歡看霍亂時期的。」她大笑了起來，笑完後告訴他，她是喜歡這個叫馬爾克斯的作家。

「馬爾克斯？」他愣了下，「就是寫《百年孤獨》的那位嗎？」

「是啊。」她點點頭。

這下輪到他驚異了，他這個中文系的學生都不知道馬爾克斯寫過這樣的一本愛情小說。他對她激增了許多敬意，又不知該如何表達，木訥地說了句：「慚愧，我還是中文系的……」

「你真幸福，」她開始迫切地表達起自己的夢想，「我特別想學中文，成為作家，可我的爸爸媽媽非要讓我學醫。」

「他們都是醫生嗎？」

「不是的，」她苦笑著說，「他們都是普通的職員，根據他們的人生經驗，他們認為學醫的永遠都能端著鐵飯碗。」

「鐵飯碗，會很重的。」他想起了自己的父母，調侃道。

「重得要命，卻也能讓人徹底放鬆下來吧，對未來的擔心很折磨人的。」她忽然變得有些憂傷，低聲說：「思來想去，我還是從了他們，雖然心有不甘，但畢竟還是踏實了一些。說到底，我是個膽小鬼啊。」

他被感動了。原本的兩個陌生人，竟然在幾分鐘之內，就聊起了他們青春生命中最隱祕的憂愁，他有了一種他鄉遇故知的感覺。他不是一個善於交流的人，尤其面對這麼一個漂亮開朗的女孩兒時，就顯得更為笨拙了。

更重要的是，唯一能夠支撐著他面對世界的，是他心底充滿了激情的夢想。他覺得大學讓他的未來有了無數種可能性，這種可能性是一無所有的他引以為傲的東西，因為在無數的可能性裡邊必然包含著成功。可他沒想到的是，這種可能性卻是眼前這個漂亮姑娘害怕的東西，是令她避之不及的東西。為此，他的驕傲感恍然間鼓脹了起來。

「我不知道以後我會做些什麼，但我總想著做好一件事情。」當他發現她在很認真地聽他講話時，他有些羞怯地說：「當然，至於是什麼事情，我還沒想好。」

他說完這句話，心裡的驕傲感就完全洩氣了。他被一種不確定感給籠罩了。雖然「不確定」與「可能性」有著相近的意思，但是前者有著更多的迷茫，因而也就更加接近失敗。如果在人生的可能性裡邊包含了失敗，那麼這種可能性還有什麼值得驕傲的呢？他以往竟然會忘記思考問題的另一面，為此，他感到了惶恐，這一刻，他完全理解了女孩兒。

「你肯定會成為一個非常牛的醫生。」他接過她遞給他的藥，舉起來晃動著，彷彿這就是這句話的確鑿依據。

她看著他微笑了，彷彿這是不言而喻的事情。

陸潔的電話又來了。他不得不放下手中的禮物盒，拿起手機。

「家樺，」她叫得很親切，「你吃飯了嗎？」他能聽到她周圍嘈雜的聲音，那就像是一片瘋狂的雜草，讓陸潔的聲音更像是一朵盛開的鮮花。

「還沒有呢。」他喘口氣。

「你不餓嗎？」

「我說了，我想等你。」

「你別等我了，我都吃過了。」

「那你陪我吃。」

她被他的情緒感染了，輕輕說：「傻瓜，你吃飽點，不然哪裡有力氣。」

他沒想到她會這麼直接地暗示他，他的身體幾乎立刻有了反應。

「你什麼時候來？」他問，忽然想迫切地抱緊她。

「真快了，不過就算我現在立刻趕過去，也沒那麼快，北京太大了！你先去吃飯吧。你吃完飯，我估計也到了。」

這次他順從了，並且是爽快地答應了。掛了電話，他去衛生間洗了把臉，梳了梳頭，將自己從過去的記憶中解脱出來。他打開門，走了出去，迎面走來的服務員向他打了個招呼：「先生，晚上好！」他微微點頭，覺得此刻恍若隔世，彷彿他把記憶遺忘在房間裡了。

他也不知道該吃什麼，就來到了飯店三樓的餐廳，這裡是一家粵菜館。這讓他稍稍有些沮喪，他千里迢迢來到北京卻還是擺脱不了南方的味道。但他不想走遠，也許陸潔很快就到了。他一個人坐在窗邊臨街的位置，看到外邊下雪了，是很小的雪，要不是樹枝上有了薄薄的白色，他都意識不到。

他聽服務員夾雜著粵語，便問：「你是廣東人嗎？」

「先生，食點咩？」

對方笑笑說：「是的。」

這讓他暗暗感嘆自己飛了幾千公里，又回到了原地。其實這樣也蠻好，不僅是主場的感覺能帶來自信，而且，更能調動起他和陸潔的共同記憶。那些青春的過去消散在南方溽熱的空氣中，和水分子結合成了恍惚的記憶。當它們觸碰到他的鼻黏膜時，他的鼻炎便不可遏止地爆發了。他打著噴嚏，一次又一次把過去推向遠處。

他點了一籠蝦餃，一碟乾炒牛河，還有一小碗皮蛋瘦肉粥。等它們端上桌時，他才感到自己是如此飢餓。他一邊吃，一邊想著陸潔說的那句挑逗的話，食慾愈發旺盛起來。

說起來，他和陸潔的真正結緣還是由吃飯締造的。

他們相識沒多久，兩個人就坐在一起吃飯了。不過，這次吃飯依然得益於偶然性，而並非事先計畫好的約定。他那天拿著藥離開校診所後，才突然想起忘了要陸潔的聯繫方式，他苦笑了下，以為這次邂逅就這樣過去了，因為據陸潔說，下週她就不在那裡實習了。其實，他心底也是沒有勇氣約會對方的吧，這樣一來心底的怯懦便也有了藉口。沒想到的是，一個月後的一天中午，他在第一飯堂的麵食專窗前排隊的時候，看見了那個熟悉的身影。

「陸潔！」他準確無誤地叫出了她的名字。

她一回頭，看見是他，顯然有些吃驚，她像羚羊似的，一個箭步跳到他面前，叫了聲：「老鄉！」

他有點兒尷尬，問：「你也是忍不住來吃麵的吧？」

她點頭，像是士兵找到組織一般，和他並排站在了一起。他感到受寵若驚：「就你一個人？」

「是的，他們都不喜歡吃麵條。」她撇撇嘴。

他笑了，說：「不管他們，我們吃我們的。」

他搶著買了單，然後他們一人端著一碗牛肉拉麵，面對面坐了下來。他第一次這麼近地看著她，這才真正看清楚了她。不僅是那兩道濃密的眉毛、紅軟的嘴唇，還有她五官的每一個細節，左顧右盼的每一個神情，都像繡花針一般繡在了他的心間。她是如此漂亮，讓他怦然心動。他心想這次無論如何不能再和她失去聯繫了，他要緊緊追隨她，成為她生命的一部分。或是，讓她成為他生命的一部分。

「《霍亂時期的愛情》我也看了。」他及時找到了話題。他一直無法忘懷那本書，他們相識的第二天，他就去圖書館借了這本書來看。閱讀那本書的感覺令他沉醉，不僅是書中那令人嘆為觀止的愛情故事，更重要的是，他覺得這本書讓他和陸潔在精神上聯繫在了一起，他失去她的缺憾得以緩解。是的，他以為自己還沒得到她就永遠失去她了。

「好看嗎？」她吹著麵條，太燙了。

「太好看了，一場愛情竟然貫穿了一個人的一生，無論他在這期間經歷了多少次感情，他還是沒能忘記她。」他老老實實回答，斟字酌句，像是在課堂回答老師的提問。

「我覺得這本小說最厲害的地方，就是寫出了各種各樣的愛情，」她笑著說，「我從來沒想過愛情會有這麼多的可能性，我以前總覺得愛情就應該像是瓊瑤阿姨電視劇裡邊那樣，愛得死去活來的。」

「我對死亡感到的唯一痛苦，是沒能為愛而死。」他想起書中的那句話說道，然後他們相視而笑。

很久以後，他才意識到他們的分歧從一開始就是如此明顯，只是他當時沒有注意罷了。況且，這種差異反而一直吸引著他。

他雖然是男人，其實卻比她更加感性，喜歡根據自己的情緒去關注事物，而她總是理性的，全面的，現實的。也許是他們的性格使然，也許是與他們所學的專業有關。現在，他們都實現了自己的社會身分。陸潔在北京的一所醫學院讀完研究生後，去了一家民營醫院的行政部門，目前已經是辦公室主任了。這也是她合乎理性的選擇，她對醫學本身並沒有太大興趣，她只是為了一個利益最大化的安穩位置。而他懵懵懂懂地走下來，卻神奇地實現了陸潔當年的夢想：他成了一名作家，在一所高校的中文系任教。他不敢再提她的文學夢，他每次出書都會默默地給她寄上一本，她除了手機短信裡的一聲「謝謝」，再也沒有多餘的話。她沒有對他的作品表示過任何意見，他也沒有問過。

十四年前，他們吃完牛肉麵的時候，已經就愛情這個話題說了太多。他承認自己之前只談過一個女朋友，那是在高中繁重的課業裡唯一的慰藉。可兩個人只是散散步，牽牽手，在高考前夕為了各自前程就分手了。他鼓足勇氣，率先說出了自己的這個隱私，首先是為了能拉近他們的距離，其次是想拋磚引玉，知道對方的感情狀況。

「我還沒談過戀愛呢。」她羞澀地低下頭，好像做錯了事情。

「不會吧？」他按捺住欣喜，「你這麼漂亮！」

「爸爸媽媽管得太嚴了，都不讓我和男孩子來往，普通朋友都不行！」她吐吐舌頭。

「所以你就喜歡看愛情小說？」他開了個玩笑。

「是啊，沒辦法，」她捂著嘴笑，「哪像你那麼經驗豐富。」

「沒有，沒有。」他的臉紅了，好像小偷被人抓住了似的。

「你中午不休息的話，我們出去走走吧。」她提議道。從任何方面來看，沒有經驗的她反而顯得更有經驗，推動著事情的發展。

他們來到學校中央的大草坪邊上，慢慢走著，巨大的榕樹擋住了正午直射的陽光。周圍的人越來越少，只剩下自動噴水裝置傳來的咔咔聲音，以及空氣中瀰漫著的濃重的青草氣息，那是一種說不清的腥味，初聞不適，聞久了卻會上癮。他在乾旱的西北很少能聞見草的氣息，他以為草是沒有任何氣味的。他一邊嗅著青草的氣息，一邊和她分享著自己的感受，他覺出了前所未有的幸福。

她對他緩緩說著一個作家夢，如何寫出一首動人的詩，或是一本精彩的小說。他安靜地聽著。他當初選擇中文系，倒不是為了成為作家，而是為了自由。他覺得其他的學科都太多條條框框了，只有中文系最自由。文學是什麼？就是生活本質的學問嘛。直到今天，他寫了好些個小説了，還是這麼想。

那時的他，雖然還沒有系統的文學觀念，但他的文學知識足以應付她的訴説，並且還能給她以啟發和鼓舞。她的情緒很好，一直和他向前走，完全沒有停下來的意思。他越來越理解她，她是孤獨的，她怎麼能和那些學醫的同學聊文學呢？他們會怎麼看待她？他們會覺得她是個叛徒，還是會覺得她像個小丑：這個從西北內陸來的穿衣服有些保守的女孩子，竟然還夢想著成為一個作家？——當別的女孩子都穿著超短裙和牛仔熱褲的時候，她穿的卻是一條黑色的過膝長裙，涼鞋裡還穿著肉色的短絲襪。

但只有他知道，她是多麼漂亮，他甚至害怕她的覺悟：她一旦打扮起來，比那些時髦的女同學漂亮得不會是一點點，而是一大截，一段發生質變的距離。那樣的她，一定會從地域文化的限制中破土而出，驚豔四方。那樣的她，還會選擇和自己走在正午的炎熱當中嗎？他根本無法確定。

「你想看看我寫的東西嗎？」她站在了林蔭路的盡頭，看著他。

「當然，這是我的榮幸。」他恨不得像電影裡男主角那樣，優雅地拿起女主角的手，在柔嫩的手背上輕輕吻一下。

她渴望他理解她的精神世界，而他不限於此，他對她具象的那一面更感興趣，她的臉孔，她的聲音，她的身材，她的衣服，她的鞋，甚至她的書包。他覺得這些事物像路標一樣指引著他，讓他通往她的世界。他沒有意識到，她實際上一開始就將自己的世界雙手奉出：對她來說，她身上最為寶貴的部分就是與寫作有關的精神世界，那是她唯一自傲的東西。

「我會認真拜讀的。」他嚴肅地說。他將那個黑色的牛皮封面的筆記本緊緊拿在手裡，興奮不已，以為獲得了一把打開她的鑰匙。

她緊張又羞怯，只說了句：「就你一個人看啊。」

「那當然！」他很高興自己獲得了這獨一無二的權利。

他吃不下去了，飯菜的分量並不多，但諸多的記憶又如那窗外的飛雪一般湧上心頭，讓他的食慾又變得萎靡不振了。他意識到，一個人在這樣的夜晚吃飯無論如何都是一件尷尬的事情。他決定結束這種尷尬。他走出飯店，一時不想回房間，便隨著電梯來到了一樓。他走到旋轉門前猶豫了一下，還是走了出去，沒穿大衣的身體立刻遭到了嚴寒的痛擊。夜晚的氣溫較之白天又下降了五六度，還有那冷風裡夾雜的雪花刮到身上立馬就成了冰渣子。所有的行人都緊縮著腦袋，他卻覺得如此舒服，如果記憶能夠被嚴寒冰封，那該是一件多好的事情。既可以切斷與今天的聯繫，又可以保持其完整性，甚至藝術性，那便是生命對自身的超越了吧。他大口地喘著氣，將白色的霧氣吹到無限的夜空中。雖然街上車來車往，顯示著帝都的繁忙，但冬夜的感覺依然是如此靜謐。

忽然，不遠處的超市裡傳來一首熟悉的歌，他跟著旋律哼了起來：「one night in 北京，我留下許多情，不管你愛與不愛，都是歷史的塵埃……」以前，他對這首歌的感覺並不好，覺得有種怪裡怪氣的京劇味道，以及不知索解的陰沉鬼氣，但現在置身北京，他卻被這首歌擊中了。一個人，北京，夜晚，愛，歷史的塵埃，就是他此時此刻的處境。這是個曖昧的時刻，也是個引而不發的珍貴時刻。

不知道是身體的忍受到了極限，還是心理的情緒在瞬間跌落了，他全身瑟縮起來，趕緊跑回了酒店。暖氣擁抱了他，但他感到自己像是冰人一般，軀體的內部都冰涼得失去了知覺。他回到房間，沖了一杯熱茶，喝了一半，然後打開電視，斜躺在沙發上。這時，他的目光又落在那盒小禮物上。他遲遲沒有拆開那個小盒子，如果說之前還有些迷惑的話，那麼現在，他覺得那個想法變得非常確定了，不可更改了。——他不會拆開這個禮物盒了，永遠也不會了。他要讓它永遠保持在一個祕密裡。多年前，他就被無限的可能性所吸引，不急於投入某一種肯定性當中，後來他乾脆成了一個在文字中尋找可能性的人；如今，他的生活變得越來越狹窄，不拆開那個禮物，似乎就能為可能性留下一粒種子，那會生長成一株比禮物本身更加茂盛的大樹。他起身，將禮物盒放在手心裡撫摸著，然後放進了行李箱。

那種撫摸的感覺令他想起曾經撫摸陸潔筆記本的感覺，都像是對生命的呵護。

他拿到陸潔筆記本之後，並沒有急著看。心中的情愫沉甸甸的，他不想輕易釋放出去。他等到室友們都睡了，才爬上自己的床位，擰開檯燈，慢慢讀了起來。少女的幽香從紙頁的深處飄了出來，他輕輕地將本子放在了臉上，任由自己被那種氣息籠罩。過了良久，他才認真讀起了她的文字。她寫得字工工整整，一絲不苟，小小的錯誤都被塗改液覆蓋了。他知道，自從她一開始寫這些文字，心間就有第三者的目光在審視著她。她寫，更多地是為了給別人看，而不是為了自己。她被想像中的讀者給束縛了，她沒想到，這些文字的讀者到頭來只有他一個人。他承認她的一些詩句和散文片段寫得精彩，但他已經隱隱做出了判斷：她的作家夢不會實現了，一個好的作家首先是為了滿足自己的傾訴欲，而不大會考慮讀者的，更何況是那些想像中並不存在的讀者呢？

但他永遠也不會告訴她這點。因為他已經戀上她了，他希望她有好的機遇，終有一天能夠超越這些束縛，實現自己的夢想。

他從筆記本中挑了幾首詩，和一篇小文，拿給了老木。老木是中文系文學社的社長，主編著一份學生刊物，叫《房子》，在文學青年當中很有聲望。老木看了看詩，說：「湊合吧，留著。」他看到老木的樣子，就知道這傢伙在應付。他只得嬉笑著說：「哥們，幫幫忙，我答應這女孩子了。」老木明白他的意思了：「你小子，還學會泡妞了！」他搭著老木的肩膀，說：「放心，我請吃飯！」

運氣還不錯，正好趕在那期《房子》出刊之前，短短一週之後，陸潔的文章就發表出來了。儘管夾雜在數十個姓名中間，但他相信，她一定會非常高興的。他花了每月生活費的十分之一，在學校的西餐廳訂了個位子，約陸潔出來。

他心神不定地翻看著這本雜誌，竟然被慢慢吸引了，許多外表平凡的同學，下筆卻如此華麗，讓人暗暗稱奇。當然，如果今天來看這本雜誌，幼稚是難免的，封面全是西方大師的照片，多少也有點兒崇洋媚外，但那設計與文章還是體現了老木的先鋒意識。說個最簡單的，要是當年讓他當主編，他無論如何也想不到「房子」可以作為一個刊物的名字。但他多麼喜歡這個名字啊！五年後，當他的第一本小說出版的時候，雜誌社需要一篇書評，他第一個想到的就是老木。老木也沒有辜負他的期望，寫出了一篇漂亮的評論。再後來，就傳出了老木與陸潔的緋聞，他難以置信，直到老木打電話跟他解釋，說他們之間沒什麼，還是因為他的關係才認識的云云。他也不知道該不該相信，他選擇了沉默。如今，老木已經遠走海外，在哈佛東亞系當訪問學者，他們的聯繫基本上中斷了。如果老木和陸潔真的成了，那麼他永遠也不會再見陸潔，也不會有這個在北京的夜晚。

陸潔穿著一襲白裙匆匆趕到了。僅僅一個星期沒見，他就覺得陸潔變得更加光彩照人了。陸潔看到桌面上的黑色筆記本，臉頰變得緋紅。「已經看完了？」她說著話坐下來，給人一種幹練的感覺。他拿起雜誌，故作神祕地微笑著遞給她：「看完了。你先看看這個。」陸潔有著疑惑地接過雜誌，隨手翻閱了起來。當她看到自己的名字和文章的時候，眼睛一亮，吃驚地望著他。他趕緊說：「對不起，我沒徵得你的同意就去發表了，因為我覺得你寫得太好了！」陸潔重新低頭看看雜誌，用柔和的語氣說：「真沒想到……謝謝。」她笑了一下，也許是那個笑容太燦爛了，她覺得不好意思，趕緊用手捂住嘴，顯得可愛極了。

與他預料中的差不多，她一點都沒有責怪他，反而高興極了。不過，他沒有想到的是，這件事對她的影響要遠遠超過自己的想像。大學畢業的時候，她喝醉了酒，才告訴他這些年她投了無數的稿，可一直是石沉大海，杳無音訊。從某種程度上，她很多時候被這件事徹底搞壞了心情。他被這個消息徹底震驚了，他這才覺得自己對她的了解是多麼膚淺。

這件事在一開始的時候迅速拉近了他們的關係。在西餐廳的浪漫氛圍中，他們很快脫離了這件事（但依然被這件事帶來的喜悅暗暗激勵著），講述起各自瑣碎的夢想，比如她說自己很想去大海裡潛水，而他則說自己特別想去爬雪山。剛剛過去的中學生活，那些繁重的學業，無望的生活，他們似乎一點也不想再提起，唯有夢想，流淌著蜂蜜的甘甜，讓他們反覆品嘗。

就是在眾目睽睽的桌面上，他第一次握住了她的手。儘管她有熱情直率的那一面，但他畢竟是談過一次戀愛的人，多少還是能把握住戀愛的節奏，尤其對於戀人的肢體語言是格外敏感的。而陸潔放在桌面上的手指是如此靈活，伴隨著她清脆的嗓音，像一隊舞蹈演員那樣輕輕變幻著姿態，又似乎有一件神祕的樂器隱藏在她的面前，她的手指在暗自演奏。他既注視著陸潔的眼睛，從中窺見了狂喜的閃光，又時時被那手指所吸引，彷彿聽見了那雙手的無聲召喚。於是，在沒有任何預兆的一瞬間，他直視著她的眼眸，伸手了雙手，將她的手握在了手心裡。那種感覺，就像是逮住了一隻頑皮的喜歡捉迷藏的小貓。他不敢太用力，又不敢不用力，生怕一鬆懈手心裡就變成虛空了。

陸潔的手指縮成了一團，任由他握著。但她停止了訴說，低下了腦袋，臉蛋紅撲撲的。看到她這副表情，他確定了她說的沒錯，她在這方面毫無經驗，她是第一次面對這種突發的愛情狀況。這種想法，讓他突然間就有了無邊的勇氣。

「做我女朋友好嗎？」

他沒有肉麻的表白，而是說出了一句很直接的話。他感到自己的嗓音在顫抖，幾乎帶著哭腔了。他曾經的經驗現在已經變成了微不足道的東西，那中學時代的曖昧遠遠不能與這種情感的厚度相比。他感到自己來到了一片無所憑依的大陸，就像是南極。他陡然間變得惶恐不安了。

「別這樣。」她的手縮了回去，藏進了桌子下面。「公共場合，別這樣。」她補充道。

本就惶恐的他，一時竟然說不話來，雙手尷尬地縮了回來，也藏在了桌子下面，好像要掩飾自己的犯罪證據。

這句直接的話再也沒有得到過任何答覆，直到今天。

「我們出去走走吧。」陸潔說。和上次的提議一模一樣。

他們又一次走在了林蔭道上，但是雙手相觸的感覺如一雙無形的大手，緊緊捂著他們的胸口，讓他們無法再放開自己像上次散步那樣無所顧忌地聊天。在他們沉默的步伐裡，他感到了不適，繼而這種不適變成了疼痛。他沒有料到自己竟然會有這樣劇烈的反應。也許是自己過多的想像將情感勢能積蓄得過高，也許是自己已經義無反顧地愛上了她，無論如何，他感到自己將無法擺脫她了，他已經把主動權拱手放在了她的身上，而可怕的是，她卻一點兒都不知曉。同時，他的直覺讓他隱隱預感到，自己與她之間不會是一帆風順的，他將承受生命中那種未知、無形卻錐心的傷痛。說到底，這個女人還是一個謎。

「過不了多久，我們就要學解剖了，我不知道自己能不能堅持下來。」她走著走著突然用憂鬱的嗓音對他說。

「你一定沒問題的，你看魯迅也是學過解剖的。」他安慰她，完全不確定這樣的安慰是否有效。「魯迅的文字我是很喜歡的，一看他的文字就只能是醫生寫的，那麼鋒利，就像是一把手術刀。」她思考著，彷彿從很遠的地方發現了什麼，再召喚回到他們之間。她聊起了對魯迅的喜愛，擔憂的心情竟然一下子愉悅了起來。她是真正喜愛文學的人，令他感到自愧弗如。他也是第一次親耳聽女生說喜愛魯迅，那是一塊多麼巨大而沉重的暗影啊。

不過他也覺出了她對自己的信賴。有一種類似春天的跡象在他們之間彌散開來。她扭過臉來，臉頰潮紅，簡直沉醉在自己訴說的情緒中了。她的眼神盯著他，他卻避開了。他無法心平氣和地與那樣清澈的目光對視。而那目光一直停留在他的眼前，彷彿一個頑皮的孩子在和他開著玩笑。

他的心間再次湧出一陣暖流，他幾乎不假思索地又一次拉住了她的手。這次，她的手在他的手心裡短暫停留了十秒鐘，然後還是掙脱了。儘管不是特別用力，但還是掙脱了。他沒有使勁去挽留，短短的十秒鐘，他已經非常滿足。心臟跳得太厲害了，他怕自己像個快要溺斃的人那樣發出誇張的喘息聲。

時過境遷，他現在已經無法回憶起自己當初對陸潔是否有來自身體方面的強烈欲念。儘管他是那麼在乎她外在的一切（她留給他的每一個視覺細節，他都試圖像照相機那般記錄下來），但他尚未把那些與自己的欲望連接起來。他的欲望一直保持著沉睡的狀態，彷彿陸潔有一種魔力，可以抑制住他那邪惡的方面。

那次的牽手，成為他關於陸潔的回憶中最溫暖的畫面。他覺得只要給他充分的時間，他一定能把陸潔追到手。「追」這個意識一旦形成，便遮蔽了他對她進一步探究的耐心，他變得和其他雄性動物一樣，失去理智，急躁了起來。他甚至都沒有去想一下追到以後的事情，真的是一次都沒想過。

接下來，他們幾乎每週都會見面，每週都會聊文學，他會在老木的推薦下，帶一些最新的雜誌和書籍給她。她還是很高興，但沒那麼高興了，他沒有發現她在文學方面的努力已經受挫了。從某種意義上說，他還是小看了她，他以為一本校刊就會滿足她的文學夢想，但其實這才是一個最低的起點，她需要更高級別的刊物來證明自己。她懼怕失敗，因此刻意隱瞞著他，假如她把自己的作品繼續拿給他看，讓他提提意見，也許一切會變得不同。最重要的是，他們的心靈會因此而走得更近。但他也明白，命運早都由他們的性格註定了。

她躲避著文學上的挫敗，開始和他談一些陌生的話題。比如經濟問題，廣州的物價是如何昂貴，遠遠超出她父母的支付能力，她想去做點兼職。他對此不能理解，因為他除了在飯堂吃飯以及必要的日用品，幾乎不花錢。他天生對金錢不敏感，父母也從不在他的面前談及金錢，一派信心十足卻又諱莫如深的樣子。因此他無法理解她的焦慮，以為她只是為了早日獨立而想勤工儉學吧。

「不急，等等吧，」他勸慰她，「我看很多師兄師姐都是大三大四的時候，才開始做兼職的。現在不如先學好專業課吧。」

他這番「政治正確」的話說服了她。但顯然沒有平復她的焦慮，她時不時還會聊起經濟的重要性，但他以為那已經變成了聊天的話題而已。他還會和她開玩笑，說以後等她當了醫生以後，就可以拿好多紅包了。

她笑著說：「胡說！討厭！」

他陪她笑完後，說：「認識學醫的朋友真好，以後就可以有私人的醫療顧問了。」

「唉，」她搖頭說：「也許我以後就棄醫從文了。」

「嗯，那你就做當代的魯迅吧，還是女魯迅。」他繼續和她開玩笑。

「我就是我，我是陸潔！」她的下巴微微翹起，像隻驕傲的小鴨子。

她永遠是那麼自信，他迷戀她的自信。他並不迷戀她所相信的事物，他只是迷戀她那自信的模樣和狀態。他覺得一個人活著就應該是那樣的，他自己做不到，但心嚮往之。為此，他有時不惜貶低自己，來使她開心。不過，即便他做到了這般地步，他們的關係依然停滯不前。因為他的得寸進尺，總會被她巧妙化解。就連牽手，也無法堅持一分鐘以上。她做的非常得體，比如抽出手來去喝水什麼的，他滿腔的激情無法找到一個穩靠的支點。他一直在冥思苦想：有沒有什麼辦法可以突破她的防線？當然，這種「突破」並非是一種暴力的冒犯，而是一種合情合理地跨越。

一個月後，他終於找到了一個機會：他們第一次單獨過夜了。但必須要注意的是，此「過夜」非彼「過夜」，沒有特定的內涵，就是表面的意思：一起度過一個晚上。

遠離父母的看管，在大學自由自在的氛圍中，放肆地享受沒有拘束的夜晚，是許多年輕人夢寐以求的事。他們也不例外。他在晚自習後回宿舍的路上，常常會看見草坪深處躺在一起的情侶，他本能地會想起陸潔來。但他不知該如何向陸潔啟齒，直愣愣地說「我想和你一起躺在草坪上」會讓對方笑痛肚子的吧。

有一天上課的時候，他和老木坐在一起，發現老木的雙眼布滿血絲，疲倦不堪，他忍不住問：「老木，你失眠了嗎？」老木搖搖頭，嘆口氣說：「昨晚和一個姑娘聊了個通宵。」他聽後，立即不懷好意地笑了起來。老木說：「你不信？真的，就坐在學校北門的石階上，聊了一晚上。」他驚異了：「這麼誇張？都聊了什麼啊？」老木撓撓頭髮，說：「剛開始聊波德萊爾，後來……全忘了。」

不管老木說的是不是真的，至少給了他一種啟示。當一次聊天時，陸潔說她還沒有去網吧玩過，他便立刻允諾她，帶她通宵去上網，見識下另一番烏煙瘴氣的天地。他帶著玩笑的口氣，為自己留了後路。但沒想到的是，陸潔毫不猶豫地同意了，而且還顯得很興奮。這大大出乎了他的意料，當渴望太快變成現實的時候，會陡然間增大內心的壓強，他幾乎手足無措了，除了傻傻地笑著，說不出其他話來。

用今天的眼光來看通宵網吧，那絕對不是什麼好去處，但在二十一世紀初的中國，電腦仍然稱得上是一種新生事物，他就在那樣的網吧裡經歷了人生的各種啟蒙：思想的，情感的，以及性的。在這個國度裡備受壓抑和羞於啟齒的那些事物，在那裡都可以找到登堂入室的道路。他將親自把自己所愛的人送到那條道路上。那條隱祕、狂歡乃至邪惡的道路。因此，當他看到陸潔清純的眼神，他感到了輕微的顫慄。

第二天黃昏，他們一起在學校的食堂吃完晚飯，然後走出校門，坐了幾站公交車，來到市區郊外的一處城中村。這個地方是本地的同學告訴他的，他已經來玩過好幾次了，所以稱得上是駕輕就熟。陸潔像個害羞的中學生那樣躲在他的身後，無論他怎樣放慢腳步，都無法和她齊頭並進。網吧裡依然人滿為患，烏煙瘴氣，各種奇裝異服的傢伙坐在電腦前，頭戴耳機，嘴巴裡念念有詞，有人還會突然犯病似的大喊大叫起來，簡直是一副地獄的場景。

他們在前台做了簡單的登記後，走進裡邊來來回回繞了好幾圈，都沒找到兩個相連的空位，只有兩台背靠背的電腦暫時閒著。

「看來我們只能分開坐了，」他指著那個地方說，「別怕，其實我們面對面坐著更安全，我可以隨時看著你。」

陸潔吐吐舌頭，露出了羞澀的笑容，那是一副完全聽任他安排的表情。他們面對面坐下來，相視而笑，就低頭看電腦了。他抬眼偷偷望向對面，只能看見她那一小塊潔白的額頭了。那一小塊額頭前所未有的生動起來：他可以在那裡看到電腦屏幕的色彩變化，從而他覺得可以在那裡猜測她的心情與想法。

「你有QQ和MSN嗎？」他抬高腦袋，看著她低垂的眼簾。

「聽說過，還沒有。」她的頭沒動，只是亮晶晶的眼睛向上看著他，使得她看上去非常嫵媚。

「我來幫你。」他說完，便起身，繞過整整一排電腦，來到她身邊，幫她申請了這兩樣改變生活的軟件。他操作電腦的時候，她聚精會神地盯著屏幕，彷彿他是一位魔術大師，在為她舉辦一場專人表演。

她很快就學會了操作，在他的指導下，她加了他為QQ好友。他看著她的朋友列表中只有他一個，感到了說不出的欣慰。

他回到座位上，兩個人用QQ交流了起來。他們打字都好慢，好半天才等到對方的回覆。她說下個學期自己一定要買台電腦，練好打字。他覺得電腦太貴了，他說想上網了來網吧就好了。她批評他沒有遠見。「你等著，以後絕對是電腦的天下!!!」她一連打了三個感嘆號，他聽到了她的笑聲，他抬頭，看見她的頭頂在顫抖。他微笑著表示臣服，然後給她發了一些網址，有祕聞的，有好玩的，還有一些文學作品。過了一會兒，她發來幾行字：「太謝謝你了！很多詩人、作家以前只是聽說過，現在終於看到他們的作品了。」他給她發了一個笑臉。她回覆道：「我要認真看會兒書了，等會聊。」

這一等，就是幾個小時。要在以往，他面對著海量信息的電腦，一定也會忘記時間的流逝，但是今天，陸潔就坐在他的面前。儘管他們之間隔著兩台巨大的顯示器，但他覺得陸潔的氣息依然能夠穿越它們抵達他的面前。那究竟是一種什麼樣的氣息？是一種怎麼樣的神祕？他也說不上來，但他變得心神不寧，周圍的噪雜更是令他心煩氣躁。後來，他找了一部周星馳的電影看了起來。電影中的誇張與搞怪終於讓他笑了起來。他逐漸被劇情吸引了。

看完電影，又看了會兒小說，他發現時間已經到了十一點半。他給陸潔發了個信息：「怎麼樣？睏了嗎？」她回覆：「睏倒是不睏，就是好渴。」

「怪不得我們一直沒上廁所，」他調侃道，「那我去買飲料。」

「討厭！我和你一起去吧。」

「你不玩了？」

「我不想一個人待在這兒，害怕。」

「好的，那我們出去走走，等會再來吧。」

他抬頭，發現陸潔已經站起來了，正對著他笑。他貪婪地望著那張笑臉，好像相隔好久好久了，周圍也彷彿不再是網吧，而是一個久別重逢的站台。他們來到街上，南方夜晚溫暖潮濕的空氣包圍了過來，他使勁吸著，彷彿一個剛上岸的潛水員。她看到他的樣子笑了起來，說：「你倒像個第一次去網吧的人。」他哈哈大笑：「出來才覺得裡面悶死了！」

他們坐在一家小巷的冷飲店，盡情享受著這個美妙的夜晚。她推薦他吃芒果沙冰，那些如沙子一般細小的冰粒入口即化，伴隨著芒果的香味，緩緩滲入他的心脾，他的焦躁瞬間全沒了。他變得無欲無求。

他望著陸潔和周圍的一切，希望時間能凝固在這一刻。

他突然感到了乾渴，彷彿身體內部正在被撒哈拉那樣廣大的沙漠所吞噬。他掙扎著從沙發上爬起來，倒了一杯水一飲而盡。水是溫的，他卻希望現在喝下去的是一杯冰水，能夠像多年以前的沙冰那樣，侵潤他的心脾。可是，那一刻終究也過去了，而且還過去了這麼多年。他來到窗前，打開窗簾，外邊不是街道，而是一個居民小區，一個鍋爐房冒著黑煙，也許自己此刻享受的溫暖就來自那煙囪下面的燃燒和熱量。這些黑煙，加上工廠和汽車的汙染，造就了這座灰霾籠罩的城市。陸潔從南方明亮的陽光下遷徙過來，一待就是十年，她在遮蔽一切的灰霾中是否還記得那些出自南方的溫暖細節？她是否對曾經的歲月感到過無以復加的留戀，直至像他一樣在深夜痛哭失聲？

在流沙一般的歲月中，他對她的思念，更像是一種承諾，或是一種期許。此刻，他似乎置身在這種承諾和期許將要顯現的前一秒鐘。為此他覺得整個人陷入了一種無邊無際的虛妄狀態，彷彿自己被一把看不見的鑰匙給打開了，他變成了一扇門，過去與未來在這裡匯聚成了一陣足以擾亂宇宙的風暴。

而讓他羞愧不堪的是，他那天夜晚的記憶總是繞不開陸潔穿著內褲的樣子。尤其在這樣感懷身世的時刻，腦海中湧現出這樣的畫面簡直讓他無所適從，自己對陸潔的那份經過歲月發酵的愛竟然面臨著變質的危險。當然，他早已不是小夥子，明白性和愛絕非截然對立的事物，在大部分時間它們水乳交融，難分彼此；但他在陸潔這裡試圖保留的，是那種如同鑽石般凝聚起來的純粹感情。這已經快變成他的信仰了。在他最為孤獨的時刻，他總是用記憶的灰燼來溫暖自己。那些過去的細節由於記憶的反復擦拭，變得清晰而光滑。

他們喝完涼爽的冰沙之後，誰也不願再回到那烏煙瘴氣的網吧裡邊了。他甚至感到驚奇：自己原來怎麼能在那裡呼吸著汙穢不堪的空氣待上整整一個晚上？難道是因為沒有見識過美好，反而能在地獄中自得其樂？他看了看錶，已經快淩晨一點了，他們接下來應該怎麼辦呢？他一點想法都沒有，只是覺得這夜晚越來越黑，像是一塊無法穿透的生鐵。他們會被這樣的生鐵給牢牢困住嗎？

「要不，我們去看看晚上的大海？」他靈光一閃，隨口説道。

「好啊，我也沒見過晚上的大海呢。」她立馬就答應了，沒有絲毫的猶豫。

青春就是這樣無所畏懼的，他們出了小巷，沿著街道一直往前走。他估摸著，走上半個小時應該就能看見大海了。就算用最慢的速度，一個小時肯定也到了。他覺得他們現在有大把的時間，堪比李嘉誠坐擁億萬資產。

路上除了疾馳而過的汽車，就只有淒清的街燈照出的他們的影子，陸潔主動握住了他的手。他知道她害怕了。他緊緊捏了捏她的手，為她鼓勁。他們的手終於能夠長時間的焊接在一起了。她逐漸放鬆了，一直和他聊著大海。他們談到大海，都顯得出奇興奮，因為他們在內陸的城鎮長大，對大海充滿了各種各樣的想像，直到來這兒上學，才第一次見到了大海。他和她一樣，幾乎每週都要和同學們去海邊走走，儘管這兒的海是名符其實的「裡海」，由三面陸地包圍著，但有一面是與無垠的大海接通的，那足以令他震撼。而現在，正是對夜晚大海的嚮往，讓他們，尤其是讓陸潔，克服了心中的恐懼，無所顧忌地走向那片將人類時時刻刻都導引向無限與永恆的液體。

迎面而來的風驟然間猛烈了起來，還夾雜著腥鹹的氣味，他意識到大海就在前方。他放眼望去，卻是一片黑暗，連一星半點的漁火都沒找到。他看到了那條黃色的沙路，而沙路的盡頭也是一片黑暗，他感到了一絲驚恐，但他卻從陸潔的手中獲得了一種無畏的力量。他拉著她，往小路上走了過去。當他們走進小路盡頭的黑暗之後，彷彿來到了另一個世界。原本堅硬一體的黑暗現在變成了深色的水墨，到處都是黑越越的影子。就在他們辨認這些影子到底是漁船還是礁石的時候，突然傳來了一陣瘋狂的狗吠。

「要不我們回去吧，太可怕了。」陸潔輕聲說。

假如陸潔使勁往回拉他，或者是鬆開了他們握在一起的手，他一定和她立即轉身往回走。

但是，陸潔的手依然在他的手掌裡，依然是那麼綿軟溫和的狀態，這讓他覺得現在不能回去，他一定要兌現給她的承諾，讓她第一次見到夜晚的大海。

「沒事，不要怕，這是漁民養的狗，不咬人的。我們慢慢往前走。」

他的語氣溫和，和在冷飲店時沒有兩樣，這感染了陸潔，她沒有再說話，一副跟定他的樣子。他對自己滿意極了，心想就算被狗咬也值了。

他們繼續向前走去，好在，那條狗也沒有追過來。他們穿過幾間小房子和一艘小漁船，濃烈的魚腥味讓他們直捂鼻子。終於，大海到了。這裡的海岸沒有柔軟的沙灘，只有巨大的礁石。他們找到一塊平坦的礁石，並排坐了下來。天空有雲，遮住了月亮，只有一些微光滲透下來，使得大海只能以晃動不居的黑暗來展現自身的存在。

「這就是夜晚的大海，看見了吧？」他用開玩笑的語氣說。

「和我想像的太不一樣了。」她的聲音很小。

「你想像中是怎麼樣的？」

「嗯，應該是很美的，讓人能想起詩歌的。比如『江楓漁火對愁眠』這樣的。我以為大海不就是一條更加寬大的江嘛，但現在我不敢這麼想了，大海就是大海，比江河神祕太多了。」

「寫海的詩句也有很美的，」他隨機應變道，「比如『海內存知己，天涯若比鄰』。」

她笑了起來，她的笑聲在這樣的夜晚顯得格外尖細，聽上去她彷彿很冷的樣子。

「難得你在這樣的環境下還能想起這句詩，」她停頓了下說，「可我在這樣的環境下，心裡充滿了不好的回憶。」

「隨便聊聊？」

「我的童年並不幸福，父親曾坐過牢，但他從不告訴我為什麼。他只是讓我相信他是個好人，他不是為了自己的私利，而是因為我無法理解的別的原因。我相信他，但這種相信改變不了什麼。我從小沒有父愛，所以變得非常膽怯。我害怕很多事情，比你害怕的要多得多……」她突然停下來了，只有海濤聲在腳下迴盪。

他看不清她的表情，但憑直覺意識到她哭了。他抱住她，她沒有動，任由他抱著。他彷彿抱著一個冷冰冰的雕塑。他的熱情被封閉在身體的黑暗裡，那些來自不可知遠方的海風令他感到恐懼。他彷彿第一次如此深刻地領略到這個世界的冷漠無情，同時，這種情緒又激增了他對陸潔的情感，他覺得她那不可索解的內心，正是通往一個真實世界的路徑。他撫摸著她的後背，對她說：「都會好起來的，都會過去的。」他沒有意識到自己這樣說的不妥，彷彿陸潔的父親如今還在監獄裡。

「我們回去吧，」陸潔沒有理會他的話，把頭輕輕頂在他的肩膀上說，「在這裡，我越來越害怕了，沒想到夜晚的大海比墨汁還要黑，好像不給人一絲一毫的希望。」

「其實，你知道嗎？」他用鬢角摩擦著她的額頭，輕輕說，「即便是白天的大海，也讓我感到害怕。」

「是嗎？為什麼？」她抬頭望著他，眼神裡充滿了驚異。

「因為在大西北，我看到的是廣闊無限的曠野、戈壁，那些都是實實在在的東西；而大海，不僅無邊無際，而且變幻莫測，在它的深處是那種鐵一般的黑……最可怕的是，我會經常幻想自己沉入大海，然後被無所憑依的虛無包圍著，處在一種無休無止墜落的狀態裡。」

「快別說了，我害怕極了！」她幾乎尖叫起來。

他並沒有故意嚇唬她，他說出的都是隱藏在他心底的祕密。因此，他不再言語，抓起她的手就往回走。返回的路更加可怕，因為已經沒有了來時的好奇，現在充斥心間的都是那謎一樣的大海的恐怖。他們越走越快，彷彿海濤聲在身後追趕著他們，要把他們抓回去，按進那沒有盡頭的虛空裡邊。

「叮噹——叮噹——」

門鈴響了。他迅速坐直了身子，腦海中思緒一掃而光，房間裡的事物突然間顯出了它們的體積、重量和位置，那些陌生的床和椅子讓他感到自己好像剛剛到達這個房間。待到門鈴又響了兩聲，他才向門邊走去，他猜到應該是她，但又無法確定，變得緊張兮兮的，問道：「誰啊？」沒等對方回答他就趴在貓眼上往外望，陸潔的那張臉就在他的面前，與他對視著。他的內心湧起了一陣波瀾，頭腦變得一片空白。

他拉開門，她幾乎是撲進來的，他像強壯的橄欖球運動員那樣，頂住了對方的巨大衝擊。他們抱在了一起，緊緊的，他幾乎都要窒息了。他聞到了她身上的香味，一種淡淡的清香，卻在他的記憶中找不到對應的氣息。

他不曾想到的是，她也一句話都說不出來。他以為她早已練就了一身銅牆鐵壁，可以彬彬有禮地和他坐在茶几前，一邊慢慢喝著茶，一邊緩緩聊起雙方的近況，直到最後，才將那個過去的共同空間打開來……但這種見面方式不正是他渴望卻不敢奢望的嗎？這種激烈的程度不正是符合十年這樣一個漫長的時間刻度嗎？

幾分鐘後，他們分開了一段距離，互相打量著彼此，都顯得有些不好意思。

「不好意思，我來晚了，你等久了吧？」她率先問道。

「不久，」他看了一眼剛才躺在上面的沙發，「我感到自己和你待在一起很久了。」

她迷惘地望著他，他指了指自己的心口，她明白了，燦然一笑，款款說：「噢，那我也是。」

他們笑了起來，略顯尷尬的氣氛消散了。他覺得他們不是十年沒見面，而是僅僅十天。時間的深淵一下子被什麼說不清的東西給填滿了。這種感覺真奇妙，讓他的傷感症在一瞬間不治而癒。

「你都沒怎麼變。」還是她先對他做出了評判。

「怎麼沒變？你看這臉，這肚子，胖了好多。」他自嘲道。

「還好啦，我以為十年沒見你，會認不出你來，但現在把你放在王府井的人流裡，我照樣一眼把你認出來。」她咯咯笑著說。

「哈，二十年不見的話，估計就認不出來了。」他一邊說，一邊放肆地盯著她。她穿著一件駝色的羊絨大衣，腳蹬一雙黑色的靴子，兩者之間是穿著黑色緊身保暖褲的修長的雙腿。她更加優雅和沉穩了，渾身都透露出成熟與自信的氣質。他就這麼盯著她看了十秒鐘，說：「你倒是真的沒什麼變化，還是那麼漂亮，不，更漂亮了，眼角連一絲皺紋都沒有。」

「你不要只看表象，」她很自然地抓起他的手，放在自己的臉頰上，說：「你摸摸看，是不是沒以前有彈性了？這就是衰老的前兆啊。」

他的手撫摸著她的臉，像是撫摸著一件易碎的藝術品，輕微極了。他這才真正用記憶的目光去看她，十年前的她，現在的她，終究還是不同的。也許她仍然年輕，肉體的變化可以忽略，但這十年來的各種生活細節，內化進了她的一顰一笑，他能從她的臉上發現那些全新的氣息。他不懂那些氣息，可他依然為之著迷。他感到自己的手掌被她細膩的皮膚給融化了，他看到她的鼻翼微微噏動著，他聽到了她的喘息聲。他伸出了另一隻手，用雙手輕輕捧住了她的臉，她閉上了眼睛，都有些瑟瑟發抖了。

他不再遲疑，親吻了她。

他們第一次接吻，就是在那晚從海邊逃離之後。他們越走越快，後來乾脆跑了起來。跟來的時候不同，回去的時候一切如死亡般寂靜，就連零星的狗吠聲都消失了。等他們跑到馬路邊上，路上竟然連一輛車都沒了，世界彷彿凝固起來了。他們驚魂未定的站在一盞路燈下，像是站在一小塊沒有觀眾的舞台上，當他們確信周圍一切都安全的時候，彼此對視著，就像兩個劫後餘生的倖存者。他們看著看著忽然就笑了起來，雖然說不清為什麼，卻越笑越厲害，幾乎停不下來了。他相信如果有人看到那一幕，一定會覺得他們是瘋子。待到笑完，兩個人好像早有默契似的，摟抱在了一起，吻了起來。他第一次接吻，顯得異常笨拙，在嘴唇的碰撞中不得要領。她也好不到哪裡去，她一上來就咬痛了他的嘴唇，疼痛和興奮幾乎讓他顫慄起來。

而此刻，他們的接吻渾然天成，他們的嘴唇既是在重溫，又是在探詢，探詢歲月變遷中那些難以言傳的滋味。這還是一個儀式，所有的絕望、憤恨、無奈、羞慚與欲望，得以被合法地隱匿起來，同時，又以奇妙的方式，深深地表達出來，直接訴諸於對方的心靈。人的一生中少有這樣的時刻，因為這樣的時刻是處在時間與命運之外的。

「我快喘不過氣來了。」陸潔輕輕推開他，張大嘴巴吸了一口氣，難為情地笑了起來。

「我也是，我一看見你，就喘不過氣來了。」他也笑道。他現在可以看著她，直率地說出自己的感受了。

他摟著她的肩頭，並排坐在了床邊。他原本以為他們早都滾上床了，就像無數文藝片演的那樣，衣服被一路走一路脫，丟得到處都是。可是現在，那樣的場景在他的腦海中僅僅一閃而過，他都覺得可笑至極。有了時間的濃度，他與陸潔的感情早都發酵成了濃香卻又辛辣的酒。是的，他一直覺得感情最像酒，就是因為它們都以濃香為誘惑，而最迷人的地方卻是在那灼痛脾胃的辛辣上邊。

「這些年過得怎麼樣？」陸潔趴在他的耳邊問道。

雖然他們十年沒見面，但這十年來他們一直保持著藕斷絲連的關係，尤其是生活中有什麼變動的時候，都會給對方發個信息，交流幾句。故而他們對彼此的生活是談不上陌生的，知曉對方這一路走來的種種艱辛。譬如，這次他們能在北京相會，就源於陸潔的一個短信：我離婚了。他無法忘記這個短信帶給他的那種生疼的衝擊力。他一直沒有結婚，甚至還沒有結婚的念頭，可她已經離婚了，這樣的衝擊甚至超過了他親耳聽到她說她結婚的消息。最難理喻的是在震驚消退之後，他的心底竟然有了再次追求她的念頭。這個念頭的產生是如此自然而然，彷彿一片迷茫的水氣重又凝結成了水珠，這讓他明白自己原來還愛著陸潔。這究竟是一種怎麼樣的愛呢？他不知道，也無法去懂得。他只知道，當陸潔讓他來北京陪陪她的時候，他義無反顧地就來了。其實這個時候，他和一個中學女老師已經相處了半年多，那是個單純開朗，喜歡大笑的女人。因此，當他聽到她問「過得怎樣」這種外交式的辭令，不由笑了笑，淡淡說：

「還能怎麼樣，你都知道的。」

「不，」陸潔望著他，用執拗的語氣說：「不，我不知道。」

他扭頭看著她，發現她的眼睛潮濕了，黑色的眼影已經洇開了，像是個不會化妝的女中學生。他感到心中某個柔軟的地方被觸動了，忽然就明白了陸潔的心意。是啊，過得怎麼樣呢？外在的一切都是虛浮的光影罷了，只有內心的體驗才是生活的真正滋味。但是，這些複雜的況味該如何去說出呢？一句簡單的好與不好怎麼能窮盡那樣的豐富？

「過得怎麼樣，這是個問題。」他微微笑了笑，彷彿在回味自己這麼多年來哈姆雷特式的生活，他說：「說真的，我也不知道，不知道自己好不好，經歷過那麼多的挫折和快樂，但都過去了，現在坐在你身邊，覺得時間好像停止了，自己也平靜下來了。」他慢慢地訴說著，心裡真的是一片寧靜，這種寧靜的感覺真的是久違了。

「但我不是，我一見到你，這麼多年的種種滋味全都湧上心頭。」陸潔嘆了口氣說，「就好像你是一種化學觸媒，讓我心裡一下子就發生了很大的化學反應。」

他笑了起來，把臉埋進她的頸窩裡，使勁聞著她的氣息。她癢得咯咯直笑。他說：「你才讓我有化學反應呢。」他作為男人的本能開始逐漸升起，像是瞬間竄高的火苗。他開始脫她的衣服，她緊張了起來，身子一下子繃直了，像是調緊的琴弦。他記得他第一次這樣對她的時候，她就是這樣，以至於他像做錯事一般顯得比她還要緊張。

那天晚上，他們在路燈下接吻，後來又散步往回走，終於走累了，倆人在路邊的花壇上並排坐下，休息著痠痛的雙腿。夜彷彿沒有盡頭，在那之前，他不曉得夜竟是如此漫長。他以為只要和心愛的人在一起，隨便聊聊一個晚上便能輕易打發過去，但現在他必須考慮休息的事宜了，也就是得找個住宿的地方。當他想起「開房」這樣的字眼時，心中充滿了一種羞恥感。但正是這樣的羞恥感驚醒了他的欲望，他被心底的一個聲音給控制了，那聲音教唆他非如此不可。他欲言又止，神色慌張，說話不由得磕磕巴巴起來。她很快就發覺了他的怪異，反覆追問他怎麼了，他支支吾吾，只得說是因為太睏了。「太睏了？」她關切地說，「那我們找個地方住下來好了。」他沒想到這句話從她口中說出是如此自然，如此恰切，讓人如沐春風。他除了點頭還能說些什麼呢？最終，就連住宿的旅館都是她帶著他找到的。她的父母送她來上學時下榻的地方，現在成了引領他們穿越城市迷障的重要座標。當睡眼惺忪的服務員看著他們的時候，他的心砰砰直跳，他害怕服務員突然開始質問他們的關係。但她什麼也沒有問，只是不耐煩地為他們辦了手續。他們來到三樓的小房間時，發現裡邊只有一張床，他感到滿腔的血湧上了頭頂，張口結舌道：「今晚我睡地板上就行。」她走進去，坐在床上，什麼話也沒說。

「你還記得我們第一次去開房嗎？」她忽然問道。她的身體在他的進攻下，徹底赤裸了，在這樣的狀態中，她反而放鬆了下來，想起了他們共同的記憶。

「記得，怎麼會不記得？」他不敢直視她的胴體，俯身將她抱住了，好像要掩蓋自己的罪行。

「那時的你，怎麼會那麼膽小啊。」說著，她在他懷裡笑了起來。他知道她說的是什麼，他當時怯生生地坐在她的身邊，都有些手足無措了。她讓他先睡，他不肯，只得那麼坐著，簡直像個愣頭青了。後來，還是她起身了，去上了廁所，開始沖澡。他一個人坐在床上竟然感到了絕望，他難以突破自己的羞怯，又怕錯過了今晚而痛悔終生。他打定主意，等陸潔洗澡出來，他就上前抱住她。他一直做著這樣的心理準備，可是，等她出來的時候，他卻一動不動地坐在原地。

「是的，我也想不通當年的自己怎麼那麼膽小，像什麼呢？也許像一隻想偷吃燈油的小老鼠。」他的臉貼在她的胸前，像是一隻小老鼠。

「不過，我也想不到會那麼快就和你同居一室了。」陸潔把手伸進他的衣服裡邊，撫摸著他的後背。

「當年的你怎麼那麼大膽啊？」他嬉笑著說，「你之前到底有沒有談過戀愛，是不是騙我的？」

「討厭！」她打了他一下，說：「你還好意思說，我都是被你騙了。」

他不覺得自己騙過她，他見她洗澡出來，沉吟了一下也說自己要洗澡。等他洗完澡出來的時候，他發現她已經躺在床上了，好像睡著了。他躡手躡腳地走過去，俯身看看她，她一動不動的，呼吸均勻。他的緊張感瞬間就消除了，好像終於解脫了。他關掉床頭燈，緩緩將自己的身體挪上了床，和她並排躺在了一起。昏黑中，她的氣息提醒著她的存在，那是一種巨大而虛無的存在，讓他還沒有碰觸她，就被她籠罩起來了。他伸出手來，一點點向她那存在的核心地帶探索過去，直至碰到了那堅實卻又無比柔軟的身體。他的心幾乎跳了出來。她就像是睡著了，沒有任何的動靜。他的膽子變大了，整個身體都貼在了她的身邊，他感到自己被徹底點燃了。

「也許，是你騙了我，我也騙了你，但我覺得，是我們都被騙了。」他趴在她耳邊，像說繞口令似的。

「那我們被誰騙了呢？」陸潔問。

「說不清楚，也許就是我們所經歷的一切吧。」

陸潔不再說話，開始吻他。這讓他從往昔纏繞的思緒中解脫了出來。他回吻她，然後脫掉了自己的衣服，像是重溫多年以前的一場夢境一般，他進入了她。

他和陸潔的第一夜，並不是他初嘗禁果的第一夜。當他緊緊抱住了她的身體之後，她終於有所反應了，她說了一句事後想起令人莞爾的話：「輕點，我快被你勒死了。」這句話讓他趕緊放鬆了胳膊，也讓他覺出了自己的粗魯。他面對這尊女神，深感羞愧與卑下，他幾乎懷著謙卑之心去吻她，只不過這次的位置是在脖頸上。這對他來說不是一次簡單的位置變化，而是一種質變。他直面她的靈魂的狀態結束了，他現在終於面對了她的身體。他一直壓抑著自己卻又渴望著的肉體。

他小心翼翼吻著那個神祕的身體，彷彿在進行一項朝覲的儀式。他想把束縛著她上身的玩意給摘掉，可他笨拙得要命，一直沒有找到解決的方法。她也沒有幫助他，她的幫助要等到下一次才會到來，這一次，她不得不龜縮在自己的矜持裡。他無計可施，最後還是變得粗魯起來，他繞開了這道屏障，直接襲擊了目標。但是，對於另一道屏障就沒這麼容易了。那是全部羞怯的隱祕之源，更加需要她的配合，他只能望而卻步。況且，他已經深感知足了，他所經歷的遠遠超出了他的預期。不是嗎？他的預期只不過是和她坐在通宵網吧裡，共度一夜罷了。

但他還是陷入了無法抑制的迷狂裡邊，他第一次做出了比較出格的行為。他掀開了掩蓋著他們身體的被子，將他們徹底袒露在世界的空曠之中。她被嚇了一跳，她那靜默的狀態被打碎了，她幾乎帶著恐懼問他：「你，你想幹什麼？」他近乎冷靜地說：「我想看看你。」他們的眼睛已經適應了室內的微光，甚至可以看清對方臉上的表情了。她的身子沒有動，只是慢慢抬起雙手，捂住了臉。他在這一瞬間被她感動了，他以為她會掩蓋起她的隱私，但是她對他如此慷慨，如此體貼，如此理解，這個時刻最需要的就是讓靈魂之眼暫時閉上，而讓身體像聚光燈下的藝術品那樣凸顯出來。在往後的歲月中，他愛她如此長久，很大一部分原因就在於這個微妙的時刻。他專注地欣賞著她的身體，直至身體的色情意味消失殆盡，剩下的卻不是肉體本身，而是生命的頌歌。他在那樣的恍惚中，彷彿聽見了一支靜靜的頌歌在心中緩緩升起。

那個漫長的夜晚終於過去了，過去了才顯得無比短暫。他們精力旺盛，睡眠也同樣旺盛。他不記得他們是怎麼睡著的，只記得第二天醒來的時候，已經十一點五十分了，床頭櫃上的電話一直發出刺耳的鈴聲。他接起電話，是服務員，問他們是續住還是退房，他有氣無力地說：「退房。」「那你們抓緊時間，十二點退房。」說完，對方就掛了電話。陸潔也醒來了，低頭羞澀地笑著，說：「那我們起來吧。」他像感到了未知的恐懼一般，忽然很想抱抱她。他向她伸出手，卻被她擋住了：「不要。你快穿衣服，羞死了！」她嬉笑中的拒絕是堅定的，他感覺到了。他只得穿起了衣服，她讓他背過身去，才穿上了衣服。他的心中滿是惆悵，他知道，最美好的一夜過去了，他們之間的命運也發生了戲劇性的變化。說不清為什麼，他對這種變化有著不詳的預感。

他們來到戶外，正午的陽光讓他們睜不開眼睛，與昨夜深不可測的濃黑恰成正比。不知道是昨夜像一場夢，還是此刻更像一場夢。他和她並排走在回學校的馬路上，路邊高樓的玻璃幕牆反射出的強烈光束，像盯著他們的一道道嚴厲的目光；裝滿水泥的貨車、擠滿人群的公共汽車從他們身邊呼嘯而過，像是某種說不清的危機在附近反覆轟鳴。他們之間一句話也說不出來。等走進學校的時候，他想和她一起去飯堂吃飯，可她拒絕了。她說自己太累了，要回宿舍休息了。他看著她遠去的背影，昨晚的一幕幕忽然又生動了起來，他的情緒忽然又高漲起來了，彷彿獲得了虛擬之物的獵手。他想：她能允許他如此靠近自己，那麼他們的關係肯定是走在一條充滿希望的路途上。

接下來的幾天，他度日如年，與其說那個夜晚誘惑著他，不如說那個夜晚毒害著他。他感到了痛苦的壓迫。他迫切地需要重溫那個夜晚的一切，即使只有一半的濃度都好。但是，陸潔彷彿忘記了那個夜晚一般，再也沒有主動和他聯繫。他打電話找她，她總說很忙，沒有時間。

她的語氣還談不上冷淡，卻已經不再是熱情了。他預感的危險正在向現實轉變，他想努力推遲那一刻的到來。他從不去逼迫她，只是小心翼翼地維持著這段關係：打電話，問個好，聽聽她的聲音就心滿意足了。但是有一天，她主動打電話給他，找他出來聊聊。他的腦海出現了一片轟然倒塌的黑暗，因為那個時刻可不是他期待的美好夜晚，而是陽光毒辣的正午，所有的人都在房屋裡避暑或午睡。在這樣的時刻聊天，一定是要談論一些殘酷的事情的。這個時刻的到來比他預計的要早很多，他以為他還有時間和機會。可現在，他幾乎亂了陣腳，就像還沒上戰場就被繳了械的士兵。

他們在約好的操場門口碰面，陸潔穿了一身酒紅色的連衣裙，讓她憑空多了幾分成熟，也讓他望而生畏。他們在空無一人的跑道上緩緩走著，遠處的跑道蒸騰在一片耀眼的白色當中。他和她打過招呼之後，還沒有說一句話，也不想首先破局。他在等待她的宣判。他們繞著跑道走了一圈，回到了原點，她用非常艱難的表情望著他，說：

「我有男朋友了。」

「有了？」他第一個反應是問：「什麼時候？就在這幾天？」

「不是，是認識你的前一個禮拜。」

他不敢相信，結巴著說：「你是說，你一直背著男友和我交往？」

「也不能這麼說吧。」

「那應該怎麼說？」他站在原地不動了，像是一根扎進地面的釘子。

「我是說，我是在認識你一個禮拜前認識的他。那時我還沒和他在一起。」

「那你一直在我們當中比較和選擇？」

「你要這麼認為我也沒辦法。」她低著頭，不看他。

「為什麼不選我？」他怕自己會帶出哭腔來，便咬緊牙關，加重了語氣。這讓他顯得有些氣勢洶洶，盛氣凌人。

「我和他都是學校辯論隊的，前段時間我真的很忙，一直在忙著集中訓練，他和我接觸得更多了。」

「然後？」

「你和他不一樣。我總覺得你和我太相似了，我害怕自己愛上你。而他是個強勢的人，我抵擋不住他的進攻。」她驀然蹲了下來，搖搖腦袋，長髮散開了，讓她看上去像是一株形狀奇特的植物。「嗨，其實，我也不知道，說不清楚！也許我是想自己的生活有一個全新的開始。」那株植物悶聲悶氣地說。

他還有什麼好說的呢？除了默認這命運突如其來的偷襲，便是像忍受這正午明晃晃的陽光一般，忍受著心中的刺痛。

剛剛開始就結束了，他怎麼能甘心呢？那天中午過後，他的心底依然沒有對這段關係做一個了斷。記不清有多少次，他都想再次對陸潔表達出心中積壓的情感，即使不能感動她，至少要感動自己。但每一次，當他鼓起勇氣的時候，他都無法逾越那個夜晚帶來的高度。他懼怕弄巧成拙，讓那美好的記憶也變成廢墟。到後來，他只能裝出無所謂的樣子，按照陸潔所強烈建議的，和她繼續做「朋友」。他對陸潔的選擇也多了一份理解：自從他們一開始交往，他就明白陸潔渴望的是確定性極強的事物，而他，總是不由自主地喜歡可能性，在他這個可能性的世界裡，陸潔是抓不住一個牢靠的把手的。

但是，理性是如此無助，神祕、曖昧的情感世界一旦被打開，就永遠不可能再關上了。他為了忘掉這段關係帶來的疼痛、失望以及焦渴，開始了主動出擊的戀愛之旅。那個夜晚帶來的隱祕饋贈顯現在他作為一個男人的氣質裡。他在和女孩兒的交往方面變得成熟和老到，他在短短一個月的時間，就連續交往了哲學系和歷史系的兩位女孩兒。當然，他並不是那種騙取女色的登徒子，他只是把心中激發起來卻無處安放的情感波濤與她們做一個分享。沒錯，他並不和她們上床。那彷彿是和陸潔的那個夜晚所簽訂的一個無形的允諾，他無法背叛那個即使只有他一個人承認的允諾。

一個學期過去了。他的感情經歷變得越來越豐富，在女孩兒面前他越來越風度翩翩、妙語連珠，一度讓嫉妒的男同學們封為「情聖」。在那段時間裡，他覺得自己已經把陸潔給忘掉了，把那個夜晚給忘掉了。但有一天，他接到了陸潔的電話，他剛一接通，陸潔就哭了，她說自己失戀了，說那個男人根本不是自己想要的。她哭訴著，他感到自己心底的某處又開始變得柔軟起來，他安慰著她，意識到現在是一個絕佳的進攻機會。但出乎自己預料的是，他的心中還有一個強烈反抗的聲音。不是出於對她的報復，也不是出於對她的失望與不信任，而是出於對那個美好夜晚的絕望。他和她，在不長的時間裡，都已經改變了。他們的青春像試紙一樣敏感，一點點變化都會顯示在他們的生命中。他不得不變得格外謹慎，沒有再說出一星半點的熱情字眼。

她約他出來見面，他同意了。

但他沒想到的是，他在面對陸潔的時候，就像是跳傘運動員墜地的那一刻，猛然間被一張巨大的傘布給遮蓋住了，身上被麻花樣的繩索緊緊纏繞，既無力反抗，又無法掙脫。他怕，他怕看到陸潔的眼神，可她的眼神還如曾經一般清澈，彷彿什麼都不曾改變，彷彿她依然單純如初，彷彿時間倒流他們剛剛相識。

她穿著一身潔白的連衣裙，裙擺停留在圓呼呼的膝蓋上邊，恰到好處。他看到她腳上穿著一雙粉紅色的魚嘴高跟涼鞋，赤裸的腳趾頭從鞋頭那裡探出腦袋來，像是一窩可愛的動物幼崽。她已經認識到了自己的美，懂得更適當地去表達了。他不免有些心潮澎湃，但他已經懂得了克制，已經有足夠的耐心去體味在時間中發酵的青春。

他和她並排走著，去往學校對面的咖啡店。路過操場的時候，他扭頭看了看那人群湧動的跑道，心底依然感到了刺痛的滋味。而她，目不斜視地走著，滿懷心事，似乎曾經的那個殘酷瞬間與她無關。就在這一瞬間，他忽然對她有了一種無法遏制的憤怒，這憤怒當然與上次的拒絕有關，但又具備了更多抽象的性質，變成了一種綿密的恨意，這種恨意和他的愛一樣，無從解釋卻淩駕在了他的生活之上。他發現自己開始渴望一種確定的事物，比如真真切切地得到認可、成功乃至金錢。他把陸潔帶給她的痛苦歸結為一種可能性的失敗。他並非覺得陸潔就是對的，他只是覺得可能性的魅力是要建立在確定性的基礎之上的。他自以為找到了真理，勝券在握。

他們坐在咖啡館臨窗的位置上，他想起他們第一次在西餐廳吃飯的情景，他們交談著她的詩歌，氣氛熱烈而歡快。儘管他不知道她依然在堅持投稿，但他知道她仍然在寫詩，會把詩貼到她的QQ空間裡。他每次看完之後，都會刪去自己的痕跡，首先的原因自然是他不想讓她發現他還那麼密切地關注著她。但除此之外，還有一個更重要的原因，就是他發現她的詩寫得愈來愈糟糕，原本通透的靈氣被繁複的修辭給遮蔽了。她還是那樣，寫作的時候忘記不了他人的目光。她的內心越是底氣不足，她越是去掩飾，這樣反而弄巧成拙了。他為她感到難過。

「你最近一直很忙嗎?都很少找我了。」她望著他，滿臉憂鬱。

「是的，很忙。」他連一個微笑都不想給她。

「家樺，你討厭我了。」她忽然低頭說。

「沒有，怎麼會這麼說?」他的心立刻變軟了。

「你不用安慰我了，我知道的。」她望向窗外。他看到她的眉毛精心修飾過了，有著流暢的邊緣。她的眼睛乾淨明亮，像是一塵不染的水晶。

「陸潔，我有女朋友了。」他盯著她的眼睛，脫口而出。仇恨在閒談之際突然駕到，就連他自己都始料未及。他高舉著那個美好夜晚的戰旗，像是獲得了一種可以向她宣戰的道德權利。

「是嘛?」她扭過臉來，正視著他，眼神裡閃過一瞬巨大的慌張，隨即變成了疑惑，彷彿這是一件無法理解的事情。

「她是哲學系的，我們會經常聊聊海德格爾的哲學，荷爾德林的詩歌。她也寫詩，寫得蠻好的。」他描述著內心虛構出來的女孩兒，在這個過程中他感到了眩暈的快意。

「你能介紹我們認識一下嗎?」她佯裝著興奮起來，一掃剛才的憂鬱，像是一名偵探找到了破案的線索。

「行啊，改天就給你介紹。」他笑了起來。

這次她沒有笑，而是把臉更久地朝向了窗外。他注意到她清澈的眼角湧起了一層迷濛的霧氣，就像他們西部故鄉冬天的窗戶一樣。他曾在數不清的清晨，坐在教室的課桌上，凝視著那樣的霧氣，彷彿透過這層霧氣可以看清楚自己不確定的未來。現在，他透過那層霧氣望見的是自己在她心中的不確定的情感。一剎那間，他感到了一陣揪心的委屈，隨後，這種自我的委屈瀰漫成了一種深刻的傷感。

他意識到，自己永遠失去陸潔了。

在高潮來臨的黑暗裡，他感到自己所經歷的全部夜晚融為了一體，全部的夜晚都在這一刻來到了他的生命中，他的生命也被全部的夜晚一次次加固成型。他強烈的渴望永恆的存在。當他看到陸潔嬌媚的臉龐時，他覺得自己對她的愛情儘管搆不上不朽，但至少也是對永恆的一種假設，或者，是對永恆的一種發明。她曾用這種文學的方式告訴過他：她為了把他留在一種永恆裡，所以總是選擇遠離他。而他不明白的是，他為了把她留在一種永恆裡，卻要千方百計地接近她。同樣的目標，為何帶來的是兩種截然相反的方式？

他撫摸著她的身體，汗津津的皮膚，呼吸起伏的律動，彷彿裡邊蘊藏著無限的能量。然後，他的手停留在她小腹的那道疤痕上。他對此並不陌生，那是她小時候闌尾炎手術後留下的遺跡。他在和她的第一夜裡沒有注意到這道疤痕的存在，他是在大學畢業前與她共度的第二個夜晚裡，才第一次發現了這道疤痕的存在。第二個夜晚，註定是一個更加徹底的夜晚，也是一個悲傷的夜晚。在第二個夜晚之前，他們各自的人生已經開始了。

他自然沒有把「女朋友」介紹給她認識，不過他們之間的關係變得怪異起來。他們見面的次數沒有減少，反而重新多了起來，快趕上剛相識的那會兒了。不同的是，他們閉口不談感情，只談文學、生活以及令陸潔難以忍受的解剖學。就在這期間，他開始寫小說了，此中緣由一定和陸潔的影響有關。不過，這種影響可不是來自對文學的熱愛，而是來自她給他帶來的心靈上的創傷。他沒有選擇詩歌，而是選擇小說，因為在他的可能性的世界裡，他需要不斷地去假設。而每一種假設，引發的都是一次虛構的旅程。好多次，他面對陸潔的時候，都想對她說：「我會一次又一次把你留在作品裡。」

大學剩下的時間越過越快，以加速度的方式前進，很快他們就面臨畢業了，他決定去報社工作，而陸潔因為成績優異，被保送上了北京的一家醫學院，繼續攻讀研究生。在舉辦完畢業典禮的那天晚上，他們相約來到了第一次過夜的那家小賓館。在同一間房裡，他們如同完成一個期待已久的儀式般的，交合在了一起。等到這個儀式完成後，他們忽然感到整個身心都輕鬆了起來。他望著她，她看著他，那些附著在羞怯之上的各種糾結彷彿已經煙消雲散了。就在這個獲得了內心平靜的時刻，他撫摸到了她小腹上的一道疤痕，她用一種抒情的語調告訴他：「我童年時得過闌尾炎，痛得死去活來，因為沒有及時送到醫院，差點連小命都丟掉了。」他摸著這道疤痕，那略微凸起的質感令他不適，但隨著她的訴說，他覺得那道疤痕重要了起來，就像陸潔這個名字有個和它相對應的人一樣，這道疤痕也有個和它相對應的身體。這道疤痕就是這個身體的隱祕稱謂，一個逃離語言卻真實存在的名字。而他，是此時此刻將這個名字緊緊攥在手心裡的人。

「你怎麼老是喜歡撫摸我的傷疤呀？」陸潔說著，在他的肩膀上使勁咬了一口，痛得他呲牙裂嘴起來。

「你還真咬啊？」他表示抗議。

「當然，我也要給你留個傷疤，讓你不能忘了我。」陸潔裝出惡狠狠的樣子。

「你留給我的傷疤已經夠多的了。」他委屈道，將陸潔小腹的疤痕緊緊抓在了手心裡，陸潔尖叫了起來。

如果說在遙遠的過去，這道疤痕的歷史，讓他再次確認了自己對她的愛，那麼現在，他的感觸大為不同了。他想到了女人剖腹產後留下的疤痕，想到了陸潔的腹部也許曾孕育過小生命，想到了陸潔剛剛過去的那場支離破碎的婚姻，想到了自己長久以來虛空無助的生活，想到了撲面而來的看不透的關係網絡，想到了這十幾年來自己受到的挫折與傷害，想到了心底深處迴盪著的難以癒合的傷感……

這道疤痕，不再是這個身體的隱祕稱謂，而是生活再也不能復歸原樣的象徵。他緩緩放鬆手掌，輕輕覆蓋住這道疤痕，不禁悲從中來。

「你有女朋友了吧？」陸潔出其不意地問道。

他的喉頭瞬間被一陣無限的荒涼給占據了，他幾乎無法思考。當然，這是個不需要思考的問題。過了良久，他才說：「是的，有了。」

「她是做什麼的？」陸潔依然像往日那般好奇。

「中學老師，教語文的。」如果說他第一次向她描述那個虛構的女友時，心中滿是報復的快意，那麼現在，他對現實的描述讓他的心中充滿了酸澀。

「你不會又在騙我吧？」她調皮地眨了眨眼睛。

「什麼叫『又騙』啊？」他苦笑。

「難道你還不承認那個哲學系女友是你虛構出來的嗎？」

「我感謝那個哲學系女友。」

「感謝？」

「是的，感謝。」他舔舔嘴唇，賣賣關子，說：「她是我寫小說的師傅。」
「嗯，你繼續騙吧！」
「哈，我沒騙，是她教會了我如何虛構的。」
「討厭！」她笑，伸手便捏他的側腹，他痛得叫了起來。
「你說，我們一直在一起會怎麼樣？」她問了一個他非常感興趣的話題。
「說真的，你讀過我的小說嗎？」他說，「在我的很多小說裡，我一次次假設了這個問題。」
「你的小說可全是悲劇！」她像小女孩那樣驚呼著。不過，旋即，她的臉色凝重起來，不像是開玩笑的樣子了。
「小說畢竟只是一種假設。」他趕緊安慰她，「我寫了那麼多小說，其實理想的讀者只有你一個人，我希望你讀過之後，當著我的面否定我的假設。」他說完後緊張起來，意識到這一刻事關重大，今後假設的前提就要發生巨變了。
「我沒法否定你的假設。」她這麼一說，他覺得自己的心涼下去了。「但是，我也沒辦法肯定你的假設，」她繼續說，「我需要和你生活在一起才知道。」
他的心頭一熱，一個他小說中從來沒有過的假設出現了。他總是在假設愛還是不愛，卻沒有假設過兩人生活在一起的場景。也許在他看來，愛是生活的前提，這個前提都沒解決好怎麼能奢談生活呢？當然，他不止一次反省自己，覺得自己是天真、幼稚與理想主義的，但他又覺得，如果失去了這些，未嘗不是失去了赤子之心。沒有了赤子之心還怎麼寫作呢？他覺得那是羞恥的。現在，陸潔說和他生活在一起，這是一個多麼誘人的念頭，又是一個多麼無望的念頭啊！即使他動用寫作時全部的想像力都無法洞察這個命題。

「看看你，怕了吧？」陸潔笑了。

「倒不是怕，只是感到是一種奢望。」他說。

「得了吧，我可沒你想像中那麼好。」她坐起身來，下巴放在膝蓋上，像是一隻貓望著他。

「你知道的，我有多在乎你。」他說完才發現這是對陸潔說過的最動情的話了。在此之前，他只說過一句「做我女朋友好嗎？」這句話其實相當幼稚，不但談不上多少溫情，而且充滿了潛隱的命令口吻。

「有你這句話就足夠了。」陸潔微笑了。

「我是真誠的。」他抱住她，和她靠在一起。

他再一次深深感到了自己的怯懦，他想到曾經就是因為自己的怯懦，陸潔選擇了另外一個野狗般善於糾纏的男人。他多麼希望自己現在可以用無比肯定的語氣，描繪出兩個人未來的美好藍圖，然後給她有力的許諾：比如搬來北京和她住在一起，像照顧未來的女兒一般照顧她，和她結婚生子，共度一生。但他僅僅只是想到這些，就感到了虛弱和無力，他懼怕自己在這場關係中徹底淪落為一個病人，雖然沒有了傷感，卻也沒有了敏感。

「我們出去走走吧？」陸潔突然仰起頭說，眼睛裡閃爍著興奮的光澤。「讓你體驗下北京冬天的寒冷。」

「你沒來的時候，我一個人在門口體驗了一會兒，」他說，「那真是久違的感覺，覺得自己徹底清醒了。」

「你應該和我一起體驗，你才會真正清醒起來！」她笑著說，「走吧，我帶你去一個好地方。」

「這麼晚了，還能去哪裡？」

「地壇。」

「地壇？」他愣了一下，非常熟悉的名字，問道：「是史鐵生寫的〈我與地壇〉的那個地壇嗎？」

「是的，想不想去？」她已經開始穿衣服了。

「那當然！」他從床上跳了下來。

史鐵生的〈我與地壇〉是他和陸潔都非常喜歡的文章，他們在曾經熱聊文學的日子裡，曾多次聊起過這篇文章。那時，他們對生命所知甚少，他們只是被「那個躲在園子深處坐輪椅的人」所感動，那些關於生命的追問對於他們更多的是一種修辭，他們還沒有把那種追問瞄準到自己的生命上面。他第一次真正意義上讀懂這篇文章，是在去年母親的葬禮之後。他記得那篇文章裡也寫到了母親，他在那樣哀傷的時刻特別想重新讀一讀。他找來文章，慢慢讀。史鐵生寫母親來找他回家，他卻因為無法面對自己下肢的癱瘓，待在地壇的角落裡故意不答應。寫他發表了小說，成了作家，母親卻過世了，無法為他感到驕傲，這讓他陷入了更大的痛苦。讀到這裡，他已是淚流滿面了。他感到生命的幕布被一雙手給揭開了，而他看到的卻是一片黑暗，他以往所知的任何修辭在這裡都失去了效用，他需要自己走進那片黑暗裡獨自探索，直到找到自己可以信賴的事物。他發現，在黑暗中，只能靠信賴而活。沒有了信賴，處處都是絕境。但問題是，他究竟信賴什麼呢？他能信賴陸潔嗎？他能對陸潔說出這些痛苦、疑慮和難以索解的絕望嗎？她能如願撫慰他，並說出她自己的隱痛嗎？

他默默穿著衣服，一句話都沒有說。

他和陸潔穿戴整齊，出了門，來到街上。寒風凜冽，氣溫在逼近這個冬季的最低值。雖然他這次早有準備，穿上了最厚的大衣，但不到三十秒，他就感到臉頰和耳朵生疼了。他不得不搓熱雙手，然後捂著耳朵。

「冷吧？」陸潔笑著問他。

他咬咬牙說：「真爽！我們走快點？」

「好啊！」陸潔把大衣背後的帽子翻了上來，把腦袋嚴嚴實實地包住了，像是愛斯基摩人那樣。

「你太專業了！」他幾乎是羨慕了。

「那當然，我現在是地道的北方人啦！」陸潔說，「不像你，現在是怕冷的南方人了。」

他哈哈大笑起來，南方的溽熱和溫潤在腦海裡一閃而過，那個南方的陸潔和這個北方的陸潔好像不是同一個人。

路上行人稀少，但十字路口的小販依然在搭建著他們的帳篷，準備著熱騰騰的宵夜。他不相信似的問她：「會有人來吃嗎？」

「當然呀，」她說，「而且有著超出你想像的熱鬧。」看他難以置信的樣子，她挽著他的胳膊說：「要不等會回來的時候，我們也坐下來吃點東西？」

「那太好了。」他覺得好像沒那麼冷了。

他們走過一座金碧輝煌的酒店，他第一次發現在寒冷裡，那些越是奢華的事物越是顯得寂寥。而那些細小的、樸實的事物，比如老胡同裡一扇虛掩的門，或是一家小店打烊後剩下的昏黃燈光，更讓人感到溫暖和親切。他把這個感受和她說了，她沉默了一會兒，彷彿下定很大決心才對他說：「我讀過你這些年的全部作品，你是個很棒的作家。」

他的心臟被這句話遽然撞痛，原來這麼多年來，她始終關心著他的作品。要心高氣傲的陸潔認可他是個好作家，可不是件容易的事情。他經常在寫作的時候，想起陸潔便會感到羞愧，彷彿自己篡奪了她的夢想，彷彿自己是在代替她而寫作。因此，他能理解她那沉默中醞釀的複雜況味。她十年之後的這句話，就像是一把鑰匙，打開了他的心鎖，也打開了過去那早已塵封的夢想居所。

「謝謝你，我有時想，我只是你的一個分身。」他笑著說，「一個寫小說的分身。」

「你別給我戴高帽子了，我現在有自知之明了。我當不了作家的，首先呢，我不敢暴露自己的內心，尤其是那些陰暗的、醜惡的，我好怕別人識穿自己。其次呢，我的語言才華很普通，沒你那麼準確。」

他驚訝了：「你說的那麼條理分明，想了很久吧？」

「沒多久，就七八年吧，」她大笑了，「想通了就結婚了，嫁給一個有錢人。」

她的直率感染了他，他不由自主地伸出右臂，在寒風中緊緊摟住她。

這時，他看見地壇公園的門了。這應該是個偏門，顯得很不起眼，走進裡邊，稀疏的路燈讓一切都變成了黑越越的影子，看不真切，就像多年前的海邊之夜一樣。

「史鐵生一般坐哪兒？」他問。

「哈，這個我可不知道，應該哪裡都待過的。看他的文章，幾十年來，他有時間都會來這裡靜靜心。」

「那他的氣息現在籠罩著我們。」

「你別亂說，嚇人。」陸潔把手塞進了他的口袋，握緊了他的手。

他倒是真的不怕，想到史鐵生，他的心裡感到的是親切。史鐵生想了那麼多年的問題，他現在還接著想，還是一樣沒有答案。

「你說點別的吧，太安靜了。」陸潔說。

「你從那件事裡走出來了嗎？」在這昏暗的地方，他才敢問這個。

「你知道我現在最喜歡做的事情是什麼嗎？」她沒有正面回答他，反過來問他。

「不知道，快告訴我。」

「我現在只要一有時間，就去北大旁聽，聽各種各樣的課程。我發現自己最喜歡聽的課程是女性主義理論的。」

「不會吧？你變成一個女權主義者了嗎？」他笑了起來。

「我還達不到那樣的高度，我只是看清了自己的命運。」

「我覺得，現在女人對男人的要求很高，比如要有房有車什麼的，女性的地位也不低啊。」

他帶著調侃的語氣說。

「這才說明了女人的沒有地位，她們對物質的要求，其實是權力鬮割的結果，結果是女人將自身都當做了物質的一部分。女性的權利並不僅僅是男女平等那一套，而是要反抗所有合謀起來壓迫人的權力體系。」她的語氣變得激越起來。

他第一次聽陸潔談論起這麼深刻的哲理，他感到既陌生，又震驚。這究竟是一個什麼樣的女人？她又一次出乎了他的意料。

「這些都是你聽課學到的？」他問。

「這些是我的生活告訴我的，我失敗的婚姻告訴我的，我坐過牢的父親告訴我的。」她說完，深深喘了口氣，像是把十年來的積怨都吐了出來。他在微弱的光線下，看到她呼出的白氣像煙霧般逐漸消散在黑夜裡。他想起了那早已遙遠的海邊之夜，覺出了成熟的重量。這重量像子彈擊中了他，只一瞬間就讓他的內心滿溢了對她的傾慕之情。

「我記得詩人葉芝追了一輩子都沒追到的女人毛特崗，就是個革命家。」他情不自禁地說。

「少來，你的意思是你是葉芝？」她捏了一下他的手。

「哈哈！」他大笑。

他們順著紅色的宮牆，來到了一扇赭紅色的古老木門前。陸潔說：「這門後才是真正的地壇，叫方澤壇。晚上祭壇是不開放的，我們只能從門縫裡往裡看看。」他聽從陸潔的指示，透過門上的木柵欄往裡邊望，只看到了三個昏黑凝重的牌坊，牌坊頂部的飛簷在黑暗中像是怪獸頭頂的巨大犄角。他感到了某種神祕的畏懼，趕緊把腦袋縮了回來。

就在他驚魂未定之際，陸潔突然想起了什麼，問道：「對了，我送的禮物你看了嗎？」

「沒有。」

「還沒有？」她難以置信，「為什麼？沒找到嗎？」

「找到了，」他老老實實地說，「但我沒敢打開。」

「膽小鬼！」她哭笑不得，說：「那你永遠都別打開了。」

「是的，我就是這麼打算的，永遠也不拆開。」他說的很嚴肅，但他知道，陸潔會覺得他特別孩子氣。

果然，她笑了起來，說：「那好，這是你說的，我會記得的。」

他緩緩點頭，好像下定了決心，要把這個祕密保持在自己的生命裡。陸潔剛想說點什麼，但驀然間，不遠處的昏黑裡有人吼起了京劇，還間或發出「哈哈哈」這種戲台上的爽朗大笑。他們因為驚懼而面面相覷，在黑暗裡像動物那樣緊緊依偎在一起。寒風變大了，加深著夜的黑暗。他感到自己和陸潔是如此孤獨，與周圍的環境變得涇渭分明起來。就在這一刻，他無比清醒地意識到自己站在地壇公園裡，站在北京城中，站在中國的北方，站在北半球上，站在懸浮的地球表面，寒冷夜空上的那一輪明月離自己越來越近。

他恍然間覺得，自己和心愛的陸瀿，是門後這座祭祀大地的方澤壇上，遺落下來的兩件祭品。

第二人

我的左手開始痛恨右手，當然，右手更加痛恨左手。我被綁起來了，那狗日的綁得真緊，他別讓我重獲自由，否則我非讓他加倍償還不可。車向西邊一路開去，我看到窗外迅速掠過一排排低矮的村屋，覺得這些景物竟是如此熟悉。我在腦海的坑窪裡仔細爬梳著，但是一無所得，或許是這些風物毫無特徵的緣故吧。我問他：「你到底帶我去哪裡？」他專心開著車，頭也不回，說：「坐著吧，很快就到了。」

恐怖在我心間滋生，但另一種情緒：好奇也在蓬勃興起，我罵自己真是個賤東西，都他媽的快死了還好奇什麼呀。但是，就是好奇，不可遏止地好奇。接下來會發生什麼呢？我無仇無怨，誰會對我感興趣呢？琢磨來琢磨去，這事越來越充滿了未知的誘惑，甚至，我還有了點兒興奮。真是個賤東西。

前幾天我回海市探親，和幾個朋友晚上喝醉了，在大街上走走唱唱的，丟死人了，好像還和幾個行人發生了衝突，難道是那幫人的報復？那也太小氣了吧，跟個醉漢還這麼計較，是他媽的懦夫才幹的事。要真是這樣的話，我也沒什麼好怕的，這幫狗日的懦夫。我閉上眼睛，迷迷糊糊睡著了。

待我睡醒的時候，車已經停了。他叫醒我，搖著頭說：「你這人還真睡得著。」我打了個哈欠說：「你到底想幹什麼，你知道嗎，你已經嚴重違法了！」他不理會我的指責，讓我趕緊下車，我雙手只能合十，像是出家人一般，行動非常不便，連車門都打不開。他絲毫都沒有考慮到我的難處，還不耐煩了，催促我說：「快點啊！」

好不容易，我掙扎著下車了，我站在那裡，瞪大了眼睛向四面八方望去，發現這是個小鎮，冷清得很，一片衰敗凋敝的景象。我問：「這是哪裡？」這次他倒回答得乾脆：「青馬鎮。」

「青馬鎮?!我小時候生活的地方？」

「對，正是。」

記憶之門瞬時開啟，二十年前，還是十歲小少年的我，跟隨父母離開了青馬鎮，也離開了我的童年。那是一次平庸無奇的離開。我坐在搬家大卡車的駕駛室裡，幾個童年夥伴朝我揮揮手，沒多久，車就開了，我什麼話也沒和他們說。在車轉過拐角的時候，我看到他們已經開始在院子裡玩鬧了，像是沒事發生似的。當時的我並不失落，那時我還不認識這種情感，在那離別的一刻，我只是有種錯覺，似乎我並沒有離開，依然在他們中間玩耍，反而坐在車上離開的這個我，似乎並不是我，而是另一個讓我完全陌生的人。

「這是青馬鎮？我怎麼一點都認不出來了？」我認真打量著四周，試圖喚醒一些熟悉的東西，但是徒勞無功，這裡和中國其他地方的小城鎮一樣，毫無特色，只是對某種城市印象的仿製品。

「二十年了，在當代中國，二十年相當於別的地方、別的年代上百年呢，你怎麼能認得出來？」他居然說出這麼有水平的話，讓我不得不刮目相看了。他頂著鴨舌帽，戴著墨鏡，穿著一身迷彩服，顯得非常不合時宜，是那種走到哪裡都會被人記住的形象。

我說：「是啊，我一點都認不出來了，看來你對我的過去很熟悉，你到底是誰？」

他沒有什麼表情，用墨鏡後的眼睛盯著我，說：「帶你去見個老朋友。」

「我在青馬鎮還有老朋友？據我所知，他們和我一樣，都搬到海市去了。」我有些摸不著頭腦了。

「你跟我走就是了。」

他走在我的前面，腳上還穿著那種過時的軍用皮靴，後跟的鐵掌輪番敲打著水泥地面，劈里啪啦，像是一間活動的鐵匠鋪子。

我們走了十分鐘左右，我的雙手就那麼綁著，像是示眾的囚犯，光天化日之下竟撞不到一個路人，更別說熟人了。我忍不住問他：「這是死城嗎?!人都去哪裡了?」

「差不多是個死城了，經濟中心轉到臨近的白馬鎮去了，高速公路也不經過這裡，這裡快要廢掉了。」

「我小的時候，白馬鎮不如青馬鎮啊。」

「白馬鎮正好在高速公路的邊上，有來往汽車必經的加油站，所以人家百業興旺了。」

我不再說什麼了，我跟著他穿過一條小巷子，走過小巷之後，我突然呆愣住了，我看到了一幢非常熟悉的建築！

「這是……好熟悉……」我嘴角囁嚅著。

「這是青馬鎮電影院。」

「對，對，電影院！」我高興起來了，早已忘記了自己的囚徒處境。

一片蕭條的青馬鎮竟然保留了這家電影院，而且還被修葺一新，太令人驚訝了。這家電影院代表著青馬鎮曾經的繁榮歲月，也吸納了我童年時無數的歡樂記憶，我站在它的面前，就像是見到了昔日的戀人一般，竟然心潮起伏，眼角都感到有點兒濕潤了。

不過，它和過去還是不同了。

它不再是開放的，而是封閉的。像是動物園對待猛獸似的，褐色的鐵柵欄把這座淡黃色的建築物給圍了起來，也把我擋在了外面。我問：「還有電影放麼？」他咳嗽了一聲，說：「廢話，還有誰來這看電影？」「那還修葺一新……」我疑惑不已，他卻不理我，眼睛望著別處。我站在柵欄前，用雙手握住了一根鐵條，覺得這電影院已經成為了一個純粹的象徵產物，在這方面它甚至都超越了巴黎那座鏤空的艾菲爾鐵塔，那鐵塔還可以供人們登上去看看風景呢，而它就放置在那裡，難道只是為了時不時提醒一下人們的記憶嗎？

在這個炎熱的午後，我和他呆站在這裡，就像是公墓裡的憑弔者似的。時間一分一秒地流逝，我不知道站了多久，似乎他費那麼大勁抓我，就是為了讓我站在這裡似的。如果真是這樣倒也不錯，符合我的心意。我獲得了足夠的時間去憑弔我的童年，許多早已雜草叢生的記憶現在開始逐漸顯現出來，不過殘酷的是，再鮮活的記憶也只是往事的灰燼而已，我心中的傷感開始持續增長，終於，我長嘆了一口氣。

「有點感覺了吧？」他突兀地問道。

「什麼感覺？」

「過去的感覺。」

「當然。」

「那好，是時候了，我帶你進去吧。」他說著從褲兜裡掏出鑰匙來，把鐵柵欄的門打開了，這很出乎我的意料，也讓我感到恐懼，好像塵封的記憶突然敞開了似的。他先進去了，然後朝我招手：「快來！」我突然意識到這是我逃跑的最佳時機，但是我看了看周圍，馬上打消了這個念頭，我能跑到哪裡去呢？或許老老實實跟著他走，毫不反抗，才是最安全的。我走了進去，他馬上把柵欄鎖上了，他還朝我解釋道：「並不是怕你跑，而是怕別人進來。」

我心想誰會進來，這裡連個屁都沒有。我向電影院走去，越來越近，近得已經能看清楚「修葺工程」的拙劣了，塗在表面的淡黃色太淡了，隱約還可以看到「主席萬歲」等字樣。我這才想起，這建築是很古老的了，在我的童年，它就已經是上一個時代的遺物了，沒想到它的生命力竟然如此之長，我想，如果它能在風雨中再堅持上五十年或更久，那真是不折不扣的文物了。

電影院大門緊鎖，我湊近門上的兩扇小窗向裡看，結果除了一片黑暗，什麼也沒看到。他說：「別看了，我們從後門進去。」我跟著他，繞著電影院走了半圈，一側的地面上長滿了濃密的野草，那裡散發著濃烈的尿騷味，讓人快要窒息了。我捂著鼻子，看到了一扇黑色的小門，僅容一人通過，和龐大的電影院很不匹配。他走過去，輕輕踢了下門，門一下子就敞開了，根本沒有上鎖。

「請進吧。」他說。沒有絲毫的命令口氣，更像是一種商量。即使他綁著我的雙手，即使我恨他，我也難以拒絕這樣的商量。不知道是我的心軟到了愚昧的地步，還是裡面的誘惑慫恿著我，我一抬腿便跨了進去。

或許是青馬鎮電影院裡充滿了我童年的碎片，我的恐懼漸漸消散了。裡面光線比較昏暗，不過倒是寬敞，廢話嘛，電影院裡面能不寬敞嗎？能坐好幾千人呢。待我的眼睛適應了裡面的光線後，我看到裡面並沒有想像中的落滿灰塵，而是乾乾淨淨的，破舊的椅子上一塵不染，就連幕布也還掛在那裡，彷彿滿座的電影剛剛散場似的。太神奇了。

我坐在了一張椅子上，閉上眼睛，童年的歡欣如約而至，我記得在這裡我看過電影《紅高粱》，然後學會了吼裡面的歌：妹妹你大膽的往前走哇，往前走，莫回呀頭！還有周星馳的《九品芝麻官》，笑得我肚子疼。當然也有可惡的時刻，就是電影《大紅燈籠高高掛》，當時說十八歲以下的未成年人不能進場，真是急死我們了，越不給看，越想看，有人說那是黃色電影，讓我們的心更癢了，想像著那些成年人享受著怎樣的視覺盛宴，我們恨不得馬上長大。許多年後，等我看到那片子的時候，我要做的第一件事便是心急火燎地尋找著「黃色」的部分，但是一無所得，我強烈懷疑是不是還有另外一部同名電影……是啊，太多的回憶瀰漫在這個空間裡，這就是我的「天堂電影院」啊！

他站在我的身邊，像個沉默的幽靈，任我沉浸在漫無邊際的緬懷中。

「這麼說，你是帶我來懷舊的？」我睜開眼睛，感慨萬千。我看了看我緊密合十的雙手，又忍不住抱怨道：「但你的方式也太粗暴了吧！」

「我說過了，是帶你去見個老朋友。」他的語調毫無起伏變化，像一段鐵軌。

「既然是老朋友，對我還這麼粗暴?!」

「他在樓上的放映室等你。」

我打了個寒顫，扭頭向後上方望去，那是個熟悉的地方，電影開始時，是那裡投出的一束光變出了花花綠綠的世界。現在，那裡只是一個小黑洞，我仔細盯著那裡，好像看到了一個人影，他站在那裡，也盯著我看，我能感覺到他的目光打在我的身上，就像陰森的寒氣將我包圍了。我不禁顫慄起來，我敢打賭，那個站在高處的人肯定沒有眨眼，就那麼蠻橫地大睜著雙眼。真要命啊，我小時候有過什麼仇敵麼?我迅速回憶著，但是毫無結果，一個小孩子能惹下什麼滔天大禍，讓人惦記了二十年來報復?沒可能，絕對沒可能。

「我們上去吧。」

他說著向樓梯口走去，我緊跟其後，待踏上樓梯時我有些喘不過氣了，那個人的氣場太淩厲了，遠遠地就能讓人心慌意亂。這回他媽的死定了，我為什麼要老老實實跟過來?!我這是天堂有路不走，地獄無門偏進啊！我真切地感到自己這次遇上大麻煩了。不過，我也使勁安慰著自己：他總說帶我去見「老朋友」，既然這麼說，應該沒有什麼危險吧，畢竟也是老朋友嘛⋯⋯

也許是老同學的惡作劇呢。

樓上的光線要好很多，窗外陽光明媚，可以望見很遠處的低矮民居，不過還是杳無人跡。他站在房間門口說：「請——」雙手還做出請的姿勢，我甚至覺得他是站在我這邊的，是專門來保護我的，凡是他讓我做的，似乎危險就不大。

我咬咬牙，走進了房間，立刻就看到了那個陰鬱的人影，他穿著一身黑色的中山裝，端坐在椅子上，正對著我，最讓人起雞皮疙瘩的是，他的臉上戴著面具，一個滑稽的兔子面具。

面具人看到我，衝我點點頭，大聲叫了一聲我的名字，我渾身一震，但我對這個聲音無比陌生。他說：「請坐。」那個一路看守我的傢伙趕緊給我搬來了一張椅子，我坐下來說：「先給我的手鬆綁再說其他的好不好？」

面具人說：「不是故意要綁你的，而是等會你自己會主動同意的，所以我就想沒必要再多此一舉了。」

這番瘋話讓我有些氣急敗壞，我說：「我又不是神經病，我等會還會求著讓你綁我不成?!」

「那真的很難說，」面具人笑了起來，聲音很難聽，他說：「小山，那就給他先解開吧。」

原來那個傢伙叫小山，這個名字聽起來是有點兒熟悉的，或許是平凡的熟悉吧，叫這個名字的人成千上萬呢。當然，我也想到了晏幾道的〈小山詞〉，不過在這種狀況下想起這個也太不合時宜了。

小山做什麼都一絲不苟，他用木偶般的機械動作解開了繩索，我的雙手一陣舒爽，我使勁在空中甩了十幾下，才感到血液開始貫通手掌的每一道血管。手腕上有道深紅色的印痕，像是很深的傷口，我在心裡狠狠罵著這兩個王八蛋，但表面上裝作若無其事的樣子，只是用兩手輪換著搓揉受傷的部位。

「聽到小山這個名字，你想到他是誰了嗎？」面具人伸開右手，小山把繩索遞到了他的手中。

「有印象，但一時半會兒還想不起來。」

「小山，摘下帽子和眼鏡，讓他仔細看看。」

小山摘下了鴨舌帽，然後把墨鏡丟在帽子裡面。原來他長得眉清目秀的呢，剛才的暴戾之氣消失了大半。看來他的這身怪異的裝束就是為了嚇唬我的。我仔細研究了這張臉，但是一無所獲，這是一張完全陌生的臉，或許鼻子眼睛有些熟悉，但組合在一起就是十足的陌生了。

「我不認識。」我說。

「你還真是貴人多忘事呢。」面具人調侃道。

「我真的不記得了，我看他也不認識我吧，他綁我的時候，還掏出照片來對認了好久。」

「哈哈，二十年不見了，是得認清楚。」

「你太無恥了，他都不認識我了，憑什麼就要我認識他？」我生氣了，他那是不加掩飾的雙重標準嘛。

面具人站起身來，有些煩躁地揮動著手臂，制止我再說下去，他咳嗽了一聲，清了清嗓子說：「不說這個了，我們找你來，是真心想請教你一些問題的。」

原來是想請教我問題啊！他這麼說，我有恃無恐了，我必須提點條件才行，我說：「我可以回答你的問題，但你先告訴我，你們到底是誰？」

「問得好，我們是誰太重要了，這也是我們請你來的目的，等會我自然會說的。我想問你的是，我最近讀了一篇小說，名叫〈內臉〉，發表在《花城》雜誌上的，作者的名字和你的一樣，那是你，沒錯吧？」

「對啊，是我，沒想到你還關注文學，這年頭關注文學的人不多了吧。」

「我從小就很喜歡文學，我只是沒想到連你都能寫小說。」

「你嫉妒了？你不會是因為這個才把我綁架來的吧？」我不乏嘲弄地說。

「你可以這麼認為，如果這樣讓你高興的話。」面具人坐回到椅子上，說：「現在，讓我們來談談你的小說吧。你在那篇小說裡寫了兩個女人，一個女人在權力的頂端，有著變化多端的表情，另一個女人的內心善良豐富，卻得了一種病，失去了表情，你在和這兩個女人的情感糾葛中，探索了臉的很多意義。我總結的對不對？」

面具人苦思冥想地用書面語言描述著我的小說，那斟字酌句的樣子真夠滑稽的。不過這給我帶來了極大的困惑，他到底想幹什麼呢？難道他不滿意我小說的敘述？不滿意就直接綁架作者，逼我就範？這也太荒唐了吧！

我說：「你可以這麼說吧，你是讀者，你有闡釋權。不過，不是我和這兩個女人在糾葛，而是小說的男主人公。」

他說：「隨便吧，你不就在意淫嘛。」

「放屁！」

他不理會我的憤怒，繼續說：「我覺得你對臉的本質還是有些想法的，比如臉與虛無，臉與存在，等等。但是，你忽略了臉的一個重要特性。」

「什麼特性？」

「哈哈，這就是我請你來的原因，我要當面告訴你！」面具人一下子興奮起來了，他策劃的一齣好戲終於到了上台的時候了。

「你說吧，我願聽高見。」我雙手托住下巴，等待著他的長篇大論。真沒想到我還真碰見了瘋狂的讀者，這是二十一世紀了，而不是十九世紀——那個文學的世紀。我應該為文學的未來多一份信心嗎？

「臉還有個特性，在我看來那或許是最重要的，那就是：威懾性，威懾滋生的恐怖，恐怖滋生的權力。你在小說中表達了權力對臉的塑造，但是你卻沒想到臉也可以獲得權力，這才是臉最奇妙的地方。」面具人邊說邊揮舞著手中的繩子，得意洋洋，好像時刻都想重新綁住我。

「這個，這個我不是沒想到，一張俊秀的臉是比一張普通的臉更有傳奇色彩，比如就我知道的作家裡邊，海明威的臉有著男人的剛毅，加繆的臉有著電影明星樣的帥氣，他們的臉令人難忘，以至於讀他們的文字時都會不自覺地受到他們的臉的影響。」

坐在二十年前的一家廢棄電影院裡，和一個戴著面具的怪人探討著這樣玄虛的問題，我覺得自己在做夢，我碰了碰手腕上的勒痕，那裡疼得發燙。

面具人說：「哈哈，你恰恰理解反了我的意思，我說的是臉的恐怖。臉的帥只能作為一種錦上添花，但不能單獨獲得權力，但臉的威懾、臉的恐怖卻可以。」

「我不大明白你的意思，……你覺得你戴個面具是對我的一種威懾嗎？然後你就有了綁我的權力？」我實在被他搞糊塗了，他究竟想表達什麼呢？我可不喜歡和陌生人猜謎。

「不好意思，你又說反了，我戴面具是為了阻斷對你的威懾。」

難以索解的話。我沉默，看著他，他的白兔面具是一副竊笑的表情，我知道面具下方的那張臉也在竊笑。

面具人等待著我的回應，可我臉上毫無表情，緊閉嘴巴，牙齒緊緊咬合在一起，有種的話就拿刀子來撬吧。

「不說話了？」面具人對我的沉默感到十分失望，他說：「你的作家思想上哪裡去了？你不想和我探討一下臉與權力的關係？」

權力是社會分配給個體的，然後塑造了個體，雖然一點兒也不公平，但也沒聽說過一張臉本身可以滋生出權力來，最多，臉也只是權力塑造的一種神話罷了。不想和他糾纏這些。沉默。

「唉，看來你還是太狹隘了。」面具人痛心疾首地搖頭，好像我很讓他失望，他嘆口氣說：「其實，現實遠比小說有趣得多，我們還是回到現實中來吧。」

現實？我想，沒有比眼下的現實更荒誕的了。沉默。

「算了，我告訴你我是誰吧，我叫大山。小山，大山，記起我們沒有？那對雙胞胎。」面具人這次頗有耐心地提示我。

我從來不認識什麼雙胞胎，除了小區裡的一對，可他們才上小學三年級。很奇怪，印象中的雙胞胎總是孩子，兩個長的一模一樣的成人我真的從未見過，我想那肯定是一道非常特別的風景吧。如果眼下的這兩個人真是雙胞胎，那麼我看到小山的臉豈不是就能對面具人的臉猜個八九不離十了？看他接下來怎麼表演吧。繼續沉默。

我長時間的沉默激怒了他，他緩緩站起身子，默默審視著我，好像在想怎麼整治我。氣氛有些凝固，我躲開那張面具的審視，扭頭看了看他的弟弟小山，他站在那裡一動不動，如同蠟像，他在大山面前一直保持著沉默，有著僕從式的謙卑，他們哪裡像是兄弟啊。不過有小山在場我還是舒服些，單獨面對詭異的面具人我會被嚇得半死吧，誰知道他是人是鬼呢。

時間在流逝，沉默在繼續，面具人忍不住又開口了：「你要怎樣才說話呢？你要我對你坦誠相見嗎？」

坦誠相見？

也就是說，到了摘掉面具的時刻了吧？我滿懷期待，期待著看到兩張一模一樣的成人面孔。我不禁衝他點了點頭。

面具人沒有讓我失望，他的右手慢慢向上抬起，而後按在了面具的邊沿上，只要輕輕一扯，這個滑稽的兔子就會被丟在一邊，露出裡面的謎底來。可他停頓在了那裡，似乎在履行一個儀式。的確，他的一舉一動都充滿了儀式感。他說：

「我的臉會帶給你強烈的震撼，你要是還想不起我來，那我就真的太失望了。」

我笑了一下，表示我在翹首以待。

他迅速扯下了面具，像是扯下了一層皮似的，嗓子裡發出了痛苦的哀號。一瞬間，那張龜背似的臉暴露在了正午明亮的光線中，嚇得我魂飛魄散。那是一張徹底毀滅的臉！臉皮像燒變形的白色橡皮樣的堆積在一起，滿是褶皺，那些褶皺不同於老年人的皺紋，它們的方向是隨意的，將臉部隨機切割為不同的形狀，猙獰如惡鬼，他的兩顆小眼睛有著老鼠樣的黑亮，從不規則的眼裂中逼視著我。他咧嘴笑了起來，嘴唇像是被縫合在一起又被用力撕裂開了，有著支離破碎的邊沿。

「劉大山?!」腦海中一道電流擊中了我，我突然間抓到了記憶的稻草，我下意識地喊了出來。

「對！」那滿臉的褶皺蠕動了起來，強烈地回應著我。

是的，我終於想起他是誰了。

二十年前的青馬鎮小學，在放學的人潮中曾有一張鬼臉嚇得我半死。別人告訴我那人叫劉大山，玩汽油瓶燒壞了臉。遠遠地，我盯著那張臉看了很久，他在人群中談笑風生，並沒有絲毫的自卑，只是和他說話的人面色有些怪異，陪著笑臉，不敢與他對視。我想這也是人之常情，我很難想像要是他和我說話我是什麼樣的，在旁觀者看來，我可能更滑稽吧。

沒想到的是，很快，他和我說上話了，那應該是在一次打架中。順便說下，青馬鎮那時候群毆事件十分頻繁，因為新建的矽鐵廠吸引了大批外地人來打工，於是，移民和本地人的永恆衝突開始爆發，就連我們孩子也不能倖免，有時，正是我們孩子在推波助瀾。我作為「土鱉」的一員，跟在隊伍的末尾，手裡提了把掃帚作為武器，心裡忐忑不安。劉大山的鬼臉突然漂移到了我的面前，他朝我哈哈大笑，說：「你就拿把掃帚？」我不敢看他，他笑起來太猙獰了，我真怕他，我唯唯諾諾說：「嗯，是的，教室裡只剩下這個了。」「靠，這個不行的，」他很仗義地遞給我一條自行車鏈條，說：「這個好，記著，專往臉上打。」然後他就走開了，大步如飛，我看到他手中提著根很粗的大木棍，那玩意兒可是要人命呢。

那一架，我們打贏了，具體怎麼贏的我不知道，因為打了一半的時候我就變逃兵了。自行車鏈條真他媽的不好用，好幾次都打到我自己了，還不如掃帚得勁呢！我也沒想到要把自行車鏈條還給他，而是往草叢裡一丟就撒腿跑走了。我後來聽說，我們能打勝是因為劉大山把對方首領的鼻梁骨給打斷了。從那以後，我再也沒見過他，那張鬼臉消失了。據說是被學校給開除了，然後便下落不明。

說真的，我對他的記憶就這麼多，已經隱蔽在大腦的角落裡很多年了，那張鬼臉因為非常可惡，所以我的大腦早已刻意清除了。沒想到現在，衰退的神經元被這恐怖的鬼臉給重新激活了。至於他有個叫小山的弟弟，以及他們還是雙胞胎我聞所未聞。

我長吸一口氣，故作平靜地說：「劉大山啊，你早點說是你不就好了嗎？還故弄玄虛搞這麼多事情。」說完，我的內心緊張極了。要是換做別人或許還好，可這個瘋狂的傢伙是什麼都做得出來的啊！

「我一直在提醒你，是你貴人多忘事，老想不起來而已。你是不見鬼臉不認人啊！哈哈哈哈……」他狂笑了起來，他的自我嘲諷並沒有讓我覺得親切，而是更加毛骨悚然。

我硬著頭皮問他：「你後來去哪裡了？我是說，你被學校開除後。」

「你真想聽？」

「真想。」我點點頭，鄭重其事地說。他找我來，無非是把我當做了一個特殊的聽眾，我應該主動演好我的角色。

「好，你別急，我遲點會告訴你的，因為在講我的故事之前，我要先講講你的故事。」

「我的故事？」

「對，你的故事。」

我一臉愕然，那張鬼臉又蠕動著笑了起來，他說：「聽聽吧？」

沒想到，他倒要講我的故事了，真是匪夷所思。

我冷笑了下：「好啊，你說。」

他用舌頭舔了舔破碎的嘴唇，略帶得意地開始了敘述：

「我太了解你了，就怕你沒耐心聽，我就長話短說吧。你小時候學習還不錯，因為你很用功，等後來上了中學你就很平庸了，高三的時候，你衝刺了一把，又趕上高校擴招的好時機，考上了大學，那所大學不好不壞，你在大學的表現也是不好不壞，你覺得以後找個不好不壞的工作也就算了，可畢業的時候，你去應聘了好幾家單位都失敗了，這對你的打擊很大，因為和你條件差不多的人都找到工作了，甚至有些你平時看不上的人，也都有了不壞的去處，你不知道自己何故總是屢屢敗下陣來，當同宿舍的人都去單位實習的時候，你一個人待在宿舍裡快要瘋掉了。

「有天晚上，有個哲學系的朋友找你喝酒，朋友也沒有找到工作，不過他家裡有錢，倒不是特別在乎工作的事情。你們坐在學校附近的一家燒烤吧裡，喝著啤酒聊天，聊著聊著他對你說，有時候人的命運可能被長相所決定了。你笑話他說，想不到你還那麼迷信，看相算命的話怎麼能當真呢。他說，不是看相算命的那一套，而是人說到底還是視覺性的存在，臉作為個人信息的集中體現，會影響、引導甚至主導人們之間的交往。他的這番話讓你很有感觸，這也是你第一次認識到臉的問題，臉不僅是容貌的體現，更是有著哲學的深度。你想到你的好幾個朋友都是公務員，而那個長著一副體制化特徵的臉的朋友，的確要比其他人走得更順一些。於是，你就問朋友你的臉看起來怎麼樣，他說你的臉毫無特徵，很難令人有深刻的印象，你不算帥，也談不上醜，但人們總是記不清你的樣子，總覺得你很模糊，沒有一個鮮明的形象。你聽了之後非常沮喪，你問他那你適合做什麼工作，他說你不適合群體性的工作，比如政府機關、大公司等等，在那樣的地方想出頭必須要給上司留下鮮明的印象，像你這樣的肯定不行，你應該去做些個人化的事情，有能力的話自己去創業當老闆，不行的話去當記者什麼的吧，文字是人的另一張臉。

「他的話給你的啟發很大，你決定去搞文字行當了，只不過你當了作家，而不是記者。說來也可笑，你的簡歷就是通不過報社的人力資源部，所以，你當作家也是迫不得已的選擇。作家嘛，在這個時代自然賺不到什麼錢，再加上你這張沒有特徵的臉，讓你連續交了兩次女朋友都失敗了，而且失敗得相當恥辱，都是紅杏出牆，讓你深刻體會到了背叛與嫉妒的雙重殘害，哈哈，此後，你便開始奉行單身主義，一個人租住了一間巴掌大的小屋，還是蝸居在髒亂差的城中村裡邊。你白天寫寫小說，像是做白日夢一般，晚上無所事事，靠看A片打發時間，你經常自瀆，也就是俗稱的打飛機，你讓你床邊的那面牆上濺滿了淡黃色的汙漬，但你居然視而不見，因為你早已習慣了那種汙穢的環境，你的生存已經到了十分脆弱的邊緣，你靠著想像在現實中渾渾噩噩，任何揭穿你脆弱現實的事物都會讓你變成驚弓之鳥。你盡力掩飾著自己的一切，儘量不參加朋友間的聚會。你這次回到海市是你近幾年來最快樂的時光了，因為與你相聚的都是小學、中學的同學，他們對你的現狀一無所知，只知道你待在一個比海市大的城市裡邊，在他們看來你應該混得不錯的，要不然你早應該回到海市找個什麼工作，和他們一樣娶妻生子了。你一方面很高興他們的恭維，另一方面你也知道，你在海市更混不下去，因為小城市更是人情社會，你沒有特徵的臉是應付不了這種頻繁的走動與交往的。你和他們喝酒的時候，最為起勁，因為你心裡憋得難受，你需要釋放。當你在喝醉酒的第二天被小山綁走的時候，你雖然嘴上嘟嘟囔囔的，但實際上你根本沒有反抗，因為你已經失去了正常人的反抗意志，你反而好奇你的命運究竟要往何方去，也就是說，你已經放棄了你的人生。

「呃，……這就是你，一個真實的你，我描述的對不對？這番話自從我看到你的小說後就開始醞釀了，今天當著你的面傾瀉而出，真是爽快呀，我覺得我表達清晰，文采也不錯，要是好好訓練訓練，當個作家應該也沒啥問題的。哈哈。」

要是我面前有面鏡子，我就可以看到我此刻的表情，肯定混雜著悲憤、羞愧以及萬刃鑽心的痛苦吧，那是一種什麼樣的表情？我這張毫無特徵的臉會因為這種奇特的表情而變得個性起來嗎？可惜的是，我的面前沒有鏡子，我的面前只有一張狂笑的鬼臉，那些燒壞的褶皺和臉部的肌肉運動完全不搭邊，它們彼此撕扯著，讓人覺得那張鬼臉一不留神還會變得更加破碎，更加慘不忍睹。

「你，你，你怎麼知道我的這些事？你怎麼連我的心理活動都知道？你是人是鬼啊！」我說話的時候，能感到我的嘴唇在哆嗦，像是在風中摩擦的兩片落葉。

「咳，你是作家你應該比我更清楚啊！深入的調查，掌握事實，還原每一個細節，你的心理狀態自然就會水落石出的。看你的樣子，你不用再解釋什麼啦，我知道我全都說對了，是吧?!呵呵，你還有什麼要補充的嗎？」

鬼臉說完愈發得意起來，假如我手裡有把槍，我會毫不猶豫擊碎那張得意洋洋的爛臉。但可惜的是，我手邊也沒有槍，我什麼也做不了。我更不敢撲上去和他肉搏，倒不是怕他們二比一對我，我打不過他們，而是我的內裡已經毫無勇氣，他的那番話的確屬實，句句如子彈打在了我最致命的地方，支持我生存的精神支柱搖晃著就要倒塌了。我已經奄奄一息，只能癱在這把椅子上坐以待斃了。

我無力地指責他說：「你太無恥了，你居然在背後調查我。你究竟為了什麼呢？我和你無冤無仇的。」

鬼臉用舌頭舔舔破碎的嘴唇說：「好了，我現在講我的故事了，你仔細聽啊，我想你應該會慢慢明白的。」

我點頭說好，虛弱如病人，已經全然沒了剛才的底氣，像是砧板上的一攤魚肉。

他說：「我從退學後開始說起吧！我被狗日的學校開除後，我去了海市，我發誓我一定要幹點什麼才回來，要不然我就永遠也不回來了。我在海市的第一份工作是去建築工地搬磚，我去的時候，那家工地正好招滿人了，我搖搖頭準備離開，結果工地負責人發現我後，馬上就破格要我了，我當時覺得他是憐憫我，我也挺感激他的。我在那裡幹了三個月，我別的都不會做，只能搬磚，我幹活不是最賣力的，但給我的錢一直是最多的。周圍的工人對我也都很好，見我就發菸，那段日子我還蠻高興的，我覺得社會和學校差不多嘛，也沒有傳說中的那麼險惡。但是後來我發現他們跟我一直和我保持著距離，還在背後說我的壞話，我一看他們，他們就把頭低下了，他們就是怕我！我最沒想到的是，老闆知道我這個人後，連他都怕我！他的怕是很有價值的，我在工地搬磚三個月後的一天，老闆叫我去他辦公室，問我願不願意做保安隊長，我驚訝極了，說我能做嗎？老闆看了我一眼說，只有你才能鎮得住，非你莫屬！做就做，怕個鳥，我一下子就成了工地上的保安隊長。那些保安都是從部隊上退役下來的，每個人都有兩下子，所以他們怕我卻並不服我，經常對我的話敷衍了事，我明白要確立起威信我必須打一架。機會很快來了，那天幾個工人把許多短鋼筋藏進廢料堆裡，打算去賣，這是絕對不允許的，我接到其他工人的舉報後，就馬上帶著保安隊過去抓人，去了之後，一個大個子保安說其中有個人是他的老鄉，問我能不能算了，我說不行，壞了規矩以後就麻煩了。他很生氣，不知道罵了句什麼，我說你再罵一句？他的火氣也很大，結結實實罵了我一句：你個鬼臉！我拿了一截子鋼筋便撲了過去，他個子很大，一把抱住了我，和我廝打在了一起，我的力氣不夠他大，幾個回合下來我便處於劣勢了，但我發現他不敢正視我，我就利用這點，呲牙裂嘴地向他的正面進攻，我像野獸一樣去咬他的臉和脖子，我知道我那時的樣子是連自己都不敢看的，果然，他扭身逃跑了，還邊跑邊喊：鬼吃人哩！我不和鬼打架！從那天起，我說的話沒人敢不聽的了。

「我看到你臉上有笑意了，沒關係，笑出來吧，我知道這很有黑色幽默的感覺，連我自己都想笑。哈哈。從那天起，我才明白了這張鬼臉並不是我的負累，恰恰相反，它才是我最大的資本，我要學會去使用它。

「後來，我看中了工地上一個叫小紅的女孩，她剛剛十八歲，漂亮得很，我叫一個保安把她帶到我的辦公室，我直截了當對她說，做我的女朋友吧，我不會虧待你的。說完後，我就瞪著眼睛死盯著她，她嚇得哭了起來，嗓子卻連聲音都發不出來，我上前二話沒說就摟住了她，發現她渾身在顫抖，居然連反抗的力氣都沒有了，我很容易便得手了。小紅是個好女人，我後來給她買了一套房，她現在過得很幸福，還給我生了個兒子。本來我是真心想娶她的，但這時候我又有了一個新的機會。老闆有事要去國外半個月，他交代我一定要看好他的家，以及他那嬌生慣養的女兒。這樣，我就認識了老闆的女兒露露，露露因為母親早死，她成了個被寵壞的胖女孩，任何人有一點不順她的意她就會大發雷霆，所以她談了不知道多少個男朋友了，一個也沒有成。但是我讓她感到畏懼，第一次見面的時候我立馬意識到了這點，於是，我做出凶狠的表情，試著命令她，結果她謙卑地點著頭，真的乖乖去做了，溫順得像小貓似的。我坐在老闆家裡，對她發號施令，讓她給我倒水做飯，剛開始的時候，她還有點抗拒，長期的嬌生慣養使她幹活拖拖拉拉的，但是經過我一段時間的調教後，她動作麻利，像是女僕一般勤快和熟練。我對她的獎勵便是讓她晚上坐在我的身邊，我命令她用手觸摸我的臉，她好奇、害怕又緊張，手指哆嗦著觸碰到了我的臉上，沿著傷疤滑動，我轉臉看著她，她嚇得閉上眼睛又偷偷睜開一條縫來偷看。我喝斥：閉上眼睛！她便閉上了，我俯身吻她，她嚇得尖叫卻並不迴避。就這樣，我征服了露露，說真的，我也知道這種關係很畸形，但是它卻格外穩固。我和露露都是性格殘缺的人，但我們真的很互補，就像兩個齒輪卡在了一起。等到老闆回來的時候，我們已經生米煮成熟飯了。老闆起初堅決不同意，我不說話，只是陰鬱地望著他，他看了我一眼，身子明顯抖動了一下，他或許在想，鬼臉的報復應該是他難以承受的吧，他思來想去，終於投降了，他跺著腳說，隨你們啦，但是你，他指著我說，你一定要去整容！我當然不會去整容了，傻子才去呢，我要整容了我馬上就會一無所有，就像我弟弟小山似的，有張那麼漂亮的臉卻窩囊得連個工作也找不到。我說小山弟，你聽了這話也別難過，我的一切都有你的一半！好了，我繼續說，老闆叫我整容，雖然我不想，但是我總不能什麼也不做呀。我終於想到了一個好辦法，那就是根據小山的臉，我請人做了一個仿真的軟膠面罩，平時我就戴著它，尤其在老闆面前，我只在發怒和睡覺的時候才取下來。也不怕告訴你，露露和我做愛的時候，她喜歡在快高潮的那瞬間一把扯掉我的面罩，看到我呲牙裂嘴的樣子，她說那樣她會有一種超現實的快感。我嘲笑她，你是不是把我當成電影裡的鐵血戰士了！哈哈，管她的呢，她愛咋樣就咋樣吧，反正我和小紅在一起的時候是戴上面罩的，小紅經常說我的臉要是沒燒壞就好了，我說，那你就多看看小山吧，只是別喜歡上他就好了，小紅說我都是你孩子的媽了，還胡說什麼呀。嗨，她真是個好女人。小山啊，我警告你，你可別亂來哦。玩笑了，開個玩笑，我喜歡開玩笑，我也知道我開玩笑其實更讓人恐怖，所以我的玩笑都是自娛自樂罷了。遺憾的是，雖然我的小山弟是不怕我的，他應該對我笑的，但是他的表情卻少的可憐，他真的很像你小說裡那個喪失了表情的女主人公一樣。不管怎樣，我理解他，我們的心是相通的，誰讓我們是同一個受精卵孕育的呢。當然啦，這些都是題外話。

「再後來，有了老闆這個靠山，我就開始大展宏圖了。我在老闆那裡學到了不少經商的方法和理念，也學到了不少坑矇拐騙的壞水。不過老闆得到的更多，他有我的輔佐，簡直如虎添翼一般。每次和客戶談項目，都由我來做最後的發言陳述，假如對方絲毫不妥協，我便氣急敗壞地扯掉面罩，用鬼臉惡狠狠地逼視著他們，讓他們驚叫著顫抖不已。一般來說，對方看到這樣的情況，總是會做些適當的妥協，彷彿不妥協，我就會真的像惡鬼似的毀了他們的生活。當然，也有例外，其實現在說來我還要感謝那次例外呢！那次，一個客戶就是不妥協，那人是個一米八幾的東北大漢，一副天不怕地不怕的鳥樣，我當時就和他較上勁了，每天晚上，我就站在他賓館房間的門口，什麼也不做，就站在貓眼前的位置往裡看，一直堅持到天亮他出門為止，第一天早上儘管他被嚇得夠嗆，但是他的嘴還是很硬，堅稱自己從不知道什麼叫害怕。我毫不氣餒，這樣堅持了三天，那大漢終於頂不住了，徹底敗下陣了，他魁梧的肩膀癱了下來，對我揮動著手臂說，好了好了，我怕了你了，天天晚上睡不著覺，我瘆得慌，那批貨的價格再給你打個九折吧，我基本上沒賺頭了。我衝他笑著說，謝謝您咯！可他哎喲了一聲，扭頭就走，他使勁晃著腦袋說，你怎麼還拿鬼臉來嚇我啊！

「這次的巨大勝利讓老闆終於把公司的大權交給了我，他退居二線當董事長了，我不知道這是因為他對我的能力放心了，還是更加怕我了。從我內心來說，我還是希望他肯定我的能力的，但是，我也知道，沒有這張鬼臉，我什麼也做不成。我只能把鬼臉當做是我的一種能力，也就是說，我不僅必須接納這張鬼臉，還得感激這張鬼臉，而這張鬼臉比我天生的那張臉更接近我的本來面目。你提到『內臉』這個概念實在太有意思了，我有時也在想，我的內臉就是一張鬼臉，只不過是一把火揭開了真相，唉，我只是個倒楣蛋罷了，我知道很多人的內臉比我的鬼臉還要醜陋。……但這些和你的失敗比起來都無所謂啦，在今天，誰有錢誰他媽的就是成功人士，你這輩子肯定是沒希望啦。告訴你吧，我現在掙了三輩子都花不完的錢，有錢有勢，更何況，我還有這張鬼臉滋生的權力，基本上我沒什麼做不到的事情了，人生至此，夫復何求？近來我讀《聖經》，也覺得撒旦比上帝更有力量……好了，不說了，不說了，說太多了，我好渴，我要是不注意喝水的話，嘴就會裂開，因為我已經沒有嘴唇了。」

小山趕緊倒了一杯水，給他遞了過去，他一飲而盡，然後嘎嘎嘎笑了起來，像隻歡快的鴨子，他問我：「我的故事比你的故事精彩多了吧，你怎麼想的？說說吧！」

我不得不承認，他這番話雖然說得天花亂墜，卻震撼了我，我真的想不到他會混得那麼好，要是讓我來預計他的命運，我想他應該是混得非常慘的，就是那種坐在街邊乞討的角色。可誰知他的人生居然是這麼一帆風順，順得令人難以置信！順得令人都有些因嫉妒而憤怒了！憑什麼呀?!我不願意相信他說的那些是真的，正如我不願意相信自己的失敗一樣。一張鬼臉真有那麼大的能耐嗎？聽說過「小白臉」靠臉吃飯，還沒聽說有人靠一張毀容的臉發家致富的。我鼓足勇氣，小聲說：「你的故事的確很精彩，精彩絕倫，但我總覺得荒誕不經，是你瞎編的吧？」

「我就知道你會這麼說，」他從桌上的皮包裡掏出一張臉皮來對我說：「看，矽膠做的，和肉一樣軟。」我看到那團淡黃色的東西在他的手中顫動不已，像一片肥豬肉，他用雙手撐開那玩意，向臉上蒙去，頓時，我眼前出現了一個和小山長得非常相似的人，只不過這個人看起來虛假而呆滯。

那張橡皮臉望著我，面無表情，默然無語，接受著我的觀摩和研究。我覺得他戴上這張面皮的確阻斷了威懾力，起碼我可以直視他了。他似乎也感到了這點，他剛才的張狂勁也收斂了不少，甚至他的樣子都有些不自在了。他呆立了一會兒，突然沒頭沒腦地說：

「走吧，我請你吃飯。」

他沒等我回話，就徑直向樓道走去，讓我瞠目結舌，不知所措。小山適時走了過來，又對我做了個請的手勢，說：「放心吧，好好去吃頓飯，大家都餓了。」我的心又軟了，我站起身跟著小山也向外走去，樓道裡依然陽光明媚，天氣好得讓人想幹點兒什麼，但此刻我的心情陰鬱極了，已經完全不比來的那會了，我這個失敗者殘存的最後那點心氣被鬼臉一番羞辱，已經耗費殆盡了。我全身極為虛弱，雙腿沉重得像是潮濕的樹根，彷彿一場大病即將來臨，疾病的烏雲堵塞了我的五臟六腑。

奇怪的是，他們並不下樓，反而向樓上走去，這電影院就兩層，再上去就是樓頂了啊，我有些膽怯了，莫不是他們要去樓頂對我做些什麼吧？我在樓梯口停了下來，小山看透了我的心思，說：「上來吧，我們不會對你玩陰的，你真的不用怕，等會你可以好好放鬆下。」

我說：「既然你說我們是老朋友，我就再信你一次！」

我跟隨他們上到樓頂的時候，眼前的景象讓我目瞪口呆了！這次倒不是有什麼恐怖的東西，而是我不敢相信我的眼睛：樓頂上居然停放著一架銀灰色的直升飛機！它體型輕巧，比法拉利跑車大不了多少，在陽光下閃著迷人的光澤，宛如童年時的玩具被驟然放大了。鬼臉大山率先拉開艙門，坐了進去，然後他向我招手說：「快來吧，你是作家，應該好好體驗下飛翔的感覺。」他這麼說，給我的好奇澆了一桶涼水，我又膽顫心驚起來。體驗下飛翔的感覺？他們等會是要把我從萬米高空上丟下去嗎？小山站在我身後，他催促我：「快上去吧，我的駕駛技術還是不錯的。」我毫無退路，只能硬著頭皮坐在了後排的位置。小山把我這側的艙門使勁關好，這才繞到前邊，坐在了主駕駛的位置。我暗暗想，他真是他哥的一條忠實走狗。

「坐好了，繫好安全帶。」大山說。戴上人皮面具的他，還是有點人樣的。

「沒想到，真沒想到，你會有直升飛機。」我的語氣簡直像個乞丐。

「這有什麼，中國有錢人越來越多啦，你沒看新聞，不是還有人開直升飛機抓小偷的嗎？」

大山感慨道：「那才是牛人啊！」

「你比他還牛，你開直升飛機抓我，只是為了顯擺吧？」

「我還沒想到這層，我平時出行都是坐這玩意兒，比汽車方便多了。」

這時，螺旋槳發動起來了，巨大的轟鳴聲衝進了鼓膜，我感到一陣眩暈，我揉揉耳朵才想到，這是瞬間的超重現象，隨後，我看到青馬鎮在我腳下鋪展開來，並逐漸離我遠去，我低頭向下望，青馬鎮電影院的屋頂也變成了一個小碎屑。

第一次坐直升飛機的新奇讓我暫時忘記了恐懼，我小心翼翼地撫摸著機艙內的一切，問：「這架直升飛機得多少錢？」

「不清楚，小山去美國訂購的。小山，多少錢吶？」

小山正在專心開飛機，他說：「我想想，我當時選了這架不太貴的，大概一千五百萬左右吧。」

「聽見了吧？」大山說。

「有人一輩子掙得錢也買不起你這架飛機。」我想到了自己，心中一片灰暗，我用指甲狠狠抓著坐墊，帶著一股子仇恨。

「中國的航空汽油太稀少了，光是燃料這筆費用就夠大的了，可以養幾輛寶馬奔馳都沒問題。」我不想和他扯這些炫富的話題，我有氣無力地問：「我們這是去哪裡？」

「我家。」

我知道他是想讓我眼見為實，看看他所擁有的事業與財富。其實，自從我看到這架直升飛機，我就無法再懷疑了。我知道他說的都是真的，他那張鬼臉的確有種詭異的權力，獲得了人間的榮華富貴。

「我去你家合適嗎？你怎麼解釋我這個人……」想到他提及的那些女人，我自卑起來，內心不斷地坍塌著。

「哈哈，這有什麼啊，就說你是我的老朋友，況且，本來就是。」大山並不回頭看我。

我不知道該怎麼說，嗓子眼裡嗯了一聲。和他算哪門子老朋友呢，說得好聽罷了，只要他不傷害我，我就謝天謝地了。

直升飛機沒有普通航班那麼穩，飛行高度也沒那麼高，不過我很快就適應了，並且有了享受的喜悅，真不知道有什麼好喜悅的，我對這種喜悅感到恥辱，但是毫無辦法，飛翔的感覺的確很棒，難以替代。

飛了大約只有二十分鐘的時候，我就看到了海市的那幢百貨大樓，它是當地的最高建築，平時大家沒事幹的時候都往那裡湧，現在從空中看起來那東西太平庸了，就像一面立起來的巨大磨刀石，毫無美感可言。飛機並沒有進入市中心，而是循著一個優美的弧度飛向了郊區，我看到青馬河越來越近，像一把閃閃發亮的彎刀。

大山說：「快到了，我家就在青馬河邊上，看到沒有，紅色那棟。」

我順著他手指的方向看到了河邊的別墅區，紅色那棟是其中最大的。飛機盤旋著，準備降落，我又有了失重的眩暈，耳朵疼，心也慌。大山得意洋洋地說：「還是直升飛機方便啊，去哪落哪，很少拐彎，直來直去，真正的兩點一線。」我真想說，掉下去也是一條直線呢！但我忍住沒說，我不想激怒他。

小山的駕駛技術的確不錯的，飛機慢慢降落在了別墅頂上，很穩當。等停穩後，我才發現這樓頂太大了，剛才在空中不覺得，現在才覺出了大，應該有半個足球場大，或許還不止，開闊極了。我們走下飛機，大山大聲笑著說：「你馬上就要見到我的露露夫人了，我剛才對你說的那些話你可要保密喲！」

我開個冷玩笑說：「你打算給我多少封口費？」

「你會知道的！很多！」

我們從樓頂下到一樓，我數了下，總共就三層，但每一層都很高，姚明在裡面打籃球都沒問題。儘管我還沒有進到房間裡去，但走廊的裝修已經奢華至極，繁瑣的洛可可裝飾風格，牆壁上掛著的名人字畫，令人有種目不暇接的感覺。來到一樓的客廳裡，我看到一個肥胖的女人坐在沙發裡，正摟著一隻褐色的貓，那隻貓的眼睛是金黃色的，顯得極為詭異。大山對那女人說：「露露，家裡來客人了，是個作家。」露露的臉圓得像個西瓜，眼睛卻小得像棗核一般，她的眼神在我身上逗留了一瞬便跳開了，她說：「沒想到你現在還學會附庸風雅了。」大山大聲呵斥道：「你懂什麼呀，亂說話！」露露吐了吐舌頭，衝我笑了笑說：「你們聊吧，我不妨礙你們了。」大山說：「記得等會六點鐘準時回來吃飯啊！」露露搖晃著肥嘟嘟的身子走遠了，嘴裡說：「我記住了啦。」那神態和個沒長大的小女孩似的。

「我說的沒錯吧，這就是完全服從我的露露，哈哈！」大山得意地大笑，那層矽膠面皮皺了起來，像是即將蛻落的蛇皮一樣。

儘管露露不怎麼漂亮，但我心裡還是感到了難受，一股由嫉妒而生的難受，我默默吞嚥著這股難受，胸間像放了一塊滿是稜角的岩石。

他看我不說話，繼續道：「你要是還不相信，我等會可以帶你去小紅，她住在市中心的一套高級公寓裡，我讓她親自下廚給你做菜吃，她很會做飯。」

「不必了，我信。」我說。

我一方面越來越相信他所說的一切，但是另一方面我越來越疑惑了：他這樣向我證明他，都有些討好似的了，到底居心何在呢？不會僅僅是為了在故人面前炫耀的虛榮吧？既便如此，他也沒必要找到我這樣一個生活失敗者來對比啊，完全不具有可比性，成就感何在？就算退一步講，他把我當成他的一個特殊的傾訴對象，他就更沒必要如此賣力地證實自己呀！像他這樣的生意人做什麼事情都是利益為重的，他可沒有什麼閒情逸致來敘舊。我想，他所做的這一切肯定是有一個明確的目的，只是我暫時猜不到而已。

他說：「你想什麼呢？你能相信我就好，我就怕你不相信我。其實除了小紅，我還有好多情人，她們都住在高檔的公寓裡邊，有的人我都忘了具體的地址了，唉，皇帝的三宮六院也無非如此吧。」

我感慨道：「你比皇帝還要愜意吧，你無憂無慮的，而皇帝可是世界上最危險的職業。」

他轉臉來看我了許久，那張假臉似乎想表達一種友好的親切，他說：「你真這麼想？你不會討厭這種奢侈和糜爛的生活嗎？」

「我想沒有哪個男人會討厭這樣的生活。」

「那就好，那就好。」他喃喃自語，像是念著符咒。

接下來的這段時間，他帶著我參觀他的別墅，裡面曲曲折折，房間多如蜂巢，每個房間都是金碧輝煌的，宛如宮殿。光是打掃衛生的傭人就有十幾個，更別提高薪聘請的許多廚師，的確是王室一般的生活。我問：「你沒把你父母接來享福？」大山說：「他們住在另一棟較小的別墅裡，我怕住在一起問題多。」我說：「父母老了會孤單吧。」大山說：「沒辦法，不知道你還記得不？他們原來就是在咱們學校門口的街邊修鞋的，現在過上了好日子根本不習慣，隔三差五就生病，真是沒有享福的命！」我說：「你就沒想過用錢做些慈善事業？畢竟你也是窮人出身。」沒想到，他聽了這話很激動，吼道：「做慈善是他媽的富人的事情！」我驚詫極了，問：「難道你還不是富人嗎?!」他說：「我現在只是錢多，但我骨子裡還是個窮鬼！我不知道哪天就會失去這些！因為我毫無背景，沒有後台，鬼臉的權力再牛逼也比不過更大的權力！」

我被他的話震撼了，我還真以為他天不怕地不怕呢，我說：「你既然什麼都明白，你不是更應該憐憫窮人嘛？」他說：「叫我憐憫窮人，他們憐憫過我嘛?!你憐憫過我嘛?!」說完他惡狠狠地扯下了面皮，死死盯著我，那些褶皺蠕動著，像是無數條蚯蚓在爬動，我知道他是真的生氣了，不由打了個冷顫。

「我們去院子裡坐會兒吧，晒會兒太陽，喝點果汁。」沉默很久的小山出面了，他是個出色的調停員，他拉著我和大山的胳膊向外面走去。

戶外的庭院採用了江南園林式的設計，開滿荷花的小湖映襯著亭台與假山的倒影，石板鋪就的小路穿過一片竹林，通向青馬河畔。簡直是公園一樣的精緻美景，我感嘆不已，在其中流連忘返地走了好幾遍。這時小山叫我，我跟著他來到河邊的一座小亭子前，上面寫著「觀景台」三個字，大山說：「這是我的書法，你覺得怎麼樣？」我又抬頭看了一眼，覺得那字的筆畫充滿了一種狂躁不安的東西，與「觀景」所需的心態完全相反，更是和書法的精神毫不搭邊，但我嘴裡卻說：「蠻好的。」大山聽了很得意，說：「你這個書法世家的人都這麼說了，那就是真的好了。」我祖父的書法在青馬鎮頗有名氣，當年很多商店的名字都是他寫的，沒想到大山也知道這些。我含糊其辭地說：「在這兒看風景是很不錯。」然後哈哈笑了兩聲，緩解下心中的尷尬。

不知道怎麼回事，我現在對他謙卑了起來，真奇怪，剛見他的時候我心裡那麼害怕嘴上都是硬的，現在沒有危險了，嘴上卻軟了，怎麼回事？究竟是因為我的失敗被揭穿了，還是因為他的強大在不斷地變成現實？或者是骨子裡就有種對權貴的怯懦與諂媚？一個完全失敗和絕望的人，心裡怎麼還會有這些東西？

我和他們坐在亭子裡，喝了杯橙汁，然後又和他們去河邊釣魚。青馬河上冷冷清清的，偶爾才有一兩條黑乎乎的小船經過，不知道裡邊裝的是什麼。大山說：「以後這裡肯定要禁運，要變成自然風景保護區，到時候就更美了。」我說：「以前青馬河不是一條挺重要的運輸河道嗎？難道僅僅為了一片好風景就禁運？」大山說：「這算什麼，你不知道這片別墅區原來還是個漁村嘛？」我不再說什麼了。我把魚鉤使勁拋向河面，靜靜等著魚兒上鉤，但是我等了很久，脖子都痠軟了，還是半條魚都沒釣著。他們也一樣。小山為了安慰我，說出了真相：「其實在這兒我們從來都沒釣上過一條魚，都不知道河裡還有沒有魚，上游的化工廠雖然搬走了，但水質還得幾年才能恢復。」大山聽了又說：「所以該禁運嘛！」

時間過得很快，黃昏來臨了，微風習習，垂柳在水面上懶懶地撫摸著漣漪。夕陽無限好，夕光讓青馬河上動盪著無數的金光，大山感慨萬千地說：「我就喜歡這種景色，我的財富如果換成黃金，估計就是這樣的壯觀！走，我們去吃飯！」

我們來到飯廳，露露已經在那裡等候了。飯桌很大，坐下後，四個人顯得格外孤單。傭人們開始上菜，一個個都小心翼翼的，還真像宮裡的太監。這頓晚飯吃得非常豐盛，除了普通的菜餚，還有好多我不知道的野味。不過，我沒什麼胃口，除卻心情的陰鬱之外，燈光下大山那張臉在放肆地撕咬與咀嚼，讓我覺得格外恐怖。雖然他已經戴上面罩了，但我現在已經能看穿那張面皮而想像出裡面的鬼臉了，那讓我想到魔鬼在咀嚼著人肉。我的胃部開始隱隱作嘔。

大山說：「我最喜歡吃的就是鹿肉了。」坐在他身邊的露露趕緊給他夾了一大塊鹿肉，一副低三下四的樣子。但是，自始至終，露露沒和我說上半句話，她面對我的時候，就是一副很高傲的神情，好像我是來蹭飯吃的，不怎麼搭理我。我心中非常窩火，暗暗罵道：真是個不要臉的賤人！一個與鬼同眠的受虐狂！

吃完飯，露露說她要看電視去了，大山說他晚上還要外出，讓她一個人先睡。她撒嬌說：

「我想等你一起睡。」大山眼睛一瞪，吼道：「又不聽話啦？」她吐了吐舌頭，上樓去了。大山意味深長地看著我，說：「從來沒有女人這麼臣服於你吧？」我搖搖頭，心裡難過極了。大山說：「愛和怕往往是可以轉換的，你不能讓一個人女人敬畏你，自然也不能讓她死心塌地的愛你。」我嘆了口氣，要擱以前，我肯定認為大山在扯淡，但是現在卻覺得他說的很有道理。我還真的管不住女人，以前那兩個女人都嫌我太窩囊了。我當時就像不明白了，怎麼能說我窩囊呢？我是凡事講理，與人為善的呀。現在，我在大山這裡看到了我的幼稚，原來女人不需要講道理，女人只是需要畏服的，你能讓她畏服，她就能慢慢愛上你，連大山這樣的鬼臉居然都有人愛……

「我真是太失敗啦。」我不禁脫口而出。

大山點了點頭，拍拍我的肩膀說：「別想那麼多啦，你的那些事都過去了，重要的是今後怎麼重新開始。」

他這句安慰的話讓我心裡一熱，看來他還真把我當老朋友了，不過，我想到我今後的日子，不禁一陣茫然。我能讓誰畏服我呢？要不然我去鄉下找個淳樸的女人算了吧？可是，如今的鄉下，年輕人都出門打工去了，還會有淳樸的女人嗎？

我呆坐在那裡，像是泥塑一般。冰冷的情欲蜷縮在身體的一角，一不留神都會弄丟它，沒有了它，我的生命將失去最美的色彩，變成時間無情流逝的容器。

大山看了我一眼，似乎下定了什麼決心似的，咳嗽了一聲，吞嚥著口水，他抬手看了看錶，突兀地對我說：「嗯……時候不早了，我們還是回青馬鎮吧。」

「回青馬鎮？」我呆愣住了。

「是啊，我們還是去電影院說話吧，我喜歡那裡，我沒事幹的時候經常一個人跑到那裡去。」

「這麼說你是個特別懷舊的人，對嘛？」

「也許吧，我覺得青馬鎮電影院對我來說是一個非常獨特的空間，它彷彿獨立於時間之外，能讓我徹底靜下心來。對了，我已經買下它了。」

「真是想不到！」我大張著嘴巴，那樣子像極了弱智的兒童。

「小山，準備出發！」

大山只要想做什麼，都是雷厲風行的，他站起身來，開始穿外套。

我跟著他們又爬到樓頂，鑽進直升飛機，在黑茫茫的夜色中又向青馬鎮飛去。海市燈火輝煌，一派繁榮富足的景象，可是沒有我的份，我失落嗎？我渴望那樣的輝煌嗎？我不知道，我只知道自己已經心如死灰，大山讓我去哪裡我就去哪裡，心間早已沒了恐懼。

這次好像飛了很久，或許是黑夜的緣故吧。這個夜晚，天上沒有星光，也沒有月光，黑擦擦的一片。從窗口望下去，偶爾能看到幾粒閃爍的燈光，就像是閃爍的星星，而天與地彷彿已經倒轉。直升飛機單調的轟鳴聲也沒白天那麼震耳欲聾了，好像螺旋槳為了撥開這無邊的黑暗也費盡了力氣。

飛機停在了青馬鎮電影院的樓頂上，大山打了個哈欠，原來他剛才睡著了。我也累極了，卻毫無睡意，好像連睡眠也背叛了我。我們下樓，來到了之前的那房間。

「坐啊。」大山說，他對我越來越親切了。

我坐下了，這種感覺還是很奇怪，我覺得自己像是在小黑屋裡受審的罪犯。

「你還想聊些什麼呢？」我望著大山，他的臉像是塑料模特一樣，硬邦邦的，沒有生命的跡象。

「還有很多要聊的啊，自從看了你的小說後，我就一直渴望著和你好好聊聊。」他也坐下來了，對小山說：「去給我們倒杯茶。」小山答應著走出去了，只剩下我和大山兩個人，我的心裡還是有些慌亂了。

我乾笑了兩聲說：「今天聊得還不夠多嗎？你還想聊些什麼呢？」

「不夠不夠，我總覺得有好多話要對你說呢。」大山用雙手輕輕拍打著臉，說：「這面皮戴久了很不舒服，我臉上還有幾處地方有汗孔，出汗後像小針扎著似的刺痛。」

「這樣啊……總會習慣的。」他是想摘下面皮來吧？我可不給他順水推舟的機會，我不想見到那張鬼臉。

這時小山進來，端著兩杯茶，都不知道他從哪弄的，看來，這電影院已經和他家一樣了，日常用品是一應俱全。

我對小山說聲謝謝，這種客人般的感覺讓我舒服了不少，我想，開門見山的時候應該到了，於是我直截了當地問大山：「現在你已經向我證明了你的故事的真實性，我不但相信了，而且還見識過了，那你可以告訴我你的目的了吧？你究竟想做什麼呢？你要在我這裡得到什麼呢？」

「這個問題提得好，」大山鼓起掌來，他說，「那我們切入正題吧，你以作家的思維來考慮下，我到底需要你做什麼呢？」

我說：「嗯，你希望能在我的失敗面前顯出你的成功是多麼牛逼？」

大山說：「人都有虛榮，我也不例外，但為了這點虛榮，我是不可能對你付出這麼大精力的。」

我說：「你尋求一種理解？尤其是對臉的各種理解？你覺得我寫過〈內臉〉這樣的小說，可以和你聊得更深入一些？」

大山說：「這個是自然的，但我並不覺得你真能理解臉的涵義。除非……」

「除非什麼？」我的心緊縮了一下。

大山一把撕掉了面皮，露出了呲牙裂嘴的鬼臉，那張鬼臉被捂得通紅，像是紅燒的豬頭肉，醜陋又滑稽。小山遞給他一條濕毛巾，他擦完臉，長嘆一口氣說：「唉，我自從毀容後，就再也沒有照過鏡子，凡是有可能看到自己的地方，比如窗玻璃，金屬片，光滑的影碟，平靜的水面，等等，我都極力避開，實在避不開我就閉上眼睛。我明白了沒有人能夠抵禦住這張鬼臉帶來的恐懼與醜惡，我自己也不能。我討厭自己的形象，我覺得萬分孤獨，孤獨得全身發抖，就像是流落在人間的最後一隻鬼那般孤獨。我之所以買下了這家電影院，就是因為我一個人待在這裡的時候，就像待在童年的記憶裡似的，這裡沒有臉的存在，不需要臉的存在。在這裡，我才能感到我的存在，感到我的完整，而在外面，我感到自己的存在是殘缺的，靈魂是醜陋的。」

「我理解……」我喃喃說道。

大山繼續說：

「雖然我不照鏡子，不想見到自己，但是人的天性中總有看到自己的欲望，我也不例外，每當這個時候，我就看著小山，我就把他當成是我，一個假設中原本的我，一種可能中真實的我。但是，那畢竟是小山，而不是我大山，就算是我們是再親的兄弟，就算我們是一卵所生，可他還是他，我還是我，這種界限分明的隔閡是無法取消的、無法突破的，你能體會到嗎？我想，要不是有這種隔閡的存在，小說也就沒有存在的必要了吧？你這個小說家想到過這點嗎？」

我連連點頭，說：「是這樣的……」
大山站起身來，鄭重其事地對我鞠了一躬，說：「所以，我請你來，只是求你一件事。」
「什麼事，你說。」我的語氣聽起來像個講義氣的老江湖。
大山沉吟了下，壓低嗓音說：
「理解我。」
我很納悶，右手抓撓著耳朵說：「我已經在盡力理解你了。」
「不夠，遠遠不夠。」
「那怎麼樣才行？」
大山抬起頭來，用鬼臉死盯著我，一字一頓地說：
「做第二個我。」
我騰地站了起來，緊張地問：「你是什麼意思？怎麼做？」
大山哈哈大笑了起來，那張鬼臉扭曲到了難以描述的地步，已經完全失去人類的形象了，他說：「我想讓你也有張和我一樣的鬼臉。」
「不，不!!」
我絕望地大喊了起來。那聲音響亮卻空洞，彷彿被周圍無盡的虛空給吸納掉了。

大山把話說出口後，好像一下子變得輕鬆自在了，他說：「你先別急著拒絕我啊，我不會讓你白做的。」

小山把隨身帶來的黑色皮箱打開了，裡面裝滿了綠色的美鈔，大山說：「這十萬美金只是我送給你的見面禮。你要是同意我的提議，我會給你公司百分之十的股份，市值應該在千萬以上。文件我都帶來了，只要你一簽字就馬上生效了。」

「但，這，這，這都是為什麼……」我完全懵了，像是掉進了一個無法理喻的夢境。

「我說過了，為了讓你更好地理解我。」

「……我的理解對你有那麼重要嗎？」

「真的很重要。」

「為，為什麼？」

「因為你會分享我的孤獨，那樣，我就可以從瀕死的孤獨中活過來了。」

「我可以用小說來理解你嗎？」

「不行，只能用真實來理解了。」

「我拒絕……」我喘著氣說，一屁股跌回了椅子上。

「不要急著拒絕，這些錢你一輩子都花不完了，而且，我會送一套房子給你，就在我家旁邊，我孤獨的時候就可以過去找你聊天。」

「不……」

「我還會給你安排傭人，照顧你，你到時就可以把你老爸老媽接來享福啦，他們養大你很不容易啊，這幾年你好像都沒給家裡寄過錢吧？你爸爸下崗兩年了，他們太辛苦了。」

「你居然還去調查我家人……」

「我不但會給你安排傭人，我還會給你安排女人，從公務員、老師到在校大學生，都由你挑選，你到時候就會發現女人是多麼愛你。」

「我不配有愛……」

「到時你就能體驗到女人又怕你又愛你的感受啦！那種感受太美妙了！說真的，你現在這張平凡無奇的臉實在是太沒用了，它還沒有害慘你嗎？你還要和它一起待到死嗎？你沒看人家韓國人對自己的臉稍微有點不滿意，就去修整一下嗎？」

「人家，人家那是為了更好看，你是要毀……」

「毀什麼呀！難道你想當小白臉嗎？有個屁用！你想給富婆當鴨子去嗎?!」

「你，你，你……」我已經說不出話來了。

「小山，把他的手綁起來。」

小山開始綁我的手，我躲閃著，抵抗著，可卻是那麼無力，就像是餓了好多年的飢民，小山很快就把我的雙手綁在一起了。

「我早說過了吧，這繩子還是要綁回去的。」大山咧開嘴，微笑了一下。

「別……」

小山不但認真綁好了我的手，還把我整個人緊緊綁在了椅子上，讓我動彈不得。小山體貼地說：「綁緊你，是怕你受傷。」然後，小山轉身在桌子下面找到了一個汽油瓶和一支毛筆，「哦，對了，」小山往肩膀上搭了一條滴水的濕毛巾，關懷備至地說：

「我會很快撲滅火的。」

大山站在我的面前，全身激動得有些顫抖了，那張鬼臉上的褶皺都在跳動著，像是即將死去的昆蟲。小山倒是不緊不慢的，他用毛筆伸進汽油瓶裡蘸了蘸，然後把汽油塗在了我的臉上，他塗得很仔細，很均勻。汽油那種令人噁心的濃香衝進了我鼻腔，在我的大腦深處炸開了，我忍不住連續打了好幾個噴嚏。這時，小山手中的打火機「啪」的一聲打著了，火苗躥得很高，足足有十公分。

「慢！」我吼了起來。

「你還有什麼條件，可以提。」大山的破嘴在瑟瑟發抖，他是咬著牙說話的。

「把文件拿來，我還沒簽字呢。」

大山拍拍腦袋說：「對啊，對不起，我忘了！」他急匆匆地拿著文件遞給我，對我點頭哈腰的，好像我是他的老闆。那張鬼臉上滿是諂媚的笑容，我恍然覺得自己是陰間的閻王，面前這小鬼是我的辦事員。

我仔細看過文件，簽上字。我的手被綁了，所以那字寫得有些歪歪扭扭，本應該寫得更好看些的，但是我懶得讓小山幫我解開了。

我閉上了眼睛，想到了龐德那首很有名的詩〈在地鐵站〉——

人群中幻影般浮現的臉
潮濕的黑樹枝上的花瓣。

多麼形象呵……我的臉馬上就會脫離生命的樹枝，像風中的花瓣那樣墜進無盡的黑暗深淵了。

「啪！」

我感到一陣熱浪包圍了我，我看到太陽落在了我的眼前，無數陽光刺痛了我，我喃喃自語道：「就讓虛空的歸於虛空吧。」

父親的報復

每當別人問我是哪裡人的時候，我總會想起我的父親。一想到我的父親，我便對這個問題變得張口結舌起來。當然，我會很快調整好狀態，說自己是廣州人。對方一般會繼續追問：「廣州人？聽不出來，你的普通話還蠻標準的。」我只得說：「因為我父親是北方人。」對方的眉頭釋然了：「哦，那你也算北方人啊。」就是這麼一番簡單的問答，卻讓我心中的情緒經歷著隱祕的起伏，變得有點兒張口結舌。這種狀態，每每讓我打心底對父親感到親近，因為他經常遭遇這樣的狀態。但是，說完後我深感愧疚，因為父親總是想方設法迴避自己的北方人身分，強調自己是廣州人，而我卻如此草率地全盤托出，簡直像可恥的背叛。

父親從北方來廣州三十多年了，也許已經四十年了，誰知道呢！因為他從不談及自己的過去，好像他自打娘胎裡出來就開始在廣州闖蕩了。其實，在廣州這個地方，外地人太常見了，特別是這三十年來，一波波的外地人來這裡尋找發展的機會，其中有些還獲得了巨大的成功，氣得某些本地佬發明了一個詞：「北撈」。很多外地人剛開始以為這是「北方佬」的簡稱：「北佬」，於是滿不在乎。待的久了，才知道不是「佬」，而是「撈」，撈錢的撈，難聽得要命。父親也不例外，他非常痛恨這個詞。他的原因比較複雜，既有沒撈到錢的失落，又有一種身分上的反抗。——雖然父親從沒説起過自己來廣州的原因，但他明確表示，他絕對不是為錢來的。他越過這個原因，著重強調自己生命的一大半時間都耗在這裡了，早已是地道的廣州人了。無論戶籍上，還是精神上，都是。從理論上説，的確如此，可問題在於，他那一口夾雜著粵語的北方話，在他的主觀願望與客觀形象之間，劃下了一道深深的鴻溝。這道鴻溝，就連他娶了本地老婆的婚姻都無法填補。

父親應該一直都沒意識到，就連母親和我都不認為他是廣州人。當然，我們沒這麼直白地説過，甚至，也算不得這麼想過，我們只是在和他説話的時候，會像收音機調頻那樣，不自覺地把粵語轉換成普通話。其實，我們用粵語説任何事情他都聽得懂，他對此也是心知肚明。好在他對此並不在意，他慈愛地看著我和母親，在普通話裡忽然丟出一兩個粵語詞彙來，好像我們根本沒有轉換過語言頻道。我看著他的這種神情，有時會突然覺得他好孤獨，那種狀態讓他像極了一個形跡可疑的流亡者，或是像汪洋大海上的一葉扁舟。但他是我的父親，我不願意那樣去想他，我會盡可能多地和他講話，用語文課堂上那種標準的普通話，希望他也能理直氣壯地和我講標準的普通話。但遺憾的是，作為回應，他的腔調裡竟然夾雜了更多的粵語詞彙，全都變了味，好像那些沒學好普通話的本地街坊。

我不記得父親的家鄉。當然，我知道是在山東省，但是在山東省的哪個市哪個縣哪個鄉我就不清楚了。父親說在我小的時候，帶我回去過，我玩得非常開心。我看著他認真的樣子幾乎相信了，但我完全不記得。根據他的描述，那裡有大片大片的麥田一直鋪到了地平線，像大海一樣無邊無際。我閉上眼睛，好像看見自己穿著開襠褲，在無垠的麥田中奔跑著，農民們把收穫的麥子捆起來，堆成一垛垛的矮牆，我蹲下來，藏在矮牆後邊，彷彿躲開了父親和整個世界。我問父親：「那你一定是秋天帶我回去的吧？」父親想了想說：「不是，是在一個春天，當時還下了一場春雪呢，你媽媽帶著你在雪地裡跑，但白雪很快就變成了黑色的汙泥。」於是，我腦海中的畫面便恍惚了，也許我是把自己當做某部電影裡的主人公了吧。從此，我在想像故鄉的時候，不再把自己置放其中。後來有一次，我向父親提議，我們現在可以找個時間回去看看，但他婉言謝絕了。他說故鄉已經沒什麼可留戀的了，親人都沒了，他的父母，也就是我的爺爺奶奶，早已過世了。這個我早就知道了，我繼續追問他：「難道沒有兄弟姐妹嗎？」他猶豫了一下，咳嗽了幾聲，回答說他有一個姐姐，但是她還沒滿周歲就被送人了，他只是聽說過她，從來都沒見過她。她就像一個傳說。

我看著父親，他真是個孤獨的人。

這個人孤獨，平凡，是個不折不扣小人物，但他的性格卻相當隱忍，能夠做到一些無法想像的事情。比如說，他不僅不會講地道的粵語，而且口才也不怎麼樣，但不知道他從哪裡得來的勇氣，居然做了許多年的推銷員！一個人只有在迫不得已的情況下，才會選擇自己並不擅長的行當吧，可父親似乎是一種主動的選擇，並且樂在其中。這就顯得不可思議了——他笨口拙舌地奔走在廣州的大街小巷，供養著這個家庭，把我從幼兒園拉扯到了重點中學。

在我的記憶中，那時父親提著一款黑色的牛皮包，穿著洗得發灰的短袖襯衫，每天一大早就出門了。他推銷一種叫做「菲塔」的洗髮水，後來這個品牌還做洗面奶、潤膚露，繼而還做專門的男士洗面臉、男士潤膚露。這讓我比起同齡的小夥伴來，唯一的優越性就在於，我從小就使用專門為男士製造的洗面奶、潤膚露。也許出於懷舊的心緒，我現在仍然使用「菲塔」的產品，並推薦給周圍的朋友，讓他們支持本土「國貨」。但話說回來，父親從來不用「菲塔」，即使各種「菲塔」在家裡積壓得像座小山一樣，他也不為所動。他用看待銀行存款樣的眼神看待它們。的確，他是個很節省的人，他只用幾塊錢一堆的香皂。他身上那股特殊的廉價香味，是我用嗅覺辨識自己父親的重要標識。

節假日的時候，除非來颱風下暴雨，否則父親都不休息。他常常說，節假日可是推銷員大展拳腳的好日子。我央求他帶我一起去工作，因為我對外邊的一切都充滿了好奇。想想看，誰能比一個推銷員更深入一座城市的細枝末節呢？更何況廣州的凌亂無序婦孺皆知，那些毛線團樣的道路讓它成為了真正的迷宮。童年的我讀了幾篇希臘神話，覺得跟父親去探索廣州，肯定是一場奧德修斯般的冒險之旅。

沒想到父親不樂意帶我。他一方面希望我在家好好學習，另一方面覺得帶著一個孩子會顯得很不「專業」，影響工作效率。母親說帶著孩子會讓人覺得更可靠，更有責任感，也能激起別人的同情。他一聽，幾乎跳了起來，眼神驚恐地看著母親說：「我可不需要別人的同情，這是推銷，又不是乞討！」母親生氣了，不再和他理論，狠狠瞪了他一眼，用粵語說：「帶細路仔玩下啦！你擺款是嘛？」他的肩膀一下子塌了，眼神中的驚恐都渙散掉了。他知道母親只有著急生氣的時候才會和他講粵語。他無奈地嘆口氣，一手拎包，一手牽著我的小手，向外走去。在巷子裡無論碰見哪個街坊，他都會很客氣地說：「早晨。」這應該是他發音最準的一句粵語了。他帶著我乘坐一八二路公交車，向越秀區駛去。人太多了，他一手抓著扶桿，一手箍著我的身體，然後告訴我，整個越秀區都是他負責的地方。他的語氣自信，在我聽來甚至不無豪邁，就像是黑社會大佬說：「這塊地頭都是我的。」我的父親，即使他只是一個落魄的推銷員，在他的兒子面前依然有著豪邁的一面。我喜歡父親的豪邁。

公共汽車到站了，我們下車走到一家和魚丸店差不多大的檔口前，他讓我站在門口等著。他走了進去，和裡邊的幾個人打招呼，並朝外指了指，乾巴巴地說：「我兒子。」那些人的目光掃了過來，又收了回去，什麼話都沒說。父親看了我一眼，那眼神彷彿有些愧疚。他轉身走到裡間的倉房拿貨，等他再走出來的時候，他黑色的牛皮包變成了一個黑色的箱子，胸前多了一條褐紅色的領帶。他的頭髮也變得濕潤了，全部向後倒去，像是衝撞了一場暴風驟雨。我想笑，趕緊忍住了。雖然他這個樣子有些滑稽，但的確清爽了許多，遠遠看上去儼然是一個在寫字樓上班的傢伙。他帶著我向城市深處邁進，奧德修斯的冒險正式開始。不過，且慢……他居然繞過了街邊那些雄偉的高樓大廈，向青石板鋪就的小巷走去。巷子很安靜，低矮的晾衣繩縱橫交錯，上邊搭著剛洗完的衣褲。路邊的幾隻哈巴狗懶洋洋的，半張著嘴巴，急促地喘著氣，任由衣服裡的水滴打在臉上身上尾巴上，有時，牠們乾脆伸出舌頭來，舔舔臉上的水滴，像是在享受一種美味。這樣的巷子和我家的巷子大同小異啊，我有些失望，我渴望看到這座城市神祕的一面，比如那些高樓大廈裡邊都有些什麼？可我的父親沒有辦法帶我進去，門口的保安老遠就虎視眈眈地盯著我們。

天氣太熱了，父親和我渾身上下都是汗，黏糊糊的，像鍍了一層樹脂。父親讓我走遠一些，他自己站在原地，整理了一下上衣，敲開了一戶人家的門。一個穿著花睡衣、搧著扇子的師奶探出腦袋來，父親有些緊張，開始用夾雜著粵語的普通話推銷他的商品。他賣力地說著，把箱子打開來給師奶看，當師奶搖頭的時候，他露出了失望的神情。這時候，他不僅滿頭滿臉都是汗，而且汗滴匯聚成河，順著他的脊背往下流，使得那件舊襯衫緊緊黏在他的背上，他的胳膊都無法靈活擺動了。他自始至終都沒有回頭看我，只是默默地把手伸到背後，將濕透的襯衣像翻書那樣揭起來，來回擺動著。這個動作像是一面凸面鏡，放大了他的尷尬。終於，他站在那裡不動了，師奶早已縮回了門後，本次行動徹底失敗。我看著他，以為他會轉頭看著我，和我說點什麼了，但他沒有。他的目光像條鮎魚從我身上滑了過去，落在了第二戶人家的門上。他走過去敲門了……

當他一連敲了五戶人家的門，重複完那些令人尷尬的動作之後，他才意識到我的存在。他回過頭來，認真看著我，細聲細氣地問我：「有為，好熱吧？」那神態彷彿我也是一位潛在的客戶。他把我帶到巷子盡頭的一家冷飲店，給我買了一根冰棍。我遞給他，他擺擺手說：「你吃吧，爸爸不熱。」我吃冰棍的期間，他又去敲門了，終於，這家人買了一瓶「菲塔」洗髮水，父親不停地說著謝謝，直到人家關上門，還對著門說了幾句。他看向我的時候，臉上泛著興奮的紅光。

我們穿行在青石板鋪就的小巷裡，偶爾會遇見一些頹圮的祠堂，父親會放慢腳步，給我講些歷史典故，不乏道聽塗說、穿鑿附會、甚至胡編亂造的成分，就連上小學的我都能識破其中的漏洞。但我還是非常高興，因為我感到奧德修斯的冒險尚未結束，廣州城的迷宮正在解開。有一次，他指著一個名叫「萬木」的祠堂對我說：「爸爸希望你以後像他一樣，成為對國家有大用的人。」我問：「他是誰？」他說：「康有為。」他說出這三個字時的嚴峻表情，讓我覺得那一定是個大有作為的人。他摸著我的腦袋說：「這也是你名字的來歷，你要好好努力，對得起你的名字啊！」我懵懂地點點頭。——如今念及這些小事，才發覺父親就是這樣一點一滴為他自己、也為我，尋找著可以信賴的認同元素，然後，他在看不見的生命深處把它們疊加、糅合、沉澱起來。這就是父親自製的隱形鐵錨，他試圖將自己的這艘小船更好地固定在廣州的大港灣裡。不過，隨著時光的推移，父親的鐵錨越來越沉了，他幾乎無法移動了，這不免有了作繭自縛的悲哀。

母親在一所民辦小學當語文老師，人緣不錯，有次她的同事來家裡做客，聊起來，那同事說自己是山東人，母親隨口就說：「我老公也是山東的。」這時父親正好端了一壺茶進來，那同事見狀很激動，站起身來，要和父親認老鄉。這讓父親很尷尬，他手足無措地站在那裡，咳嗽著說：「可我，我已經很久沒回去了。」那同事說：「你一定要回去看看！現在變化可大了！」「好的，好的，一定。」父親囁嚅著說，眼神恍然間變得異常空洞。這下輪到那同事尷尬了，她坐回到沙發裡邊，儘管臉上還掛著微笑，但看得出來，她變得拘謹起來，在暗暗反思自己究竟說了什麼過分的話。這時，母親解圍說：「其實，我都搞不懂他是哪裡人，他就像個傘兵一樣，是從天上飛下來的。」她的話讓大家哈哈大笑，父親也笑了，尷尬的氛圍得以緩解度過。從那以後，「傘兵」就成了父親的綽號。不過母親和我從未那樣去稱呼過他，我們看著他孤獨的背影，總會忍不住想起來。那種時候，我和母親的眼神碰在一起，「傘兵！」，一聲吶喊迴盪在我們心間。因此，這不是一個用嘴巴說出的綽號，而是一個用眼神說出的綽號。

但是，我真的很愛我的父親，我甚至是崇拜他的。尤其想起和他一起出門推銷的日子，他所遭遇的艱辛與尷尬並沒有降低我對他的感情，反而加深著這份感情。我無法想像一個人用那麼笨拙的方式那麼執著地推銷產品，居然還養活了一個家庭。我壓根無法做到。比如說我的口才也不好，我在學生時代最怕的事情就是在課堂上公開發言，尤其是被老師點名，站在講台上面對大家的時候，我都快要窒息了。每當那樣的時刻，我的腦海裡總會想起父親：父親把手伸到背後，把汗水濡濕的襯衣從脊背上揭下來，像蝴蝶翅膀那樣搧動著。那時的我早已滿頭大汗，衣服沾身，可我連把手伸到後面揭開襯衣的勇氣都沒有，我就那麼傻愣愣地站著。啊，我討厭這樣的自己！所以說，我的父親絕對是一個成功者，但他獲取的絕不是世俗意義上的成功，他的一切作為都在拓寬著成功的定義。多年以後，我在一家企業裡邊從事人力資源方面的工作，經常會面試一些求職者，他們的表情讓我忽然覺得：父親之所以能賣出產品，就在於他的那副艱難痛苦卻又真誠坦率的表情吧，那裡邊蘊含著打動人心的力量。

不過，再怎麼說，父親最終還是丟了這份工作。

那是一個夏天，當然，一年中廣州有一半的日子都可以稱為夏天，因此那天一定是夏天裡最熱的那幾天。那天黃昏，他提著黑色的箱子回家了，他工作了這麼多年，從來都沒有把那個黑色的箱子提回家過。可那天，他卻左手提著黑色的牛皮包，右手提著黑色的箱子，這讓他看上去像個遠道而來的客人。母親正在做飯，菜剛切好，鍋裡倒了油，滋滋作響。我接過父親遞來的黑色的箱子，看到他襯衣的鈕扣全部解開了，露出裡邊汗津津的皮膚。我第一次看到父親這樣，以前再熱的天他都會把扣子扣得整整齊齊的，他經常說，做推銷的，你的樣子代表著你的產品，所以你看上去一定要像個正經人。可今天，他和巷子裡乘涼的那些阿伯們沒什麼兩樣了。我覺得奇怪極了，但我看著他陰鬱的臉色，什麼都不敢問。母親從廚房走了出來，望見父親的樣子，也不免有些發怔，這時油燒開了，刺鼻的煙冒了出來，父親打了個噴嚏，大聲說：「快去炒你的菜啦！」母親被嚇了一跳，像鴕鳥那樣縮回了脖子，繼續炒菜了。家裡瀰漫著一種詭異的氛圍，和廚房的油煙交織在一起，讓人感到房間像是塑料溫棚一般，悶得喘不過氣來。

吃飯的時候，父親的沉默像一堵牆，把他和我們隔開了。但是，他咀嚼飯菜比平時有力了很多倍，那種可以咬碎骨頭的聲音刺穿了他的沉默之牆，扎在我們的心上。就在我們即將承受不住的時候，他突然開口了，而且罵了一句髒話：「他媽的！那些北撈！」母親夾菜的筷子抖了一下，停在了半空中，一根青菜掉在桌面上，像一條受傷的大青蟲。足足十秒鐘後，母親才縮回了筷子，小聲說：「你別這樣說，太難聽了。」我也小聲說：「是啊，好難聽。」父親漲紅臉，大聲嚷嚷起來：「北撈北撈北撈！我就要說！怕什麼?!我又不是北撈！」母親改用粵語低聲說：「小聲點，小聲點，慢慢講啦。」母親一說粵語，一道無法翻越的牆壁就會矗立在父親的面前。但是此時此刻，他真的很想對母親說些什麼，他剛剛發出第一個音節，母親又用粵語說：「莫好講粗口啦。」母親輕柔無骨的粵語和謹慎瑟縮的神情硬是把他的話堵在了嗓子眼裡。他臉部的肌肉開始痙攣，然後嘴巴張得好大，像是一條快要窒息的魚。我趕緊倒了杯水給他，杯子在他手中微微顫抖著，環形的水面上激起了不規則的細密波紋。

他沉重地吐了一口氣說：「那些北撈害我丟掉了工作。」

我和母親呆住了，我們只是以為他在外邊遇到了什麼不開心的事情，根本沒有想到，他居然丟掉了工作。在我心裡，父親作為推銷員是天經地義的事情，儘管他做的笨拙甚至可笑，但我無法想像一個不是推銷員的父親，簡直像是無法想像明天的太陽不再升起。我很想安慰下父親，但我一句話都說不出來。母親的眼淚湧了出來，她用標準的普通話說：「你做得好好的，怎麼會這樣……」父親的聲調一下子降下來了，他幾乎哽咽著說：「因為他們雇傭了更廉價的北撈……最讓我嚥不下這口氣的，是他們居然在背後也叫我北撈，他們說如果我願意接受和其他北撈一樣低的提成，我就可以留下來。那怎麼可能呢？我在那裡幹了多少年了，是元老級的員工了！可他們就是這樣對待我的……」母親沉默了許久，我看到菜碟邊沿的油都凝結起來了，她才說：「這個社會太無情了。但你別想得太多了，在家好好休息一段時間吧，也不急著出去找工作。」父親抬起頭來，脖子向前傾著，說：「沒想到他們也會這樣叫我，他媽的，我和他們做了二十年的同事，他們居然也叫我北撈！我真的想不通，我得想辦法報復這幫王八蛋！」

那些天裡，父親變得很奇怪，他穿著洗得發黃的背心和短褲，長久坐在家門後的一張小板凳上。我每天放學回家，都會隔著門上防蚊的紗網看到他的那團黑影。那團黑影像是莫可名狀的夢魘，深深刺痛了我，並沉澱在了我的心底。我開始不想回家，儘量留在學校裡，直到寫完作業才回家。母親也不敢說他，只是做好飯菜的時候才叫他，他像一個突然獲得了動力的機器人一般，從小板凳上晃晃悠悠地站起身，異常緩慢地挪到飯桌前，面無表情地端起碗開始吃飯。他偶爾會問起我的學習情況，我都會小心翼翼地放下碗筷，嚥下嘴裡的飯團，認認真真對他彙報。我特別害怕自己會成為引燃他怒火的導火索。可他似乎並沒有看我，只是隨著我的話點著頭。他成了一個人形的空殼，裡邊的生命全都流走了。他的眼神，呈現出的全是空殼內部的無盡黑暗。我不敢看他第二眼。不過，感謝父親，在那段晦暗的時日，他的怒火自始至終沒有爆發出來。我說過，他是個隱忍的人。

終於有一天，我放學回來，發現門後的那團黑影不見了。推開門，我看到他坐在客廳的木沙發上，喝著茶。雖然他還穿著熟悉的背心短褲，但那背心短褲被洗的乾乾淨淨的，像是新買來的一般。他的鬍子也剃乾淨了，露出了青色的皮膚，看上去像個精壯的小夥子。他沒有半句緩衝的話，劈頭兜面地說：「我要去學開車了。」

我囁嚅著說：「你……你準備去跑運輸嗎？」我知道鄰居王阿婆的兒子就是跑運輸的，他開著那種藍色的東風大卡車，很威風，每次停車下來總要往地上吐口濃痰。

「不，」父親揮舞著手中的茶杯說，「我打算開的士。」

他看到迷惑不解的樣子，解釋道：「你覺得還有比推銷員更熟悉這座城市的職業嗎？」還沒等我回答，他站起身來，踱著步，大聲說：「當然沒有！但我可以退一步，做一種比較熟悉這座城市的職業。兒子，你想想，客人想去哪兒，我都能送到，我現在要做的，只是學會開車。事情不是變得很簡單了嗎？」

的確，我承認，他說的很有道理，這是個好主意。我高興地說：「老爸，我支持你！」

他用半生不熟的粵語，開心地對母親說：「你看，我個崽也頂我喔！」

母親的眉頭終於舒展開了，她笑吟吟地說：「今晚給你們煲靚湯。」

父親是個聰明人，當我初中畢業，進入高中的時候，他已經是一名出租車司機了。他熱愛職業的天性再次發揮出來了。他穿著淡藍色的制服，戴著白色的手套，即使在大熱天也不例外。他這副形象總讓我想起香港電影裡給大老闆開車的私家司機。我讓他著裝自然一點，放鬆一點，他不為所動，說：「兒子，你忘了我對你說過的專業精神了嗎？」

但他也有違背專業精神的地方。

他剛開始開車的時候，居然在我放學的時候來接我。這讓我無地自容。首先我已經長大了，早都不需要接送了；其次，說起來，多少也有些虛榮在裡邊——其他家長開著明晃晃的大轎車來接，而來接我的只是一輛出租車。這不僅在於車的檔次，而且還將父親的職業暴露無遺。當然，我並不是覺得出租車司機有多不好，我只是不想讓別人對我的父親一覽無遺，我希望他能有點兒神祕感。神祕感，會給他帶來額外的尊嚴。

一開始，我裝作打的回家的樣子，但幾次下來，同學們就發現那是同一部車，哪有那麼巧的事情？就這樣，父親是出租車司機的事情同學們都知道了。知道就知道吧，這也沒什麼大不了的，可問題在於我之前的裝模作樣，這讓我感到羞恥。

他又來接我了。我坐上車，鼓足勇氣對他說：「以後你不要來接我了？」

「為什麼？」他顯得有些吃驚。

「因為這樣會影響你的工作啊，你沒必要趕過來接我，我長大了。」我說話的樣子一定不太自然。

「沒關係，少掙點錢有什麼，能接你一起回家，你不喜歡嗎？」他從後視鏡裡看著我。

「我喜歡，但我不喜歡同學們看到。」我只得如實說。

「你怕他們看到爸爸是個開出租的？」他加重了語氣。

「沒有啦！」我使勁搖搖頭。

「那你說為什麼？」他非要把我逼到死角。

「我怕他們嘲笑我，都這麼大了，還像個小雞仔一樣，要爸爸接送。」我說得很快，像是被燙到了。

「但爸爸開得是廣駿公司的車啊。」他忽然微笑起來。

「那有什麼不同？」我納悶地問。

「當然不同啦！」他得意地說，「這公司可是廣州歷史最久的的士公司，是在周恩來總理的親自指導下成立的……」

我不知該說些什麼，臉朝向窗外，看著天色暗下來，擁擠的車流打亮了尾燈。

他咳嗽了一聲，小心翼翼地說：「在廣駿，開車的都是本地人。」

「噢。」我不再吭聲了。我完全沒料到他想說的居然是這個，想用這個為自己的身分增加一點兒籌碼，我為他感到悲哀。但我愛他，我不能把這種情緒表露出來，只得閉緊嘴巴。他從後視鏡裡，反覆看了我好幾次，發現我一直毫無反應，他變得有些失望。從那以後，他不再接送我了，除了颱風暴雨的時候。

自從開的士以後，父親最顯著的變化，就是他的粵語越說越好了。據他自己所說，這是他和乘客聊天聊出來的。我深感奇怪，他做推銷員的時候，非常需要粵語，他卻怎麼也學不好；對開的士來說，粵語沒那麼重要了，他卻學會了。這究竟是怎麼回事呢？難道是因為年紀大了嗎？有一次我看到他和一名乘客講粵語，等那乘客走後，我忍不住問他這個問題。他笑了笑，說：

「傻孩子，因為做推銷員是自說自話啊！」

他一語驚醒我這個夢中人，我這才意識到，真正的說話不是一個人對世界發出語言的聲響，而是兩人以上你來我往的聲音應和，就像是下著一盤規則鬆散的棋。在這種不斷地來往應和當中，語言產生了，方言產生了，口音產生了……

雖然父親的粵語越說越好，但有一點沒有改變，那就是他在家裡依然說普通話。他沒有為了本地人的身分特徵，而去改變我們家裡已經形成的語言秩序，這讓我感到溫馨。他繼續在家裡講著那種孤獨的語言。但在外邊就不同了，他和所有的人用粵語聊天。他現在除了個別字詞的口音有點兒不地道之外，其他的發音都很廣東了，別人常常會認為他是從廣州附近的郊縣來的。對此，他顯得很得意。但在我聽來，說粵語的他是一個陌生的男人，根本不像是我的父親，他身上的孤獨及其優雅一下子消失得無影無蹤了。我面對他的時候，又一次感到了無所適從，我一直希望他能從言語的孤獨中逃離出來，但當他逃離出來的時候，我又覺得這取消了他的特質。他不再是一名傘兵，他變成了芸芸眾生。我知道這種想法對他很不公平，但也許是因為我長大了，已經明白孤獨作為人的本質是無法逃離的。就是在這一年，我考上了北京的一所大學，離開了廣州，暫且告別了父親和母親。

為了賺取我高額的大學費用，父親開車很拚命，他甚至和年輕人一樣，開起了夜車。這讓我非常擔心，每次在電話裡讓他注意身體，他總是讓我不要擔心，我說得多了，他便用粵語不耐煩地打斷我說：「搭啦！搭啦！」就是行啦行啦的意思。我便不再多說了。我知道他心中對我有氣，他一直勸我上省內的大學，比如中山大學、華南理工等，我知道它們是很好的學校，但我不想留在廣州了，我想去祖國首都見識見識。這種血液裡的騷動，也許就是來自父親北方人的血脈，只是他沒有意識到，或是不想意識到罷了。不過好笑的是，來到北京，我才發現自己的普通話其實說得很糟糕，我甚至聽不懂他們帶兒化音的吐字。我偷偷模仿著，但總是顯得生硬，無法做到他們那樣抹了油一般的順滑。大家都把我當廣東人來看待。初次見面的朋友問我是哪裡人的時候，我都會猶豫一下才說我是廣州人。後來，我的普通話越說越溜，我再說自己是廣州人別人都不相信了，我只得告訴他們我的父親是北方人。

「那你的根在北方啊。」他們說。

我點點頭，在北方冬季蕭瑟的寒風裡，心頭逐漸充溢了作為北方人的感受。

這時的父親已經毫不在意北方的祖先之根了，他個人的根鬚在嶺南已經扎得足夠深，作為陌生異鄉的北方已經沒法誘惑他了。在我大學期間，他來北京看過我兩次。他變得和其他廣東人一樣，抱怨這裡的空氣乾燥，抱怨這裡的點心太硬。第二次來的時候，北京尚是初秋，他已經感覺太涼了，有些迫不及待地想鑽回廣州濕暖的空氣裡去。我原本想建議他，北京離山東比較近，可以回老家看看。但他聳著肩、瑟瑟縮縮的樣子提醒我，再也不必提什麼山東老家了，他不會有半點興趣的。

轉眼四年飛逝，我大學快畢業了。父親三番五次打電話給我，讓我一定要回廣州工作。他說當年讓我去北方上學他都後悔了，他不能再後悔一次。那會兒，正巧有一家大型的外資企業來校園招聘，我抱著試一試的心情投了簡歷，沒想到一路過筆試、過面試拿到了offer。我不得不硬著頭皮告訴父親，我留在北京會有更好地發展。

他拉長了聲調大聲說：「你回廣州也一樣啊，廣州也是國際化大城市，雖然搞不起奧運會，但好歹也搞起了亞運會嘛。」

我只得解釋道：「這家大公司的總部就在北京，有很多出國發展的機會，如果回廣州，我就得去下面的分公司了。」

父親重重地嘆口氣，說：「你還想出國？你快回來，留在廣州吧，和爸爸媽媽在一起。」

我輕聲說：「我在這邊發展好了，可以接你們過來一起住啊。」

「不，我才不去北方呢。」他像個孩子耍無賴樣的說：「我家在廣州，廣州是我家。我這輩子就待在廣州，其他哪裡我都不想去。」

這讓我哭笑不得。我心裡充滿了深深的困惑，廣州究竟有什麼好的啊？竟然讓父親這種移民如此死心塌地。我的母親作為土生土長的廣州人，都沒有像他那樣。母親希望我走自己的路，即使離開廣州，離開她的視野，她也無條件地支持我。為此，我父親還和她鬧了彆扭，說怎麼能讓孩子去那麼遠的地方呢？一家人怎麼能分開呢？他甚至說我母親怎麼能那麼狠心呢？

弄得我母親氣哭了幾回，但是母親還是繼續支持我，她說：「你不要管你爸爸，也許他老了，思想僵化了，我希望你能飛得更高，比我們都飛得高，高得多才好。」母親的話讓我感動，也給了我足夠的勇氣，我毅然接受了那份offer，留在了北京工作。

我的父親得知消息後，整整三個月，一百天，沒和我說一句話。我打電話回家，總是母親接的，母親叫他的時候，他已經溜到外邊去了。母親說：「你老爸很難過，有一次說著說著，還哭了。」父親變得這麼脆弱，出乎我的想像，我大口喘著氣，說不出話來，心裡充滿了罪惡感。母親說：「我真的想不通，沒法理解他，按理說，應該是我這個當媽媽的捨不得兒子才對呀，他一個老男人，這是發哪門子神經病！」

一百天後，父親終於主動打電話給我了。他說：「有為，我不是想把你拴在身邊當孝子，而是想著你是在廣州長大的，在這邊發展，更適合你。你的根在這裡。」我第一次聽他說到根，我又想問問他北方故鄉的事情了。我想問問他，那邊和我們還有沒有關係？那邊還算不算我們的根呢？但話到嘴邊，還是嚥了下去，我不想讓他傷心。因為我突然意識到，也許他毫無根據地漂泊到嶺南，費了九牛二虎之力，才把個人的根鬚扎在廣州，這成了他生命中最重要的果實。而北方那條虛無縹緲的根，早已被他掐死在記憶裡了，不論他還是我，都與那條根永遠喪失了關係。他所希望的，是我要接續起他個人的根，傳承下去，再一次開花結果。否則，他個人的根原本就細弱不堪，現在更是要枯萎掉了。我有些難過，我對他說：「老爸，你放心，廣州有分公司，有機會的話，我就回去吧。」他高興了，爽朗地說：「那好啊，就這麼說定了！兒子，我等著你哦。」

現在，我終於回到廣州了。不過請不要誤解，我不是曾向父親允諾過的那樣，主動調回了分公司，更不是辭職，我是請假回來的。我回來也不是簡單的探親，而是要面對一件石破天驚的大事。

我家的老房子要被拆遷了。

之前提到過，我家位於一條狹窄卻清涼的小巷子裡。雖然它是那種單層的老瓦房，但它的門前有個小小的院落，裡邊種滿了紫羅蘭和牽牛花，經常蜂蝶成群在那裡飛舞。從這幾年開始，站在這個小小的院子裡，可以看到懸崖峭壁一樣的高樓正在四周快速長高。那些玻璃幕牆的樓像是犬牙，那些尚未完工的樓像是蛀牙，它們交錯在了一起，隨時準備撕咬過來。實際上，這個死亡降臨的時刻，比我們猜測的要快得多。

我拖著行李箱，來到我家老房子面前的時候，不由站住了。我漂泊多年，第一次這麼認真地打量它，覺得它像極了一張老人的臉。它仁慈地望著我，像是我從未謀面的爺爺。我感到，它一直在寬恕我，寬恕我調皮搗蛋的童年，寬恕我放蕩不羈的青年，寬恕我為人的一切缺陷，並且，它還會繼續寬恕下去。我突然意識到，這裡是我的根。父親說的真的沒錯，這裡是我的根。我原本總想著那是他出於自私的一廂情願，但我現在才體驗到了這種感受是如此實在，就像腳下踩著的這些青石板一樣實在。我差點兒黯然淚下。

這時候，我看到門後的黑影，我的父親坐在那裡，像他多年以前失業那樣，窩成沉重的黑色一團。我推開門，俯身抱住他的肩膀，叫了聲：「老爸。」他坐在那裡沒動，他說：「你回來了就好，你搬張凳子過來，陪我坐會兒。」我搬了張凳子，但我找不到那種古老的小板凳，只找到了普通的方凳子，這讓我坐在父親身邊的時候，比他高出一大截子。但是，父親一動不動，並沒有看我。他望著前方說：「你從這裡望出去，看到什麼了？」我透過紗窗的縫隙，盡力往外看，外邊很明亮，一切都能看得很真切。可以看到院子破舊的籬笆，可以看到裡邊姹紫嫣紅的花朵，還有一把給花澆水的粉紅色花灑。

「你看到什麼了？」父親又問我。

我愣了下，一時不知該怎麼說。

「說吧。」他說。

我便開始說我看到的東西，我越說越多，開始不厭其煩地羅列花草樹木，石頭泥土，甚至剛剛走過的一個男人的身影。我實在找不到東西可說了，才停下來。他說：「你會懷念這些嗎？」我還沒來得及說當然，他就激動起來了，聲音顫抖著說：「這些就要消失了，也許做夢都夢不到了。」我拍拍他的肩膀，難過得失語了。父親說：「我不想讓它們消失，我要守著它們，到最後一刻。」他說得很慢，像是每一字都需要深思熟慮。說完之後他略做停頓，問我道：「兒子，你呢？你會和我一起嗎？」我嘆口氣，擦擦眼角的淚水，說：「當然，老爸，我會一直陪著你，到最後一刻。」

長滿鋒利牙齒的巨獸，不但凶狠，而且狡猾。我們原以為會先軟後硬，怎麼著也得給居委會大媽們塞點紅包，讓她們挨家挨戶來做思想工作啊。但他們連這點耐心都沒有了，他們直接挨家挨戶在牆上寫上大大的紅色「拆」字，在巷子的入口處貼上布告，限令我們一個月內全部搬遷。之前聽街坊老馬說，他們可能在城區裡給我們準備了房子，可以換過去。「直接住電梯房，也挺好的。」老馬說。父親聽後不置一詞，只是不屑地撇撇嘴巴。但現在的實際情況糟糕多了，根本沒有給我們替換的房子，只是用錢來補償。我母親算了一下，我們家用補償來的錢可以在市區三環處購買一套九十平方的房子，我家現在的房子除去小院子就是九十平方。

母親說：「搬就搬吧，往好處想，到時有小區，有保安，住起來也更放心。」

父親脖子向前一挺，眼白一翻，說：「要搬你搬，我不搬。」

母親罵了句：「死鬼！」然後看著我，想知道我的立場。

我說：「老媽，你別生氣，這次我支持老爸。從你把我生下來，一直到我考上大學，我都住在這裡，滿打滿算有十八年了。如果搬去別的地方，即便是小區公寓，我根本找不到家的感覺。那樣的話，我覺得自己和廣州都沒關係了！」

聽我這麼說，母親掉淚了，哽咽著說：「你們真的以為我想搬嗎？這裡有我們多少美好的回憶！但是，我身體不好，又是女人家，沒有精力和他們鬥。這次難得你們父子同心，你們看著處理吧，我先回黃埔你外婆家，有什麼情況多打電話。」

母親抹著眼淚走了。雖然她只提走了一個小箱子，但我感到家裡一下子空蕩蕩的了，彷彿已經被搬走了一半。我轉頭看到父親又坐在了門後的小板凳上。這時，天近黃昏，他和屋子裡升起的黑暗融為一體。我們誰也沒有動，靜靜地置身在黑暗的庇護裡，沒有半點開燈的念頭。

很快，第一週過去了，只有零零散散幾戶人搬走了。剩下的人都在觀望，其中很多人抱著多撈一點的心思，看看這種對抗能不能提高補償金的數額。他們經常聚在一起商量辦法，更多的是談論價錢，但父親不僅自己不去和他們摻和，也不讓我去。他說：「他們商量他們的，由他們去，咱們和他們的目的不同。」沒有了同盟軍，我們完全處於孤軍奮戰的境地。我只能每日在家裡陪著父親。我們一起下象棋，許多年沒下了，下起來還頗有意思。我感到自己彷彿又回到了童年時代，沒有人來打擾我們，拆遷變成了一場遙遠的噩夢。

第二週一開始，我們每家的門口都架設了一個大喇叭，大喇叭開始宣讀政策、法規以及相應的違背後果。那種反覆的聒噪，要從早晨八點半持續到晚上六點半，令人煩躁不安，血壓升高。幾天後，有好幾戶人搬走了。巷尾的那家老牌雜貨店看到這形勢江河日下，沒什麼生意好做了，竟然也搬走了。隨後，社區的拆遷辦公室從幾條街外的寫字樓搬到了雜貨店裡，幾位穿著西裝的工作人員坐在裡邊上班。他們從來不來家裡催促我們，他們只是坐在那裡。在他們的周圍是空無一物的貨架，彷彿他們在售賣某種我們看不見的商品。我和幾位街坊進去諮詢，一個戴眼鏡的胖子說：「我們為了服務群眾，方便群眾，專門為你們提供了一條龍服務，所有手續在這裡一次性辦妥，可以節省你們的時間。」我回家對父親說了，他說：「他們是想節省他們的時間吧。他們越是迫不及待，我鬥爭的決心就越大。」他坐在門後的小板凳上，捧著一碗麵條。他現在除了上廁所，其他時間都坐在這裡，像個雇傭來的門房一般。他凝縮的身影一方面令我感到擔憂與傷心，另一方面，多多少少緩解了我內心的焦慮。彷彿父親這堅硬黑暗的身影，就能把一切醜陋與罪惡抵擋在門外。我甚至想起了魯迅先生寫的那個先行者形象：肩起黑暗的閘門，把年輕人放進光明裡邊去。但我沒有光明可以去，我只能和父親一道，把黑暗的閘門放在瘦弱的肩上，讓閘門落得慢一些罷了。

第三週，大喇叭停止播放了。由於之前過強的噪音，現在我們獲得的已不是安靜，而是死寂。在一片死寂中，一些頭戴安全帽的傢伙出現在巷子裡，他們趴在我們的窗戶上，鬼鬼祟祟地朝裡看。有個傢伙甚至非常魯莽地推開了我們的家門，這時，他看到父親坐在他的面前，像廟宇裡一尊怒目而視的金剛。他被嚇到了一大跳，喉頭發出哈巴狗似的顫音，渾身哆嗦著，很快縮了回去。接下來的幾天裡，每天都有這樣的傢伙出現，他們繼續趴在我們的窗戶上往裡看，或是推開我們的門往裡闖。但無一例外，他們都會被父親坐在那裡的身影給嚇一跳。的確，有誰會傻愣愣地坐在正門後邊呢？這簡直快要變成一齣喜劇了。但是，他們裝神弄鬼的行動在其他人那裡奏效了，許多街坊的心理防線崩潰了。週末我買菜回來的時候，發現只剩下四五戶人家了。那幾個聚在一起商討對策的傢伙全都消失了，只有他們的家門還開著，被風一吹，打開，閉上，又打開，像是一張張試圖說出些什麼的嘴巴。

我原以為第四週的時候，他們會想出更恐怖的法子來騷擾我們。但出乎意料，什麼都沒有，彷彿拆遷工作已經結束。我和父親站在家門口，看到拆遷委員會還在雜貨鋪裡，穿制服的人還在正常上下班，他們依然目不斜視，顯得和我們毫無關係。有個街坊走過來說：「估計有人上訪了，說他們搞暴力拆遷，所以他們老實了。」父親說：「不是的，這是一盤棋，現在只是一步虛招。你別太天真啦！」那個街坊被父親的話嚇到了，黑瘦的臉變得異常陰鬱，他輕輕嘆息道：「唉，這裡已經沒剩幾戶人家了。」是的，這裡的破敗和荒涼像看不見的潮水一般，越來越洶湧，輕易就把我們淹沒了。第二天，那個街坊搬走了。他走前特地走到了我們家門口，他應該很想進來道個別的，但他猶豫了，雙手使勁搓著，好像今年廣州的盛夏有些冷。他就這樣站在門外，對門後的父親說：

「大佬，還是走吧，這裡已經毀掉了。」

這裡已經毀掉了，可我的父親還是不肯走，他甚至連一點膽怯與慌張都沒有。我愈發敬佩他了，覺得他這樣的人這輩子怎麼就幹了些推銷洗髮水和開出租車這樣的事情，真是太浪費了。但是，滄海橫流方顯英雄本色，現在父親終於有機會展現他的英雄本色了，我得好好陪著他，做他最堅定的支持者。

限定的一個月時間到了，我和父親坐在門後等待著他們來和我們做最後的交涉。父親準備了一條鎖鏈，讓我在必要的時候把他捆在窗櫺上，以防被他們拉出去。父親的樣子看起來像個無賴，這是弱者典型的反抗方式。

「那到時我可以做些什麼？」我打量著四周，尋找著一些可以利用的東西，一些我也不知道用來幹嘛的東西。我變得手足無措。

「崽，你什麼也不用做，保護好自己，千萬不要受傷了！」他盯著我看，眼光裡露出慈愛的光澤。

「我們都不能受傷啊！」我說。

「是的，放心吧，他們不會對我一個老頭怎樣的。」他把鐵鎖鏈纏在胳膊上，像是給自己戴上了鐐銬。

但是，沒有什麼最後的交涉。

第二天清早，我還在夢中，忽然被動山搖的聲響吵醒了。我穿著睡衣跑出門，看到巷口已經有一台推土機開始拆房了，一扭頭，我驚呆了——那個拆遷辦公室已經無影無蹤了，雜貨店的窗口大開著，像一隻獨眼望著我。

「動手了，動手了，」我惶恐不安，跑回家對父親喊道，「那幫狗日的動手了。」

父親說：「這有什麼大驚小怪的，我還怕他們不動手呢。」

……僅僅五天，我們周圍的房子就被夷為廢墟，可還是沒人來和我們交涉。我甚至懷疑，他們是否知道這裡還住著人，他們會不會趁我們睡覺的時候，把房子推翻，讓我和父親埋葬在自家的老屋裡。絕望和恐慌像繩索勒住了我的脖子，我開始失眠，夜裡一隻蟑螂的窸窣爬行都會讓我汗毛倒立。

第七天的時候，推土機開到了家門口。我出門抗議，但他們不理我，開始清理我家四周殘存的斷壁殘垣。現在我才明白「釘子戶」這個稱謂是多麼準確！那些磚石倒塌的時候，我能感到這座老房子和我的心臟一起，晃得特別厲害。我開始動搖了，我想勸勸父親，安全第一啊，到了該撤退的時候了。

我走到父親身邊，他居然還坐在門後的小板凳上，但現在的危險不止是來自前門，而是來自四面八方了！我深吸一口氣，準備苦口婆心了，我感到了叛徒特有的那種羞恥。但他看了我一眼，就知道我要說什麼了。他笑了笑，猛然間站起身來，一股虎虎生氣撲面而來。他的臉色紅潤，精力充沛，一掃連日來黯淡的陰影。難道他想到對付強盜的辦法了？

他挽了挽袖子，說：「拿紅布和毛筆來！」

我疑惑地看著他。

他說：「我要寫橫幅！」

我以為他要寫「反對強拆」或是別的什麼，但那樣的橫幅之前就有街坊掛過，後來不了了之了。我不知道父親為什麼還要重複這樣的行為，看來他真是無計可施，死馬當活馬醫了。但奇怪的是，我發現他眉宇之間流露出來的全是明亮的喜悅，這讓我受到了感染。也許，弱者從一開始尋求的，恐怕就是精神性的象徵勝利吧？

我拿出紅布在桌面上鋪開，父親說：「鋪桌上沒法寫，字太多了，鋪地上吧。」

他是要寫一封控訴的檄文嗎？

我把紅布在地板上長長鋪開，他飽蘸濃墨，開始書寫。我不記得父親什麼時候練過書法，但他的字卻那麼有力，像是得了顏筋柳骨的真傳一般。

石破天驚的事發生了，他居然寫了一句詩！

——羊城河山可埋骨，嶺南夜雨獨喪神。

我被震到了，難道父親濃縮成黑暗一團的時候，就是在構思這樣的詩句？他竟然在危機的時刻，找到了藝術的力量。那句詩把他對於這塊土地的依戀與悲憤表達得淋漓盡致。

父親寫完後，站在原地欣賞了幾秒鐘，微微點了點頭，然後拿起了電話。

我問：「打給誰？」

他神祕地一笑，說：「朋友。」又補充說：「我的老乘客。」

下午的時候，一輛電視台的採訪車開了過來，幾個人開始了拍攝，一名記者站在鏡頭前指指點點，介紹著這片社區的強拆情況。突然間，一群穿著黑色衣服的傢伙從角落裡衝了出來，準備搶奪拍攝器材。我驚叫了一聲，準備衝過去，但父親拽住了我的衣服。就在這千鈞一髮的時刻，我看到了一個再熟悉不過的身影——母親，她趕回來了，她的身後跟著一大群黃埔的親戚。她對我和父親揮揮手，就率領他們加入了戰鬥。猛烈的騷亂引來了圍觀者，人越聚越多，事情已經徹底鬧大了，完全失控了。

我看了父親一眼，知道這些都是他一手策劃的。

父親說：「好了，我們上屋頂掛橫幅吧！」

我們爬到屋頂上，用升國旗的虔誠打開了橫幅，並用竹竿固定好。下面的人群看到詩句後，油鍋般沸騰起來，大聲叫好的聲音此起彼伏。父親嘴角掛著微笑，緩緩蹲了下來，就蹲在橫幅旁邊，像是討債的老農。他抬頭看著我，嘴巴張了張，好像要對我說什麼。我也只得蹲下來，和他並排蹲在一起。

他對我說：「崽，今天我終於報仇了。」

「報仇？」我不大明白，望著騷亂的人群，憤憤說：「你在說什麼啊，這樣就算報仇了嗎？」

「你不懂。」

「我不懂？」我準備和他好好理論一番，要鬥爭的道路還很漫長呢。

可是父親這時竟然閉上了眼睛，彷彿完全沉浸在自己的內心世界裡。然後，我聽見他咬著牙，一字一頓地說：

「這麼多年了，我終於證明了我比那些傷害我的廣州佬們更愛廣州！今天我終於報仇了！」

絆腳石

由於工作的原因，我每週都要在廣州和深圳之間往返一次。我帶著在廣州編輯好的圖文資料親自送往深圳的印刷廠，已經成為了我們圖書公司不成文的慣例。深圳那邊雖然有著國內最先進的設備，但是具體的細節還得我去把關。比如圖片顏色的濃淡，以及文字的現場再校對等等，非得我守在機器身邊不可。經理是個比我年輕不了幾歲的小夥子，所以他對此感到過意不去，除了報銷車費，每月還會給我多發五佰元的獎金。不過，我還真不是圖這點兒獎金的，誰願意為了這點錢一個月來來回回折騰好幾次呀。我有我的心思：我是個浪漫主義者，不甘於按部就班的日常生活，總希望在路上能遇見點兒新鮮事，讓我的生活變得沒那麼貧乏。

但是一年多來，我幾乎沒有遇見過什麼新鮮的事。每次走進列車坐下來，那種陌生的氛圍，讓鄰座之間都保持著絕對的安靜和矜持。當然，也沒那麼絕對，我主動搭訕的時候還是有過的，只不過相當失敗。那次是因為鄰座來了個特別漂亮的女孩子，穿著粉紅色的長裙，手裡不停地把玩著白色的蘋果手機。我趁著她放下手機，百無聊賴的時刻，鼓足勇氣對她說：「姑娘，我想和你做個朋友，可以嗎？」她看了我一眼，冷冷地說：「不必了吧，我有男友了。」我尷尬得想砸開車窗，馬上跳下去。

這是我第一次搭訕，也是最後一次，我覺得自己拙劣、可笑，像個典型的屌絲。那天的一個小時旅程，對我來說變成了酷刑，每一分鐘我都被羞恥感反覆折磨。我下定決心，再也不主動搭訕了。值得欣慰的是，迄今為止，我都遵守著這個諾言。更何況，我已經找到女朋友了，是同事的妹妹，一個簡單天真的女孩子，閒暇的時候喜歡用鼠標在電腦上畫畫。對此，我感到心滿意足。同時，我對這段旅程也逐漸感到了厭倦。

今天，又輪到我出發了。我到廣州東站的時候，已經下午四點半了，我估摸著到了那邊不早了，不想再麻煩對方請我吃飯什麼的，便買了一個漢堡，一邊走一邊啃。我在自動售票機前買了票，是五點半的。沒關係，每次我都會提前上車，趕最近的那趟，而且每次我都能幸運地找到座位。這次，我提前上了五點的車。上車後，我一連走了好幾個車廂，裡邊全都坐滿了人，就連餐廳的座位也都被把持了。我暗暗叫苦，慘了，該不會站到深圳去吧。

我沿著車廂的過道慢慢搜索，希望能發現一個空位，我不想輕易放棄。說起來難以置信，我是在末節車廂的最末一排發現了一個空位。眾所周知，車廂的一邊是三連座，一邊是二連座，那個空位位於二連座靠窗的位置，空位的旁邊，也就是靠走廊這側的座位上坐著一個滿頭銀髮的老太太。我走上前去，問道：「奶奶您好，您旁邊的座位有人坐嗎？」她搖搖頭，對我微笑了一下，頭往裡歪了歪，示意我可以坐過去。我滿心歡喜，趕緊說著謝謝，從她前面擠了過去。坐下後，我認真看著她，又說了句謝謝。這時，我才發現她不僅有著深邃的眼窩，而且那略顯渾濁的眼球中有著一抹淡褐色。——原來她是外國人啊！我剛才都沒看出來。看來，衰老和死亡一樣，將人的本質凸顯出來了，人種之間的界限就這樣消弭了。因此，對人的各種劃分終究是簡陋和可笑的。

「小夥子，你去深圳嗎？」

我突然聽見了一句標準的普通話，帶著歲月沉澱下來的那種優雅與沙啞。我扭頭看看老太太，想確認下這是不是她說出來的。她正盯著我看，儘管眼皮有些耷拉，但淡褐色的眼睛依然充滿了神采。

「是的，去深圳。」我不由感慨道，「您的中文說得真棒。」

「因為我就是中國人啊。」老太太說得很平靜。她穿著一身淡綠色的長裙，她伸手把膝蓋上的褶皺給撫平了。

「噢，您是俄羅斯族的吧？」我猜測道，心裡竟然有些激動，終於在無聊的行旅中遇見有意思的人了。

「不是的，我出生在上海。」她的口音裡的確有點兒滬上氣息。

我不由琢磨起來，上海曾經遍布租界，說不定她是那些殖民者的後裔？但不知為何，我不想說出這個猜測。或許，聯想起那個十里洋場、光怪陸離的時代，多少還是有些不快的。但這種不快也是極其微弱的，似有還無的，就像一陣煙霧。我本就不善於和陌生人聊天，這下一時不知該說些什麼了。

不過，我真的很想和她聊下去，我不由暗暗焦急。

「那您對中國的感情一定很深了。」我終於擠出了這麼一句乾巴巴的話。

「何止呢，我在中國一直生活下來，直到今天，整整七十五年了。」她薄薄的嘴唇在說話時會有細密的皺紋，但她的吐字如此清晰，每一個字都彷佛帶著她的決心，要鑽進別人的心底去。她完全符合我對祖母的想像，要是我的祖母還活著，我希望我的祖母也能像這位老太太一樣說話，把人生的智慧用堅定的語氣全都灌輸給我。

「您和我的祖母一樣大，比我的祖父就小一歲。」我鼓起勇氣，說出了口。

「哦？他們在深圳嗎？」

她來了興趣，這讓我非常高興，但想起我可憐的爺爺奶奶，我又非常失落。

「他們不在深圳，也不在中國，」我賣了個關子，用手指向上指了指，說，「他們在天上。」

「願主保佑他們。」她輕輕說，更像是說給自己聽的。她兩隻手握在了一起，分開，又握在了一起。彷彿在尋找一個最佳的位置。

「謝謝您。」她真誠的樣子打動了我，我按捺不住，開始了訴說：「我沒見過他們，他們在我還沒出生的時候就死掉了。但我還會想起他們，因為沒有他們，就沒有我。」

「可憐的孩子，看來我們是同病相憐的人。」她扭頭看了我一眼，那種柔和的目光像是一種看不見的撫摸。

「您也沒……」

「是的，我也沒見過我的祖父祖母，他們也在天上，是在奧地利的天上。」老太太微微一笑，嘴角還有淺淺的酒窩。

「哦，您的老家在奧地利。」

「奧地利，維也納。我的祖父祖母都是音樂家，一個拉大提琴，一個拉小提琴。他們很幸運，因為他們在一九三七年感染了肺炎死掉了。」

「為什麼說他們幸運呢？」我不解。

「因為一九三七年是一九三八年的前一年。」她聳聳肩膀。

「哦，」我想了下，還是問道，「可二戰不是一九三九年才全面爆發的嗎？」

「是的，但一九三八年開始，納粹對猶太人的迫害就已經全面公開化了。他們砸爛了我們的每一扇窗戶，他們開始搶掠，開始殺人放火……他們已經失去了人性，失去了人類正常的理性和審美，他們面對著滿大街的玻璃渣，竟然還起了一個很美妙的名稱：水晶之夜。」

我這才明白過來，原來老太太是猶太人。我心裡湧出了更多的好感與好奇，還被她語調中的克制與平靜給徹底征服了。她當然是在控訴，卻如此不動聲色，像講述一件家長裡短的小事。

「不好意思。」我囁嚅著說，我也不知道為什麼要這樣說，或許是因為覺得自己不應該喚起老人的痛苦回憶吧。

「孩子，你難道不覺得死於肺炎要比死於奧斯維辛幸福得多嗎？」

她看著我，乾癟的嘴唇露出了隱約的笑意。我不敢直視她，我覺得像被扒光了丟進了冷庫一樣，渾身上下顫慄起來，胳膊上都起了一層細密的雞皮樣顆粒。

我說不出一句話來。

「儘管，死亡在本質上是一樣的。」她補充了一句。

「不，不一樣。」我滿腦子都是肺炎和奧斯維辛，不禁脫口說出了一種模模糊糊的感受：「奧斯維辛讓死亡的本質都不一樣了。」

「啊，說得對，說得對，說得對……」

她一連說了三個「說得對」，讓這三個字聽起來像是三個音符，不斷變換著節奏，卻越來越低沉，還夾雜著她深深的喘氣聲，像是一曲交響樂中小提琴的無奈嘆息。

「所以，他們的確是幸運的人。」我用十分肯定的語氣說了一遍，彷彿在確認一個早已被確認過的真理。

「謝謝你。」

她打開放在面前小桌板上的褐色小包，從裡邊掏出一塊金色的懷錶。除了在電視裡，這還是我第一次在現實中看到這種古董級別的物件。因為時間太久了，它的一些地方不但變成了黑紫色，而且表面還凹凸不平，一定是在時光隧道裡經歷了太多的跌跌碰碰。

「想看看他們嗎？」她衝我眨巴著眼睛，眼神裡有種孩子氣的狡黠。

「當然，我非常想，他們一定是很慈祥的人。」

她的雙手顫顫巍巍的，因為皮膚過於蒼白，裡邊的血管看起來像是電線一般。什麼時候才能有成熟的生化技術，讓這樣的老人可以繼續活下去？——面臨死亡的焦慮，讓我突然有了這樣的想法。不過，老人一定不想成為一架機器，看吶，她的十個指頭都塗著淡紫色的指甲油，像個愛美的青春女生。這個細節打動了我，撥動了我的心弦，我已經觸碰到了老太太的命運和故事，她身上的點點滴滴都能打動我。

「你看，這就是我的爺爺奶奶。」她打開懷錶的蓋子，指著鑲嵌在裡面的照片說。

這張照片和我想像的不一樣，我以為會是一個留著白鬍子的老爺爺和一個戴著眼鏡的老太太，可實際上這是一個快樂的四口之家：一位年輕的男人個子很高，他的臉出現在照片的最高處，他沒有直視鏡頭，而是若有所思地看著照片的左側。他的下面是一對母女，他摟著她們。媽媽很漂亮，有著幽深明亮的眼睛，高高的鼻梁下邊有一張豐潤的大嘴，微笑著直視鏡頭。在母女之下，還有一個小小的男孩兒，就像個標準的玩具娃娃一樣可愛，他和父親一樣，都望向了照片的左側。女孩子紮著辮子，穿著連衣裙，笑咪咪地看著照片的右側，像是在回味什麼開心的事情。

「你的祖父好帥，祖母很漂亮，那這個小男孩就是你的爸爸？」我問。

「哦，不，不是的，這個小女孩是我的媽媽。」她忽然想起什麼來了，說：「哦，我們不像中國文化分得那麼細，說起來，這是我的外公外婆。」

「恩，我知道。」

「我爸爸的爸爸媽媽那是另外一個故事了。」老太太輕輕搖搖頭，像是要從某種力量當中擺脫出來。

「我的外公外婆，我倒是見過，但是見的次數也不多，因為他們都在香港。到現在為止，他們就回來過三次。最早的那次，因為我年齡太小，已經完全不記得了，是聽媽媽說，才有個模模糊糊的印象。第二次是在我上初中的時候，他們來看我們。我記得他們穿得很體面，很乾淨，比起我們鎮上的人闊氣多了。但我聽媽媽說，他們也算不得有錢人，聽起來是在遍地黃金的香港，但他們的營生也是很可憐的。他們是靠一家魚蛋粉店為生。咖喱魚蛋，奶奶你一定吃過吧？就是那種用魚肉做成的小丸子，放在咖喱裡煮。他們就是做那種小丸子的，然後煮好粉麵，澆在上頭。他們守著小鋪，每天起早貪黑，年紀越來越大，一定是很辛苦的。媽媽讓他們搬回來和我們住，說現在這邊的環境也變好了，只要努力，賺錢養家是完全沒問題的，最重要的是，回來跟女兒還有外孫一起住也有個照應。媽媽現在是他們唯一的孩子了，原本媽媽還有個弟弟，十幾歲的時候患上血吸蟲病，肝臟嚴重受損死掉了。外公外婆到香港的時候，應該還沒喪失生育能力，但他們也沒有再要孩子，因此，媽媽依然是他們唯一的孩子。媽媽看著他們衰老的樣子，才放下了許多心結，原諒了他們當年的無情，下定決心，請他們回來住。但萬萬想不到的是，他們還不願意回來！他們就願意孤獨地待在香港終老一生，寧願為了一家魚蛋粉小店起早貪黑，忙忙碌碌，彷彿那是世上最重要的事情，比女兒和外孫還重要。」

我自顧自說了這許多，我也不明白自己從哪湧起了這麼強烈的傾訴欲望。我幾乎是被那些話推著說的，彷彿它們被囚禁了太久，借著這個機會一定要逃出來似的。

「不好意思，我是不是說的太多了？」我看著她，不好意思地笑了笑。

「你沒去香港看過他們嗎？」

「沒有。」

「為什麼？」

「他們也沒邀請過我啊，甚至都沒邀請過我媽媽。可能他們不想讓我們看到他們辛苦的樣子吧。」

「你想去看看他們嗎？」

「不知道，我真沒這樣想過。」

「聽你這麼說，我也不能完全理解他們。不過，他們聽上去像特別孤獨的人，讓人覺得挺可憐的。」

我沒有說話，我之前並不覺得他們可憐，甚至，多多少少有點厭惡。母親從沒在我面前說過他們的不是，但我覺得母親的年齡還算不得太大，卻已經花白了頭髮，佝僂著脊背，早早衰老了，而且，母親對這個世界似乎從來不抱什麼希望，更不提什麼奢求，這點才是讓我最為傷心的。人活在世上，如果是在麻木不仁地盡一種義務，那是多麼悲涼的事情！躲在香港的他們負有很大的責任。他們被一種虛妄的都市想像給完全蒙蔽住了。

不知道為什麼，我不想和老太太說這個，這些話似乎是埋進心底深處的，已經接近腐爛了，早已無法再見天日。

也許，老太太看出了我的心思，沒有再繼續追問。

「你比我幸運，我除了他們的照片，沒有見過他們。他們在這個世界上，連一點痕跡都沒有了，就彷彿從來沒有存在過一樣。」

「他們的墓地呢？」

「那一片地區被戰火完全摧毀了，什麼痕跡都沒有了。」她看看我，笑笑，說：「現在，就連戰爭的痕跡也沒有了，就像從來沒打過仗，世界永遠是和平的，永遠是平靜的。」

她這樣說，不免讓我有些悲傷。儘管我比她小很多歲，還不能充分體味這種歷史的失憶，但是，我覺得自己是完全可以理解這種心情的。

「我已經過世的祖父祖母，倒是在這個世界上有點痕跡，就像失傳的民歌一樣的痕跡，可我寧願沒有這樣的痕跡。那一點點痕跡，就足以復原出許多生命的故事，總有一些你不想知道的故事。」

我說完，變得揪心起來，就像是心底掩埋好的荊棘又露出了尖刺。

「可憐的孩子，沒想到你也有這麼多的故事。故事是用來聽的，是用來取悅別人的，但是如果發生在自己身上，就不那麼好玩了。」老太太搖搖頭，嘆口氣，嘴角的皺紋都聚集在一起，看上去很緊張。

「是的，因為從小就經歷了很多故事，所以我心中一直有個當作家的夢想。但我發現，自己是成不了作家的。因為，我無法超越自己的故事。我無法一直想著別人的故事，我總是沉浸在自己的故事裡，一個真實而又殘酷的故事裡。所以，後來我只能放棄了，選擇了一個為作家服務的職業：編輯。」我說完這段話，感到輕鬆了許多。這是我未曾和任何人說起過的夢想，一個早已泛黃和失落的夢想。

「我們還真是同命相憐！我也做過一個作家夢，想把自己經歷的苦難寫下來。但是，那些苦難像是稜角分明的岩石一樣，硌得我心一直很疼。我越想把它們寫出來，就越是硌得疼。寫作就像是什麼呢？就像是磨刀石，把那些岩石的稜角打磨得愈加鋒利了，刺得我鮮血直流，真的痛得受不了。後來，我就反覆對自己說：也許不去想，才是一個更好的辦法。不過你要知道哦，不去想，並不是遺忘，而僅僅是不去想，讓岩石擺放在那裡，像博物館裡的文物一般，隔著玻璃，不去觸碰罷了。我沒能當成作家，卻成了一名老師，你肯定想不到，我一開始是教語文的，教中學生怎麼寫作文。後來，興許是因為基因的緣故，我發現自己特別擅長學語言，我又自學了英語，讀了英文的研究生，變成一名大學的英語老師。幾年後，同為歐洲語言的德語和法語也都掌握了，肯定是由於外公外婆是說德語的緣故，學德語是最快的，只花了三個月，一百天，厲害吧？再後來，我終於學會了希伯來語，我們猶太人的語言。據說，漢語和西伯來語是最艱深的兩門語言，是最古老的語言，那麼，它們一定是描述了最多苦難的語言。」

老太太這麼說，讓我的眼淚差點掉出來。

「不過，我忘了告訴你，」老太太捂著嘴巴笑了幾下，然後又恢復了平靜說，「我作為老師還是很受學生歡迎的，不僅是因為我課上得好，而且因為我對他們從不苛責，把他們當做和我一樣柔弱的人，所以，我和他們不是偽裝出來的朋友，而是真正的朋友，真實的朋友。我在課堂上看著我的這些小朋友們，總有一種衝動，想把我經歷的故事告訴孩子們。但是，我一直沒有勇氣，我害怕他們會在背後說那個老太太真可憐啊！我不需要這樣的同情，真的不需要，那不是我想達到的目的。於是，我只有一次次繼續沉默下去，雖然在歡笑，卻是最大的沉默啊，這種沉默籠罩了自己，封閉了自己，讓我即使結婚生子，也擺脫不了那種孤獨一人的感覺，就像是被一種說不清道不明的力量給囚禁在海底一般，沒有人能夠理解我。幾十年就這麼過去了，真的是好久好久了，現在的自己早已不再去尋求理解了，也沒有什麼好理解的了，這是上帝的事情，不是嗎？」

她的反問太沉重了，我怎麼可能回答得了。老太太沉默著，似乎是一口氣說了太多變得有些疲倦。但也有可能是在期待我的回應，一個足以和這段話相匹配的回應。我滿心惶恐，知道自己註定要讓她失望了。

「您懂這麼多語言，那您真的稱得上是語言學家了。」我說了這麼一句平淡無奇的話，像是恭維，實則是好奇，好奇她為什麼要學那麼多種語言。難道僅僅是因為有天分，學得快，就學那麼多種嗎？顯然不會是這麼簡單的。

「不，我不是什麼語言學家，」老太太嗓音低沉地說，「我只是在尋找一個更加穩定的世界。」

聽到這句話，我覺得和老太太的聊天，終於到達了一個高度。一個和陌生人在這麼短時間裡，所能夠到達的高度。但可氣的是，我卻一時不能理解她的意思，我困惑地說：「語言不是流動的嗎，為什麼要在語言裡尋找穩定呢？」

「語言是流動的，但這只是語言最表面的特徵，當你真正了解語言的時候，你會發現語言也有自己的河床，那裡沉澱著歷史的記憶，那就是它超穩定的一面。那一面，就是我寄託心靈的地方。」老太太像個哲人一般說道。

「這樣說來，您已經找到了那樣的寄託，真幸福啊！」我由衷感慨道。

「不，遠遠不夠的。」老太太使勁搖頭，開闊的額頭上方，幾縷白色的頭髮顫抖著，像是受驚了一般。

這時候，動車減速了，前方的電子屏幕上出現了一排紅色的漢字，提示東莞站到了。列車已經運行了四十分鐘了，整個旅程過半了。以往，這前四十分鐘是特別難熬的，可現在，我卻希望列車能慢下來，時間能慢下來！我覺得自己還有太多的話要說給老太太聽，更想聽老太太說更多的話。

列車停穩了，一些人下車了，另外一些人提著行李上車了，短短幾分鐘後，吵鬧平息了，列車重新恢復了平靜，繼續向前行駛了。在這段時間，我們沒有說話，只是打量著來往的旅客，靜靜等待著。列車的引擎聲從呼嘯變成了沉穩的持續音，老太太站起身來，說要去衛生間，讓我幫她看著包，那個褐色的小皮包。看來，她已經充分信任我了，我們不再只是列車上的陌生人了。

我將左手輕輕放在那個小包上，然後閉上了眼睛，腦海裡的影像全是黑白的，像是很久以前的老電影。我充分沉溺在那些變幻莫測的影像裡，休息了一會兒。待我睜開眼睛，看見老太太正從過道那邊走過來。她的步履沉穩，完全不見老態，像是一棵歷經滄桑卻依然豐茂的大樹，樹根都扎在了地下看不見的地方。我暗暗感嘆，她的身體那麼好，一定會很長壽的。她受過那麼多的磨難，這是她應得的。

她坐下來，朝我友好地笑了笑，我看到她的笑容裡甚至還藏有一絲羞澀。多好的老太太啊，我都不想和她分開了。我突然想起來，我還不知道她的名字呢。我掏出名片，先做了自我介紹，說我叫黎曉寬，希望能和她保持長久的聯繫。我客套的樣子讓她粲然而笑。她接過名片，認真地放進了錢包裡，說：「我叫蘇蘿珊，聽起來像個小姑娘的名字吧？你以後就叫我蘇奶奶吧。」

「好的，蘇奶奶。」我試著叫了一聲。

「嗯，曉寬。」蘇奶奶應道，笑著說：「車很快就要到了，只有差不多半個小時了吧？在這麼短的時間裡，我們再聊點什麼呢？」

我說：「隨便吧，您說什麼我都願意聽。」

蘇奶奶說：「要不這樣吧，我們一人講一個故事，一個和過去有關的故事，好嗎？」

「好主意！」我很贊同。

「那我先講吧，我就給你講講我這次旅程的目的吧。」

她說著，從包裡掏出一小瓶純淨水，擰開瓶子喝了幾口，然後深深呼吸了幾下，開始了講述。

「你一定覺得我是一個歷經滄桑的人，我有時候也會這麼看自己，但實際上，我沒有親歷那些滄桑，那些滄桑屬於歷史，屬於記憶，我只是被迫繼承了這些記憶。當我一遍遍去品味這些記憶的時候，這些記憶慢慢的就變成了我自己的記憶，讓我覺得越來越悲傷。你明白我的感受嗎？」

「太明白不過了！」我回答得斬釘截鐵。

「我自己的人生其實很順利的，剛才已經給你講了一些，現在再補充一點。你應該注意到了，我從來沒有提起過我的父親。是的，我從來沒見過我的爸爸，更別說我的爺爺奶奶了。我媽媽是一九三八年逃到上海的，多虧當年駐維也納的中國大使何鳳山。」

「我知道他，」我插話道，「中國的『辛德勒』。」

「是的，中國的『辛德勒』。他很同情猶太人，一直盡自己最大限度給猶太人發放簽證。但需要簽證的人實在是太多了，我爸爸最好的朋友從中國大使館好不容易弄到了三張簽證，他把其中一張簽證交到了我爸爸手中，這成了全家唯一的簽證。我爸爸不甘心啊，天天都去中國大使館排隊，希望能多得到幾張簽證，能和媽媽還有爺爺奶奶一起逃走。但是，納粹太凶狠了，他們以中國領事館的房子是猶太人的財產為藉口，沒收了房子，我爸爸一下子完全沒了希望。他只得讓我媽媽先走一步，先去上海等他，他再想辦法。我爸爸的那位好友那時已經到了上海，並且通過電報發來了他們落腳點的地址，那裡便是爸爸和媽媽約好會面的地點。但是等我媽媽來到上海的時候，發現那個落腳點早被日本人的飛機炸成了廢墟……我媽媽當時已經懷孕了，在一家教會醫院生下了我。從此以後，我媽媽再也沒有見過我爸爸，也沒有再得到過我爸爸一絲一毫的消息。」

老太太盯著前方的椅背，彷彿那兒有一面看不見的屏幕。她吐字越來越慢，眼光凝滯，陷入了沼澤般的回憶。我全身緊繃，不知道要忍住的，究竟是什麼。

「這些都是聽我媽媽說的，她說得很少，可我深深記得了。」她拿出一塊手帕，輕輕擦了擦眼睛，很柔和地說。

我望向窗外，那些劃分整齊的稻田、濃到發黑的香蕉林、明光閃閃的池塘⋯⋯我希望我的心情和目光能夠越過它們，然後融化在遠處的地平線上。我深深呼吸著，遠方的風景還是朦朧了起來。

「後來，是那位醫生接納了我媽媽，接納了我。他是我的中國爸爸。」老太太看了我一眼，緩緩說道：「他正好在德國留過學，因此他可以用德語和我媽媽交流，他由同情繼而產生了愛情，我媽媽也被他的真誠所打動。在那個兵荒馬亂的年代，這場跨國戀絕對是個奇蹟。後來，我媽媽和我一直留在了中國。四八年以色列建國後，那些到了以色列的親戚，通過大使館輾轉和我媽媽取得了聯繫，但她還是繼續選擇留在國內。雖然在中國受了不少動盪，可她和我從來都沒有後悔過。直到五年前，我的中國爸爸病故，她才去了以色列。」

我沉浸在故事裡邊，不知道為什麼，我內心深處的死角變得沒那麼堅固了，彷彿我的困惑有了解答的可能。但是，老太太的故事和我的故事之間，究竟有什麼關係呢？我一時無法釐清。

「你看我，人老了，話也特別多，這不是給你講一個故事，而是講一生的故事了。」蘇奶奶忽然嘆息著，笑了起來。

「講嘛，我很想聽。我很羨慕別的孩子，小時候都有老奶奶講故事，我卻沒有。」在這一瞬間我彷彿是老太太的親孫子。

「呵呵，那幾天幾夜都講不完的！」老太太善意地叫了我一聲「傻孩子」，說：「我還是給你講講我這次旅行的目的吧，剛才一開始就想告訴你的。」

「蘇奶奶是要去以色列看望母親的嗎？」我猜測道。

「不，不是的。」

「嗯，那我聽您講。」我側過身子，用左手撐住腦袋，不再說話了，靜靜看著她。

她沒有急著開口，反而閉上眼睛，沉默了一會兒，卻說：「還是再給你看樣東西吧。」說著，她又把手伸進面前的小包裡，摸索起來。我看著那個包，覺得那就像是「機器貓」的萬能口袋，可以用之不盡，取之不竭。

我看到她的手腕在用力，應該是個蠻重的東西。瞬忽間，出現在她手中的，是一個由海綿袋緊裹的長方塊，類似流行的ipad電腦。看來，老太太要打開電腦，給我看看照片或視頻什麼的。但是，當她打開袋口，掏出來的，卻是一個金光燦燦的金屬片。我嚇了一跳，以為是金條，趕緊示意老太太收好，以免被什麼小毛賊給盯上了。

「不怕的，」她笑得很大聲，「這是黃銅做的！」

「黃銅？我還以為是金條呢。」我鬆了口氣。

「要是我有這麼大塊黃金，那就發財了。」老太太開起了玩笑。

我也笑了起來，伸出雙手從她手中接過銅塊，小心翼翼打量起來。它的上面刻著幾行文字，據我有限的外語知識，猜測那應該是德文，還有一九三八這樣的數字，我一個激靈：會不會是墓志銘這樣的冥器？

「這是什麼？」我的嗓音裡掩飾不了慌張。

「這是絆腳石。」

「絆腳石?!」我不相信自己的耳朵。

「對！就是絆腳石！」老太太堅定地說，「它上面刻著我外公外婆的名字，以及他們生前的簡介。我要把它放在我們家曾經所在的地方去。儘管那裡現在是一條路，但我會把它嵌進路面裡。其實，它高出地面的部分只有一到兩公分，因此呢，它是不會絆倒任何路人的，它要絆倒的，是對人類犯下罪惡的人，是對這些罪惡無知的人，是還想繼續犯罪的人！」

她這慷慨激昂的一席話，說得我心潮澎湃，渾身都顫慄起來了。

「絆腳石！……這樣的東西，非常應該！」我想像著那樣的場景，腦袋裡如同電流經過，某種恍惚的情感與渴望忽然找到了一個落腳點。「就應該這樣。」我又喃喃自語道，看上去應該很傻。

「蘇奶奶，你能找到原來的地方嗎？不是已經變成廢墟了麼？還有，即便找到了，別人允許你這麼做嗎？他們會不會把你的這種行為當成一種冒犯呢？」我連珠炮似的問了一大堆問題，好像這件事情即將交由我來執行，而我卻發現自己面臨著重重困難。

「這些都不是問題！」老太太堅定地揮揮手，像是驅散我的焦慮，說：「當地的政府都會負責解決的，我們已經與他們達成協議了。」

老太太從我手裡拿走了銅塊，我的手中失去了那種沉甸甸的感覺，竟然一下子感到了空空落落的。這是無法承受的生命之輕嗎？

「最重要的是，我要親手把這塊絆腳石放下去。」她用熱切的眼神望著我說：「它的記憶會比我的記憶更長久，而記憶，是唯一的、和最後的回答。」

我被深深觸動了，陷入了深思與沉默。窗外的房屋逐漸密集起來，終點就在不遠處等待著，註定的離別令人提前嗅到了傷感的氣息。

「蘇奶奶，那你怎麼會在這輛動車上？」我忽然問，「你可以從上海直飛維也納的啊，難道這邊還有想見的人？」

「哈，我是在旅遊，」老太太有些難為情了，「我從上海坐動車到北京，然後從北京南下，到了沿途的每座省會城市，我都會下車去認真逛一逛。一路上都沒有人留意我，直到遇見你，然後，我把我的故事都告訴你了，像是上帝的安排。這，是我在大陸坐的最後一段動車了，明天我就去香港，坐飛機去維也納。」

「你不回來了嗎？」我聽她的口氣充滿了憂傷。

「回來，要回來的。」她用力點點頭，又嘆息道：「但我真怕自己回不來了。因為，放好絆腳石，我還要去以色列看我的老媽媽呢，那是一個新故事了，究竟會怎麼樣呢，我已經無法預知了……好啦，該你講講你的故事了。快講吧，眼看車快到站了。」

我聽了不免也著急起來，我趕緊閉上眼睛，讓思緒從老太太的故事中擺脫出來，理了理記憶深處的蛛絲馬跡。

「我剛才講了我外公外婆的故事，現在，我講講我爺爺奶奶的故事吧。其實呢，我爺爺奶奶的故事，和我外公外婆的故事是一根枝條上的兩朵花，只是命運的差別很大罷了。我不知道蘇奶奶你是否清楚這段歷史：我們一般都把安徽鳳陽小崗村的包產到戶，當做改革開放的先聲，但我爺爺奶奶的在天之靈一定會有不同的看法。他們俯視著這個國家的巨大改革，一定會說是他們才促發了這場持續至今的變革。」

「是嗎？我第一次聽到這樣的說法，太震撼了！」蘇奶奶由衷地說。

我暗暗得意。這是我能為爺爺奶奶那渺小不堪的死所唯一能做的了。我希望他們那渺小不堪的死，能獲得一種大意義，從而讓他們那被風暴揉碎的纖細靈魂，得到了一種至深的告慰。

我懷著這種心思，幾乎是神采飛揚地述說起來了：

「那個時候，整個珠三角沒有一座高樓大廈，只要站在我們老家那個村的小山頂上，就能望見遠處的香港。尤其到了死寂沉沉的晚上，香港就越發清晰了。我們這邊是伸手不見五指的暗夜，可香港那邊卻是紅彤彤的一片燦爛，那種誘惑力，幾乎是致命的。說個爛俗卻十分恰當的比喻：那真的就是飛蛾看見了火光啊！村裡一批批青壯年把田裡的地一丟，孩子老人都不管了，飛起泥腿就那麼逃跑了。上世紀七十年代末的時候，周圍好幾個村幾乎都成了空的，後來，我看了相關資料，才知道那段時期，差不多有兩百萬人逃向了燈紅酒綠的香港。兩百萬人啊！不改革行嗎？就是這樣，終於有了經濟特區。但那兩百萬人裡邊，並非每個人都那麼好命，能夠到達彼岸的『極樂世界』。我的外公外婆自然是屬於好命的，你知道，他們成功逃到了香港，開了小店。可我偷聽了他們和我媽媽的聊天，震驚不已，他們是把避孕套吹起來，掛在脖子上，經歷九死一生才漂到香港的。說到這裡，我突然有些理解他們了，他們用命換來的後半生，即使如此不值一提，卻也是沒法捨棄的啊！而我的爺爺奶奶，就屬於沒有好命的。據一個老鄉說，最後見到他們是在海邊的紅樹林裡，他們緊緊抱在一起。我奶奶渾身哆嗦得厲害，不知道是受了驚嚇還是害病了，我爺爺把衣服脫下來圍在我奶奶身上，他就那麼光著膀子，靠在一棵樹上，緊緊抱著我奶奶，逃不了了，卻還不想回去。『督卒就係這麼慘的啦！』老鄉就是用這種無奈的感嘆來安慰我的。我們這裡的人把逃港的人都叫督卒，就是象棋裡的過河卒子，是有去無回的。那個老鄉原本想去幫幫他們，可忽然有人大喊邊防隊來了，他只得撒腿就跑，等他跑出紅樹林後，還沒回過神來，就被邊防隊抓住了，被關了半個月才放出來，從此，他斷了逃港的念想。但他告訴我，他前幾年看了一個報導，說當年有個人逃了十三次，被抓了十三次，後來邊防隊實在不好意思再抓他，他才僥倖逃走的。老鄉把頭一昂，說：『早知道老子逃個幾十次！』看他那不羈的神情，我便逗他：『你現在還可以逃啊。』他搖搖頭，說：『開玩笑！現在？現在我坐車就去了，還逃什麼逃。』他的樣子讓我哈哈大笑起來。」

「後來呢？我是說你的爺爺奶奶，他們後來怎麼樣了？」老太太嘴巴微張，眼睛發亮，目光緊緊抓住我，完全沉浸在我的講述中了。

「後來……」我被她一問，竟然在剎那間變得才盡詞窮起來。我沉吟了數秒，說：「後來，唉，其實沒有什麼後來了。那是我的爺爺奶奶在這個世界上的最後一點訊息了，接下來究竟發生了什麼，只有他們知道了，或者像您說的，只有上帝知道了。我接下來所能告訴你的，只有我自己設定的結局了，這個結局，藏在我心底好多年了，跟任何人都沒有講過，包括我的親人。」

「我想，我是最佳的傾聽人選。不是嗎？」老太太微笑了下，隨即，她眼角的皺紋舒展開來，褶皺內的皮膚竟然光潔如玉，彷彿將少女的臉龐隱藏其中。

「是的，當然。」我伸出手來，和老太太握了握，她的手很輕，像一頁乾燥的紙。

「後來，經濟特區建成之後，梧桐山的罅隙裡、海邊的紅樹林中，再也找不到那些逃跑的人了，他們彷彿突然間就蒸發了，原本吃緊叫急的關卡邊防也一下子鬆弛了。再後來，那些海邊泥沙裡的骸骨也被打撈並清理上來了，據說政府要修建一座安撫亡靈的紀念碑。在那些準備清理的骸骨中，有兩具骸骨是緊緊摟在一起的，其中一具骸骨的身上還纏繞著麻布衣服的殘渣，當工作人員將他們分開之後，兩具骸骨頓時碎成了你我不分的一堆。在這堆碎骨裡，人們發現了一個筆記本，儘管被塑料袋緊緊包裹著，但還是被海水嚴重侵蝕了。人們小心翼翼地打開筆記本，很幸運地發現，至少還有一半的文字是可以修復的。於是，人們在修復文字的過程中，斷斷續續的，讀到的是一個肝膽俱裂的故事。」

這時，列車的速度越來越慢，車進站了，那光潔的大理石月台像是平躺的紀念牌一般迎面而來。

「到站了，蘇奶奶。」我說。

「是的，」蘇奶奶掏出手帕，擦著眼睛，竟像孩子那樣抽泣著說：「謝謝你，我會為你祈禱的。我在放『絆腳石』的時候，也會向我的外公外婆，講講你的故事的。講講你的外公外婆，講講你的爺爺奶奶。」

「謝謝您，蘇奶奶，我也有了一個『絆腳石』，我會把它安放在我心底的。」

「『絆腳石』不要放在心底，別老把自己給絆倒了，」老太太說，「要放出來，放在這個世界上。」

「會的，一定會的。不過，在放在這個世界上之前，我是真的想先把自己給絆倒了。因為這個世界已經忍受不了一點滯澀，變得太平滑了，我也變得太平滑了，我已經讓太多的東西就那麼輕易滑過去了。」

「曉寬，你說得對！是這樣的，我的孩子。」

「嗯，是這樣的，奶奶。」

聽鹽生長的聲音

午後四點，我從廠房裡走出來，看著白花花的鹽鹼地一直鋪展到天邊，我就想哭。這股衝動最近越來越頻繁了。我剛剛接了個電話，是小汀打來的，他說他去西藏，路過這裡，想見見我。從來沒有人是專程為我而來的，都是路過這裡，順便見見我。我早已習慣了。這個地方，即便只是路過，都夠你受的。我走到化驗室門口的台階前坐下，聽到房頂的高音大喇叭裡宣讀著安全生產的細則，夏玲的聲音不再像我們剛認識那會兒動聽了，她的嗓音充滿了乾澀與生硬，和我們在廚房吵架時一模一樣。

我不知道夏玲在唸這些東西的時候，是種什麼樣的心情，雖然那件事已經過去一個月了，可我還是無法接受。原本嗜酒如命的我，竟然不再喝酒。我不是改過自新主動戒酒，而是不敢碰酒了，一碰酒就會想起老趙的那張臉。那晚我們喝多了，老趙掉進了鹵水湖裡，等到有人發現的時候，老趙滿臉都析出了鹽花，眼珠上面蒙著一層細密的白色，彷彿那些鹽獲得了詭異的生命。我只看了一眼，就把喝了一晚的酒全都吐了出來，直到胸口火辣辣的燒痛。那些穢物向鹽鹼地的深層慢慢滲去，形成了一個髒兮兮的凹坑，像是怪獸的嘴巴，就那麼凶狠地大張著。我不敢再看，我覺得它會撲上來，吃了我。

現在，小汀要來看我了。他略帶興奮地說，想看看傳說中的鹽湖。我看了看白花花的四周，不知道這裡有什麼好看的。當然，這麼多年了，能再次見到小汀，我還是很高興的。小汀是我的高中同學，我們倆的學習成績一個比一個差，被班主任安排在教室的最後一排，我們上課的時候龜縮著脖子，屬於永遠被遺忘的那幾位。說起來，我的駝背就是那時落下的。小汀的性格比我好，他從不自卑，對待冷落也不以為意，上課的時候不是發呆就是畫畫，記得他把一位女生的側臉畫得栩栩如生，可惜，我忘記那位女生的名字了，小汀應該是暗戀過她的。就在小汀畫畫的時候，我躲在一邊構思著我的歌詞。我略懂一點兒簡譜，心裡哼哼著旋律，然後尋找著合適的詞句，經常才寫了一兩句就下課了，這時大家跑來跑去，吵吵嚷嚷，我的構思只得停止了。因此，我對安靜的課堂充滿了嚮往。

多年以後，我對著空曠的鹽鹼地，有了整天整夜的寂靜，卻寫不出一句歌詞來。我的悲劇就是這樣註定的。當我發現內心連一點兒旋律都沒有的時候，我就開始了酗酒。老趙就是那個帶我入門的人，只要他敲敲我家的窗戶，不管多晚，我都會穿上衣服和他跑出去。我們喝十元一瓶的青稞酒，經常也沒什麼下酒菜，一人一瓶就那麼碰著喝著，一瓶喝完，基本上就失去意識了。第二天我發現自己躺在家裡床上的時候，我總感到很驚奇。我不記得自己怎麼走回來的，但我的一雙鞋整整齊齊的放在床下，鞋尖對外，像是在港灣整裝待發的軍艦編隊。剛開始我以為是夏玲幫我整理的，但後來我發現即便夏玲回了娘家，我的鞋依然如此整齊，我這才信了別人說我喝不醉的話。其實，我早已喝醉，只是別人和自己都分辨不出罷了。有時想想這樣也很恐怖，好像自己的體內還有另外一個人，自己只是代替那個人活著，當這個自己喪失意識的時候，另外一個人就出來掌控生命了。

我不再喝酒，但生活並沒有因此而有什麼好轉，我和夏玲的冷戰變得越來越難以忍受。我們常常半躺在臥室的床上，瞪眼，拌嘴，然後各自發呆，客廳裡電視兀自響著，那聲音空蕩蕩的，和我的生活一樣。我們在客廳裡倒是很少吵架，因為大家都在看電視。以前喝酒，我從不用擔心睡眠的問題，我最長一次睡了一天一夜才醒來。可停酒後我竟然會失眠，不管白天怎麼勞累，晚上躺在床上，非得翻來覆去幾個小時才能睡去。有一晚我熬不住了，去廁所撒完尿後，走進廚房把一整瓶料酒灌了下去，然後躺在床上昏昏睡去。早上的時候我就被噩夢給驚醒了，我夢見老趙站在鹽鹼地上，空中還飄著雪，天地間白茫茫一片透著刺骨的寒意。老趙說：「兄弟，乾杯！」白色的鹽鹼或是雪花從他的臉上剝落，露出裡邊腐爛的黑色。整整一週我都吃不下飯，腦袋的深處有種撕裂的疼痛。我寧願失眠，也不想再做噩夢了。

再說一遍，小汀來看我，我還是高興的。而且，我越想越高興。我決定請幾天假，一直待在城裡，和他好好玩幾天。小汀讓我幫他買後天去拉薩的車票，我站在火車站的售票窗口，遲疑了一下，買了五天後的車票。我打電話告訴小汀：「後天的車票賣完了，你得在我這兒多住幾天了。」小汀倒也乾脆，說：「那也好，我們兄弟正好多聚聚。」我把家裡清掃了一遍，騰出了客房，準備好了臥具。小汀說他們兩個人，我聽得出來，另外一個是女人，就沒再多問。

夏玲對我的表現感到好奇，她問了我好幾次：「小汀是你很好的朋友嗎？怎麼以前沒聽你提起過呢？」我說：「你也沒聽我提起過其他人吧？除了那些同事。」夏玲點點頭，臉上又不高興了，說：「你什麼時候才能把什麼都告訴我呢？你一點也不信任我。」我說：「這和信任有什麼關係啊？我自己都很少想起他。」夏玲搖搖頭，說：「你這個人真是無情無義。」我沒再吭聲。我知道自己並不是無情無義的人。

「這個小汀是幹什麼的？」夏玲突然警覺起來。

「聽說在家鄉的煤礦裡。」我和小汀已經很久沒聯繫了，很久以前似乎是這樣的。

「挖煤？」

「不至於吧，應該是幹些文職工作。」這個是我想像出來的。連我都能混個技術人員，何況小汀呢？

「看來你這個朋友混得也不怎麼樣。」夏玲撇撇嘴，去市場買菜了。

夏玲是我們廠最漂亮的女人，這樣說的時候我沒有半點驕傲，因為我們廠只有十個女人。我無法忘記第一次見到夏玲的樣子，她拖著笨重的行李箱，從中巴車上下來，臉蛋紅撲撲的，像是在周圍的荒涼中突然升起的太陽。我立刻就愛上她了，這種愛飽含著功利的成分，我渴望不計一切地得到她，和她結婚生子。因為在這裡能認識一個好女孩的機會與發現一小塊綠色植物的機會一樣渺茫。也許是緣分，她被分到了我所在的工作組，我們得以有更多機會交往。可從一開始，我就知道她是很難追到手的。她的大眼睛總是充滿了憂鬱，即使小孫、小李他們嬉皮笑臉說笑話的時候，她依然是憂心忡忡的樣子。她甚至都沒認真看過我一眼。我理解她的心思，我當年也是一樣的，那些鹽鹼地的白光讓我的眼睛生疼，我的淚水經常會失控，我一時弄不清自己是否真的在傷心難過。老趙對我說：「春天到了就好了，到時風沙就把白色蓋住了。」當春天的風沙真的到來的時候，我躲在被窩裡認真哭了一場。媽的，我從沒有見過這樣的春天，那些褐黃色的沙塵暴把這裡變成了地獄。

小汀打電話來，說已經到了，我趕緊下樓去接他。即使多年不見，我還是一眼就認出了他，那圓圓的胖臉上還是掛著淡淡的笑容。他的身邊站著一個穿黑色短裙的女人，那女人披著長頭髮，戴著墨鏡，看不清她的模樣，感覺倒是很好。小汀和我熱情擁抱了下，然後他介紹那個女人叫金靜，是他的女朋友。「你還沒結婚呀？」我脫口問道。他笑著說：「是的，還沒有。」他的笑容意味深長，讓我深感自己的生活乏味不堪。我帶著他們向家走去，在樓梯口遇見了買菜回來的夏玲，我對小汀說：「這是我老婆，夏玲。」小汀熱情地搶過夏玲手中的菜，叫道：「嫂子，這次麻煩你們了。」夏玲表現得很得體，說：「哪裡麻煩，就怕你們不來。」

進了房間，小汀他們逐個參觀了房間，發出客套的嘖嘖聲，然後在沙發上坐定。金靜隨手把墨鏡摘下來了，她的美如一柄鋒利的匕首，在出鞘的瞬間就把我刺傷了。我有些慌張地給他們倒茶，然後坐在小汀旁邊。我看了看自己的房子，覺得好不容易收拾像樣的一切變得黯淡起來。

「好久沒聯繫了，你……不在煤礦那裡做了吧？」我忍不住問道。

「是的，我受不了了，跑出來了。」小汀說得很平淡。

「那你現在做什麼？」我好奇起來。

「我畫畫。」小汀看著我微笑起來，說：「記得嗎？我一直喜歡畫畫。」

我使勁點著頭，說：「當然記得。」

小汀瞇縫起眼睛，陷入了回憶的訴說：「我在煤礦幹活的時候，那種黑能把人憋死！大白天的卻要一直待在黑咕隆咚的地下，夜裡回到地上，又是一片漆黑，我有時懷疑自己的眼睛是不是快瞎了。有一天，我重新開始畫畫了，我看到五彩斑斕的色彩就像是快要渴死的人喝了一大杯水！我用最鮮豔的顏料畫畫，要畫出最鮮豔的畫。在幾百米的地下，只要一休息我就畫，我畫出的畫豔麗無比，工友們看到都興奮得要命，比平日裡他們談論女人還興奮。」

小汀劈哩啪啦說了一大堆，整個人神采飛揚起來，屋子裡的氣氛也變得活躍了，真正有了老友重逢的歡快感。

「這麼說，……當時你還真的挖煤啊！」我感嘆道，對他的畫畫卻不知如何回應。

「是的，真挖。我爸當了一輩子煤礦工人，他的肺早就壞掉了，可還是叫我去挖。在我爸眼裡別的什麼我都幹不了。」

「幸虧你會畫畫。」

「是啊，幸虧我會畫畫。」

談話到了這裡，有了一個短暫的停頓。小汀感懷起了過去，而我則對自己目前的生活感到了更深的絕望。夏玲炒好了第一盤菜，端了過來，讓我們先吃。金靜站起來說：「我來幫忙吧。」夏玲連連擺手，卻拗不過金靜，於是她們一起走進了廚房。我盯著她們的背影，替夏玲感到自卑起來，我第一次意識到，不知道從什麼時候起，夏玲已經不修邊幅了，她的背影如此臃腫不堪，像是一位進城務工的保姆。這讓我感到疼痛和尷尬。我不敢看小汀的表情，徑直走到客廳的櫃子前，取出一瓶酒來，對小汀說：「難得重逢，咱們兄弟好好喝一場。」小汀皺了一下眉頭，眼神裡掠過一絲陰影，他還是點頭說：「好。」

兩個明顯不願意喝酒的人，硬要喝酒的確匪夷所思，但我心中有個執拗的聲音，要求我不得不如此。夏玲和金靜幾乎同時往這邊投來關切的眼光，但我和小汀還是硬著頭皮，帶著僵硬的微笑，將第一杯酒喝下了肚。她們收回了目光，什麼話也沒有說。

飯後，我安排他們去午休。我自己坐在沙發上看電視，夏玲在廚房裡收拾著殘局。不知怎麼回事，我想起了我們的孩子，那個來不及出世的孩子。就是這樣一個午後，夏玲在廚房裡洗碗，突然說下腹痛，我趕緊扶著她往樓下走，然後叫了輛出租車趕到醫院，還是來不及了。流產，我直觀地體驗到了這個詞。這是一次看不見的死亡，一次突然的襲擊。夏玲哭了，她哭得那麼難看，卻沒有聲音，我的心都要碎掉了。後來，夏玲咬牙切齒說：「一定是那該死的鹽鹼地害的。」我說：「你找到什麼依據了？」她說：「還用找嗎，那方圓十里還有其他生命嗎？除了他媽的我們。」他媽的，夏玲居然說「他媽的」，我不習慣她說髒話，可我覺得她說得很有道理。

這時客房的門忽然開了，小汀走了出來。他打著哈欠說：「睡不著。」我問：「怎麼了？」他看了一眼窗外，說：「太亮了，怎麼這麼亮啊。」我說：「這裡海拔三千多米，能不亮嗎？」

小汀頹然坐在沙發上，說：「我原來痛恨黑暗，可等到我逃離煤礦之後，我卻像鼹鼠一樣懷念黑暗。我的房間大白天也拉著窗簾，我待在黑暗中畫畫。」我笑了，說：「歡迎你來到我的世界，一個過分光明的世界。」

小汀閉著眼睛在笑，渾身像觸電一樣顫抖。我走過去把客廳的窗簾拉上了，房間裡暗了下來，但那強烈的光依然從縫隙裡鑽進來。一年到頭待在黑暗裡？那是種什麼樣的感覺？我無法想像。

「聽說你所在的鹽礦是全國最大的？」小汀問。

「何止，或許是全世界最大的。」我自嘲道。

「帶我去看看。」小汀突然來精神了。

「你是說……現在？」

小汀點點頭，抬手看了看錶，說：「還早，不遠的吧？」

「要坐車過去，一個多小時呢。」我真的不想去，我上午才坐車從那裡回來，但我不好說出來，尤其看到他滿臉的期待。

「你每天都來回一趟？」

「不，有時太累就住廠裡了，那邊有宿舍。」

「很辛苦吧？」

「還好，我做技術的。」

「記得當年你化學還不錯。」小汀笑著說。

「是嗎？」我真的不記得了，我只記得我各科成績都不怎麼樣，最後考試運氣不錯，考上了一所大專。而小汀在高考前夕就離校了。他告訴我，他已經完全失去了信心。原來，在他波瀾不驚的外表下，內部早已是斷壁殘垣了……這些往事，今天沒必要再提了吧？

「我們再喝點？」小汀居然主動提議。

剛才我們喝了三杯就停下來了，這讓兩個女人都很放心。現在她們都在休息，還真是個喝酒的好時機。我拿出酒瓶，我們又喝了起來，聊了很多中學時候的事情。我並不懷舊，不覺得那時候有多好，但那時候作為一個話題可以這麼慢慢聊著，還是挺溫暖的。其實我一直想問問關於金靜的事情，這麼漂亮的女人小汀是怎麼找到的？可我無法率先說出口，我不想暴露男人的那點心思。喝著喝著，我感覺到睏意濃重了起來，終於我和小汀就那麼半躺在沙發上昏昏睡去。毫無意外，我又夢見了老趙，他說：「兄弟，乾杯！」他滿臉都是白色的鹽鹼，坐在採鹽船的甲板前，水面上沒有他的影子。我說：「老趙，有個朋友來看我了。」他說：「和你朋友多喝幾杯。」我說：「他混得不錯。」老趙咧開空洞的嘴笑了：「你混得也不錯。」我驚醒了，看到夏玲和金靜坐在陽台上竊竊私語，彷彿她們才是多年未見的老朋友。而小汀，正半躺在我的身邊，很響地打著呼嚕。我重新把眼睛閉上了，儘管睡意全無，卻裝作熟睡一般。我有些後悔擅自買晚了幾天的票，我根本就沒想好多出來的這幾天該如何處理。

晚上，我們隨便吃了點中午的剩飯，然後夏玲提議，大家去樓下散步。我們來到街上，此時雖是盛夏，可太陽的威力已經隨著白天結束了，涼風從曠野的深處吹來，讓人有些微微發冷。小汀感嘆道：「好涼快，真舒服啊！」金靜附和道：「是啊，真好。」我的目光在她漂亮的臉上稍作停留，然後滑了過去，跌落進幽深的夜色中，我看到街道的盡頭有幾個醉漢搖搖晃晃走了過去。這座冷落的小城，讓我暗自憂傷，而金靜帶著她驚人的美貌，像一道過於明亮的閃電，讓我憂傷的陰影愈加濃厚了。

「你還寫歌詞嗎？」小汀忽然問道。金靜和夏玲都扭過頭來看著我。我寫詞的事情從來都沒有對夏玲說過，夏玲的眼睛瞪得老大，我笑了起來，打著小汀的肩膀說：「你這傢伙胡說什麼啊！」小汀說：「雖然你從來沒對我說過寫歌詞的事情，但我早就發現了，我還聽見你嗓子裡哼哼唧唧的唱著那些詞。」我難為情地擺著手說：「都是鬧著玩的。」小汀說：「什麼不是鬧著玩的？我畫畫也是鬧著玩的，人活著也是鬧著玩的。」我沒再說什麼，我在心裡說：「可有的人玩不下去了。」

第二天我考慮是不是該帶他們去鹽湖參觀了，但是參觀完後怎麼辦呢？我在猶豫中又度過了一天。這一天陽光燦爛，一切東西的邊緣都散發著明亮的光暈，我們龜縮在房間裡，無所事事地消磨著時間，直到黃昏後，才去美食城裡吃了燒烤。他們對這裡的羊肉讚不絕口，這讓我稍感欣慰。吃燒烤的時候，金靜正好坐在我對面，我便多看了她幾眼，我發現她很少笑，眼睛裡深藏著看不透的憂鬱。而且她和小汀之間也談不上多麼親密，不過我轉念一想，夏玲不也是憂鬱的嘛，我和夏玲看上去也沒多麼親密吧。

幾打肉串下肚後，大家似乎有了心滿意足的情緒，聊天的氣氛再次熱乎起來。夏玲笑著問：「小汀，你怎麼追到金靜的？給我們講講。」沒想到夏玲替我問出來了。

小汀嘿嘿笑了起來，說：「這可是個祕密。」

我說：「你別賣關子啦，講吧。」

小汀看了金靜一眼。金靜說：「其實也沒什麼祕密，我是他的顧客，我們是在畫像的時候認識的。」

「嗯，是這樣的，」小汀說，「我從煤礦裡跑出來後，一直靠給人畫像為生，有一天就遇見了金靜。我對她說，我不收你的錢，但你能不能讓我多畫幾張？沒想到，她同意了。」

金靜望著我說：「主要是他畫得那麼認真，我第一次看到有人那麼專注地看著我。」我回視著她，我們對視了最多一秒鐘，我就裝作低頭吃東西，躲開了她的美。也許只有畫家可以借著藝術的盾牌與那種美直視。

小汀說：「那我畫得好不好？」

金靜說：「你畫得很好。但那不是我。」

小汀吃驚得張大了嘴巴：「不是你，那是誰？」

金靜微笑著說：「是你的夢想。」

我和夏玲笑了起來，我看著金靜說：「雖然藝術家創造的都是自己心中的夢想，但這個夢想也是你給他的。」

「就是，就是！」小汀連連點頭，喝下去一大口啤酒。

金靜扭頭看著小汀說：「能把我給你的夢想還給我嗎？」我們都愣了一下，然後笑了起來。原來金靜開了一個冷笑話。金靜的微笑像流星，一閃而過，這個女人身上有種說不出的神祕，她既深深吸引著我，又讓我感到恐懼。我無法擺脫對她的好奇。

小汀嬉笑著說：「不止這個，把我自己全部給你都行！」

大家又笑了起來。夏玲突然嘆口氣，說：「看你們這麼開心，真好。」

「你們難道不開心嗎？」小汀問道。

我無言以對，但又必須有所表示，便只好呵呵笑了笑。

「兄弟，我敬你！」小汀端著一滿杯啤酒一飲而盡，然後他擦著嘴巴說：「其實我不能喝酒的，但我們久別重逢，我很高興。這件事我和金靜說過的，有一次我擺攤的時候，被城管打破了肝，在醫院縫了幾十針，才保住這條小命，呵呵。」

小汀的臉上浮著微笑，眼窩陷在陰影中，我看不清楚。儘管他只是三言兩語，但這意味著什麼，我懂。我也倒了一滿杯酒，敬了他，一飲而盡。

「明天我們去鹽湖吧？」小汀突然朝我嚷嚷道。

這個傢伙，為了避免再談下去的尷尬，在這個時候說起這個來。我扭頭，發現金靜看著我，眼睛裡充滿了期待的意味。

「好吧，明天帶你們去。」我舉起酒杯說。

這就是鹽湖了。

坐了一個小時的通勤車，走過一棟棟呆板的廠房，一轉彎，眼前就是鹽湖。小汀大張著嘴巴，喃喃說：「真是奇妙的景色啊……」他的表情與我想像中的一模一樣，這個場景我在腦中早已預演很多遍了。只不過我沒想到夏玲也來了，我原以為她不會來的。以前有朋友來，我每次都拉她一起去當鹽湖的「導遊」，她總是嚴詞拒絕，她說：「那個破地方能少去一次就少去一次。」這次我乾脆沒叫她，她不去的話我在面對金靜時會更輕鬆呢。可是，當金靜要她作陪時，她居然毫不猶豫就一口應承了。一個漂亮女人的魅力是同性也難以抵擋的嗎？此刻，她站在金靜的旁邊，挽著金靜的胳膊，風同時吹亂了她們的頭髮，有一瞬間我覺得她們像是親姐妹。

我們往湖邊走去，板結的鹽粒在腳下發出咯吱咯吱地聲音，像是踩在雪上。周圍寸草不生，也看不見一隻飛鳥。儘管天空湛藍，但是湖水依然是沉鬱的墨綠色，湖心的部分還混雜著青色與黃色，像一張飽含心事的陰沉沉的臉。金靜說：「來到這裡，像是冬天突然來了。」我搭腔道：「你知道這種感覺叫什麼嗎？」金靜看著我，想了想說：「是荒涼嗎？」我覺得她的話像一枚精準的子彈，穿透了我心中那個預備好的答案。我嘆息說：「沒錯，是的。荒涼。」夏玲的臉色被風吹得很難看，她說：「所以我很怕來這個地方。」這時，走在最前面的小汀回過頭來說：「不會啊，我覺得這裡非常美！」

當然，這裡當然有它獨特的美。湖邊那積雪一般純淨的鹽層，以及湖水裡沉澱出來的鹽花，都堪稱難得一見的奇蹟，一個畫家對這些風景不可能無動於衷。但是，正如火星的風景也有其獨特的美，卻沒人願意在那裡生活。說來不幸的是，我和夏玲就屬於被迫滯留的「火星人」

了……我打起精神，對小汀半開玩笑說：「你一定要畫畫這裡的風景，絕對會震撼世人的。」小汀蹲下來，把手泡進鹽水裡，說：「一定會的。我要好好感受下。」我說：「小汀你有腳氣的話，泡泡腳吧，會好的。」他聽了我的話，當真脫了鞋襪，走進了鹽水中。金靜對他喊道：「你在做鹽焗豬腳嗎？」我們哈哈大笑起來。

不遠處有一艘藍色的採鹽船在工作，它發現我們後，朝我們駛了過來。那應該是小馬了，我認識的人當中只有小馬是開船的。

果然是小馬，他把腦袋探出駕駛艙，朝我揮著手。我也揮揮手。小汀很興奮，說：「我們上船去好嗎？」說著他就已經朝船走了過去。「這個傻瓜！」我罵道。小汀說：「這裡和死海一樣，是淹不死人的。」他乾脆一個魚躍，整個人撲進了湖裡，向船游了過去。我和夏玲帶著金靜向不遠處的簡易碼頭走去，等我們走到的時候，小馬已經撈了變成落湯雞的小汀，朝我們駛了過來。小汀站在船頭上，依然興奮不減，舉起雙臂朝我們快樂地呼喊著。

我們上了船，小馬很高興，說：「你這朋友真逗啊！」我說：「可以理解。你猜他幹嘛的？」小馬搖搖頭。小汀笑著說：「在幾百米的地下，黑洞洞的，一年到頭不見陽光。」小馬說：「挖煤的啊！怪不得！我們這裡光明太多了！看來，我們真是兩個世界的人啊！」大家大笑了起來。小馬把船開到了湖中心，說是湖中心，其實只是這一大片鹵水池的中心。為了便於管理，巨大的鹽湖像稻田一樣，被分成了一塊塊的。

「我帶你們參觀下鹽湖的夕陽，你絕對一輩子都忘不掉。」小馬胸有成竹地說。

「是嗎？」小汀瞪大了眼睛，向西邊望去。

我無數次看過那樣的風景，夕陽像是破裂的肝臟一般，鮮紅的血流滿了白色的繃帶。我覺得有門看不見的大炮在向太陽轟擊，就像有挺看不見的機槍在向我的生活掃射，我和夕陽一樣血紅一片……這樣的傷口欣賞起來也是很美的，即便這傷口疼在自己身上。夕陽無限好，只是近黃昏，太美的東西離死亡都太近了。我看著金靜，晚霞落在她的身上，將她變成了光彩四射的仙女。她坐在那裡，望著遠處的風景。看上去，她對自己的美無動於衷。小汀似乎完全沉浸在鹽湖的風景當中，忘記了對金靜的陪伴。

「來，喝起來！」小馬從船艙裡拿出了一瓶青稞酒。

在這裡，沒有不酗酒的男人。

同樣，這裡的酗酒邀請是不容拒絕的。

我們三個男人圍坐在甲板上，金靜站在船欄前，只剩下夏玲忙前忙後給我們倒酒，她還去船艙裡找出了一袋花生米，給我們當下酒菜。小馬對我感慨道：「你小子有福氣啊！」我看著夏玲，點點頭說：「喂，小馬一直喜歡你。」夏玲白了我一眼，怒氣衝衝地說：「有這麼拿自己老婆開玩笑的嘛！」我說：「這證明我老婆好。」「切！」她一轉身進了船艙，再也沒有出來。她應該是看電視去了，她無法再欣賞眼前的這些「美景」，這對她已經是一種折磨。啊，想當年，我和小馬同時追夏玲，最終還是我成功了。我靠的就是我那唯一的愛好：寫歌詞。不過我沒法把歌詞唱出來，只好當做一首詩送給夏玲。在這個沒有生命痕跡的地方，一首詩的浪漫比其他的東西都頂用，第二天，我收到了夏玲給我的回信，裡邊有這樣的話：「是你的詩，讓我發現了這裡的美，也許只有這個讓我有勇氣待下來。」我覺得她的這些話，比我的詩強多了，很長一段時間裡都深深打動著我，讓我看著她的時候，幾乎滿心都充滿了看著一個小女孩時的悲憫。我們曾經這麼彼此溫暖著走來，可是，終究被這曠古的荒涼給打敗了，我們都變成了這荒涼的一部分，然後彼此為敵。

幾杯烈酒下肚，傍晚的涼風迎面吹來，我不禁有些眩暈。看到小馬被灼傷的紫黑色的臉膛，那彷彿是一面鏡子，映照出了我自己的臉，我的眼淚不受控制地流了下來。小汀見狀十分吃驚，可我已經來不及拭去淚水了。

「沒事，沒事，嗆的。」我又敬了小汀一杯酒。然後又對小馬說：「好好招呼我這個兄弟，他沒喝好就是你招呼不周了。」小馬聽我這麼說，更是頻繁地對小汀展開了勸酒的攻勢。幾個回合下來，小汀的眼神就有些迷離了。小汀不甘示弱，又反過來勸我的酒，我又一連和他喝了三杯。我感到心間的恐懼在蠢蠢欲動，不能喝了，我對自己說。

「老趙的事情不怪你，真的。」小馬突然這麼來了一句，我感到胸腔裡湧出一股血腥味，讓我說不出話來。

「不……」我想解釋自己流淚的原因，可如何解釋得清楚呢？

「什麼事？」小汀拉著小馬非要問清楚。小馬看著我，滿是懊悔的神色。

「沒事，小馬你告訴他。」我擺擺手，扭過頭去。

我發現金靜在看我，我們的眼光交會在了一起。就在這時，夕陽落了下去，因為曠野的緣故，顯得非常突兀，地平線上的那一片慘白轉瞬就變成了一片漆黑。這種黑在天空深處的微亮反襯下更加密實，像是某種沉重的金屬。我一時看不清金靜的臉了，不知道為什麼，我突然很想看到她的臉，我並非酒後懷有不可告人的欲念，而只是單純地嚮往，彷彿那是某種在我生活中從來難得一見的希望，不不，是一種比希望還美的夢幻。

小汀在黑暗中痛哭失聲，也許老趙的故事傷到他了，也許，他只是為了自己而哭。我早已習慣了男人的哭泣，我說的不光是自己，還包括每一個待在這裡的男人。小馬繼續向哭泣的小汀勸酒，他很有經驗，一般遇到這樣的情況，再多喝幾杯，人不但不哭了，反而就開始笑了，止不住的笑。我站起身來，走到船欄處，站在金靜旁邊。這樣我就能重新看清她的模樣了。金靜那睫毛濃密的眼睛裡似乎閃著波光，像不遠處的湖水一般，我受到了不可阻擋地誘惑。和這樣的女人在一起生活會是怎樣的感覺呢？我忍不住遐想了起來，把夏玲替換為金靜，自己的生活究竟會有什麼樣的不同？我一時有些迷惑，不由嘆息起來。

「怎麼了？」金靜終於開口問我了。

「你愛小汀嗎？」我突兀地問道，出乎自己的意料。

「我不知道，應該不愛吧。」金靜的回答倒是果斷，沒有絲毫遲疑。

「那你還和他在一起？」

「我也不愛自己，還不是要和自己待著。」

「你不愛自己？」

「嗯。」

「為什麼？你那麼美！」

「因為我是個逃犯，我殺了人……」

我不敢相信自己聽到的，由於過度驚懼，酒醒了大半。金靜的神情卻依舊平常，彷彿說的是家常話。但她的淚水流了下來，這讓我確信她講的是真的。

「小汀知道嗎？」我感到嗓子乾癢，咳嗽了起來。

金靜搖搖頭，說：「他從沒問過。」停了一會兒她又說：「問的話，我會說的。」

「那就不要說了吧。」我嘆口氣。

「儘管那個人罪有應得，但我知道自己罪孽深重，我從沒想苟活下去，我四處遊蕩，走到哪裡算哪裡。」

「我什麼都不知道。」是的，我一點追根究柢的興趣都沒有，彷彿金靜給我講述的是一部電視劇裡的故事。

「只要有人問我都會說的，可從來沒人問我。只有你問了，你問了我為什麼不愛自己，我很感動。很多人都愛我的美貌，但很少有人問我愛不愛自己。」

「我理解。」

「你真的理解嗎？」

「真的。剛才他們說老趙的事情你知道的吧？」

「夏玲和我說了。」

「老趙死的那天，只有我和他兩個人。我常常懷疑自己，是不是自己害了他。」

「那天你喝醉了？」

「是的，我喝醉了。但奇怪的是，我喝醉後還可以像正常人一樣行動，他們都誤以為我酒量好，其實不是的，我經常酒醒後完全不知道自己做過些什麼。」

「我想知道的是，你為什麼會懷疑是自己……」金靜緊緊攥住我致命的線索，逼著我說出來。

我想了想，看著不遠處廠房裡亮起的燈光說：「其實，我很喜歡老趙這個人，我們在一起喝酒談天說地，時間過得很快，日子也好過些。但我討厭這種生活，想反抗這種生活，而老趙就是這種生活的代表……所以，我才有這樣的想法。不過，自從老趙走後，我的生活更苦了。」

「那你就認為自己殺了老趙好了。這樣想，你會舒服些。」金靜輕聲說著，往我這邊挪了挪，用胳膊緊緊挨住我。

我感到了她的慰藉，但還是喃喃說道：「會嗎？」

「你都不知道我多羡慕你現在的生活。假如你真的是一個殺人犯，待在這個荒涼的地方豈不是一種心安理得的贖罪？你還有個那麼愛你的女人，她一直想給你生個孩子。」

「她告訴你的？」

「當然。」金靜說完笑了起來，她的笑容在昏黃的燈光裡有著聖潔的光暈，我幾乎被她融化了。

「喂！你們聊什麼呢？快來喝酒呀！」小汀朝我們這邊吼了起來，他已經醉了，像個傻子一樣幸福地大笑著。

那天後來的事情我不記得了，因為我和小馬，還有金靜，我們三個人繼續喝了起來，我喝醉了。奇怪的是，那天晚上我沒有夢見老趙。不過我還是做了一個夢，我一個人走在夜晚的鹽湖邊，黑暗壓得我喘不過氣來，我絕望的閉上眼睛，卻聽見周圍充滿了細碎的聲音，像是什麼東西在生長，我害怕極了。早上醒來，我想到，那不就是鹽生長的聲音的嗎？在這裡，鹽是會生長的，那些美麗的鹽花會不斷地開放。這樣說來，這裡除了我們，還有別的生命，鹽就是沒有生命的一種生命吧。在造物面前，我們和鹽真的有本質的不同嗎？我們和鹽都是生長與衰敗著的一種變化罷了。

小汀他們走後，大概兩個多月後，我收到了一個挺大的包裹，看它的形狀，應該是一幅畫。打開後，與我猜想的一樣，是一幅訂好邊框的油畫，是小汀以鹽湖為題材創作的。這幅畫中的鹽湖與鹽花十分怪異，初一看上去，像是外星的風光，或是超現實主義的風格，不過看得久了，卻發現這其中的變形誇張正是凸顯了鹽湖最重要的特點。我放在客廳裡，等夏玲回來後，我讓她欣賞，可她只看了一眼，就驚呼了起來：「快收起來，我再也不想看第二眼！」「為什麼啊？」我大惑不解。夏玲說：「和我夢中的鹽湖一模一樣，嚇死我了！」這的確太詭異了，我只好將畫包好，放起來了。也許在鹽湖以外的地方重新拿出來看，應該會別有一番風味。

我給小汀回了一封信，對他的畫表示感謝，告訴他我會珍藏起來的。我一句也沒有提及金靜，我想，他也不樂意我提吧。我不再羨慕小汀，也許是因為金靜並不愛他，也許是因為自己認可了自己的罪孽，從而也發現了自己的幸福，我打算老老實實待在這裡。小汀沒有再回我的信，他就這樣消失了，像鹽湖飄走的一粒鹽，消失在了一場大雨裡。

生活就這麼重新平靜下來了，那段漣漪逐漸恢復了平靜。我不再酗酒，倒不是因為怕夢見老趙（偶爾還會夢見），而是為了「封山育林」的孕前保健。夏玲有了身孕後，就停薪留職，去了省城的姑媽家裡。我們分隔兩地，爭吵少了，感情慢慢修復了，我已經無法想像自己和別的女人一起生活的景象。在第二年的秋季，她順利產下了一個健康的男孩。當了父親後，我還在鹽湖的廠子裡上班，期間也曾想過辭職，但奇怪是，當我一個人待在無垠的鹽鹼地上，心情反而逐漸平靜了下來，離開的念頭變得不是特別迫切。我走在鹽湖邊上，看著這外星一般奇異的景色時，經常會想起小汀的畫，想起金靜的美貌。那種感覺很恍惚，彷彿我從沒在現實中見過他們，而是在某個奇幻的夢中。

冬季來臨的時候，颳了一場罕見的北風，我發現鹽湖表面居然結了一層薄薄的冰，與晶瑩的鹽層混在一起。這種景觀很罕見，鹽湖可是很少結冰的。我專門去看了廠裡的溫度計，最低氣溫達到了零下二十五度。可頭疼的是，這樣奇寒的冬天，卻一直沒有落雪，乾燥得要命，每天早上起來嗓子裡都火辣辣的。一天，我早上起來後，收到了一封信。好像是寄自國外的，我用有限的英語水平分辨了半天，應該是尼泊爾。我猜到十有八九是金靜的，一封來自夢中的信？我一時懷疑自己是不是真的醒來了。

金靜的字和她的人一樣漂亮，她在信裡告訴我，她一切都好，給我寫這封信是因為在加德滿都的博達納特大佛塔前懺悔的時候想起我了。佛塔的塔基上繪滿了無數的佛眼，那些慈悲的眼睛注視著她，讓她終於不再懼怕死亡。她說加德滿都很漂亮，四周青山環繞，鮮花常盛不敗，希望以後有機會我也能去看看，那是和鹽湖截然不同的一種風景。她還告訴我小汀的下落，他去深圳開了一家畫廊，據說經營得還不錯。最後，她說，以後死亡來臨的時候，她會選擇死在鹽湖那樣的地方，與萬古洪荒融為一體。她查了資料，知道世界上最大的鹽湖不是我這裡，而是在南美洲玻利維亞西南部的高原上，叫做烏尤尼鹽湖。她說她以後會把烏尤尼鹽湖作為自己的葬身之地。她不厭其煩地羅列了些數據：

「……那裡的海拔在三千米以上，綿延一萬兩千五百平方公里。每年冬季，鹽湖都會被雨水注滿，形成一個淺湖；而到了夏季，湖水乾涸，便留下一層以鹽為主的礦物硬殼。那裡的鹽層很多地方都超過十米厚，總儲量約六百五十億噸，夠全世界人吃幾千年。當地人利用旱季湖面結成的堅硬鹽層，加工成厚厚的鹽磚蓋房子。房子除屋頂和門窗外，牆壁和裡面的擺設包括床、桌、椅等家具都是用鹽塊做成的。」

我在給她的回信裡寫道：「將烏尤尼鹽湖的幾個數據降低一點，再把季節換成北半球的，與我這裡就沒什麼區別了。在給你寫這封信的時候，我就趴在鹽磚壘成的桌子上面，鹽磚上面鋪著玻璃板，玻璃板上還鋪著溫暖的藍色絲絨，給人溫暖厚實的感覺。我撫摸著這樣的桌子，它們的構成儘管很奇特，但與一張普通的桌子其實並沒有什麼不同……」

我再也沒收到過她的信，時間一久，我覺得就連收到的那封信也像是虛幻的臆想一般，因為沒有了物證——我怕夏玲看到，看完就燒掉了。春天來臨的時候，夏玲又來電話了，催我回去看看孩子，順便去面試，說是某個親戚幫我留意了一份新的工作機會。我收拾行李的時候想道：也許，從來就沒什麼人來這裡看過我，只有那不停生長的鹽陪著我。——啊，是的，現在即使在喧囂的白天，我也能分辨出那種細碎的聲音。我抬頭看了看窗外慘白的鹽鹼地，不知道自己還會不會回來。

書魚

通常我們都會認為，卡夫卡寫出的人變成蟲的故事，是現代文學的開端。但我特別好奇的是，如果卡夫卡在寫作《變形記》時，不是把人變成甲蟲，而是變成了其他什麼形式的生物，這部作品的感染力還會有這麼強大嗎？或者說，這部作品還能具備如此深遠的原創價值嗎？

這聽上去像是一個典型的小說家的問題：怎麼把我們內心的情感變成一個外在的形象，一隻甲蟲的意象是否恰當？這個問題讓我痴迷日久，也困擾其中。如果卡夫卡讓人變成豬狗牛羊之類的動物，顯然是不合適的，不是太俏皮，就是太溫順。當然，讓人變成貓倒是別有一番風味，就像夏目漱石講述過的故事，不過，那始終還是少了些刺中人心的力度，更何況，那隻貓也並非一隻普通的貓，而是一隻有著文人氣質，到死也沒學會捉老鼠的「雅貓」。

通過這樣的排除法，我越來越發現，現代人似乎沒有別的選擇，或者說，別的選擇看上去是和現代人無關的。是的，現代人只能變成蟲。當找到這樣的答案的時候，這個問題的意義就已經超越了一個小說家的困惑了，進而言之，「現代人是蟲」這個意象已經不僅僅是一個隱喻了，而是一種真實必然的關係了。

當然，人變成蟲的故事，肯定並非只有一篇《變形記》。我中學的時候就學過蒲松齡的短篇小說〈促織〉，一個小孩子變成了一隻蟋蟀，牠非常英勇好鬥，戰勝了其他的各種蟋蟀，討得了皇帝的歡心，從而使得整個家庭都過上了錦衣玉食的生活。——這當然也是一種「變形記」，一種典型的中國式的「變形記」。雖然它和《變形記》有著非常相似的核心意象，但是它在故事的各個方面幾乎都和《變形記》是完全相反的。它的「變形」拯救了家庭，而卡夫卡的「變形」則是被家庭徹底遺棄。這就是傳奇和現實之間的差別。傳奇都是第三人稱寫就的，而真正的現實只屬於第一人稱：是「我」醒來的時候發現自己變成了甲蟲，這個「我」，其實是我們，我們無一倖免。

繼續推論，我們不得不承認，我們都面臨著這樣的危險：突然間就發現了自己正在變成蟲子。只不過，這種跡象一定被大多數人給忽視了。現在，我就想說說我最近的遭遇，就是和蟲子密切相關的。

我和許多讀者一樣，也曾經自比「書蟲」，也就是那種在書頁之間快速爬動的小蟲子。但是我和許多讀者一樣，從未深究過這種所謂的「書蟲」究竟是一種什麼樣的生物。它太渺小了，經常是一閃而過，看上去像隻蝨子，正是在這種令人不快的聯想中，我們會伸出指頭，將牠一下子碾死在書頁上。牠的體液僅僅濕潤了針尖大小的一小塊面積，然後書頁便恢復了乾燥，一切似乎都沒發生過。更多的時候，這些小蟲子會逃過手指的襲擊，鑽進書頁的縫隙裡，然後再也不見了蹤跡。

但在這個星期六的傍晚，我碰到了一隻奇怪的書蟲。當時，我正坐在陽台邊的沙發上看書，不知不覺外面的光線黯淡了下來，我抬頭向外望去，陽光已經變得極其稀薄了，像是樓下那家「小蟲蟲」飯店裡賣的兑水橙汁。我讀的是《劍橋插圖考古史》，製作得非常精美，光滑的銅版紙，全彩印刷，讓我愛不釋手。我走得地方不算少，但我還是更喜歡從書中了解世界，因為書中的世界依然有種神祕感，而當我置身在旅遊景點的時候，已經不能體驗到任何神祕了，我會恍然間覺得自己在看一部3D電影。

當我低頭重新去閱讀的時候，就發現了一隻書蟲。我正在讀的是吳哥窟的部分，那張插圖的取景實在是太完美了。在綠葉的掩映下，有一片廢墟樣的石壁，根據書中的介紹，那些石壁稱作萊波王的梯形台座。台座上雕刻著神態各異的壯漢，手持刀劍，怒目圓睜。那隻小書蟲正趴在一個手持短刀的壯漢的眼睛上，忽然間，牠好像意識到被人發現了似的，開始神經質地跑動起來。有一瞬間，我還以為自己是在黯淡的光線下看花了眼，但我揉了揉眼睛，活動了幾下頸椎，仍然看到那隻小書蟲在書頁上來回流竄著，真的像極了一隻熱鍋上的螞蟻。

我完全被牠吸引住了。我在想，這種堅硬的充滿了化學氣味的銅版紙，怎麼能讓牠下嚥和存活呢？更奇怪的是，雖然牠在拼命逃竄，其實卻只是在原地打轉，好像迷路了一般。這個可憐的傢伙，也許被嚇懵了。我伸出手指來，準備輕輕碾死牠。

但突然之間，我猶豫了，這隻渺小的可憐蟲觸動了我心中的好奇。我問自己：書蟲究竟是一種什麼樣的蟲子呢？我對牠們一無所知，從來都沒有仔細觀察過。

我把書輕輕放在茶几上，然後俯下頭來，仔細觀察牠。我有些近視了，但我還是看到了牠的基本輪廓。牠的頭部長著兩根比較長的觸角，在這較長的觸角下邊還長著兩根非常短小的觸角；牠的尾巴更加奇怪，共有三根，讓我想起一種古老的兵器：三叉戟；牠的兩側還分布著短短的三對腳足。至於牠有沒有長眼睛，我已經無法分辨了。我猶豫著，要不要拿放大鏡來看，我有點兒擔心牠趁著我走開的時候突然醒悟過來，然後鑽進書的縫隙裡，消失得無影無蹤。

但又有什麼辦法呢？如果牠能跑掉，對牠自然是一件很好的事。我起身走到書桌前，打開抽屜，找到放大鏡，然後懷著孩子樣的興奮走了回來。哈，牠好像不見了，書頁上空空如也。我坐下來，仔細看了看，不由微笑了起來。原來牠停了下來，正好落在一片綠葉上面，像是一丁點兒不起眼的蟲洞。

靜止的牠更適宜觀察。我趕緊手持放大鏡看了下去，眼前的景象讓我不可思議。牠在放大鏡之下並沒有變得清晰多少，牠的身體輪廓像是一幅鉛筆素描，沒有特別豐富的細節。更詭異的是，牠好像並不是在書頁之上爬動著，而是在吳哥窟的叢林與石像上爬動著。牠將我和吳哥窟聯通了起來，讓這本書的頁面彷彿成為了另一個遙遠時空的出入口。我竟然害怕起來，怕被這個出入口吸納進去，再也無法回來。我來不及多想，一抬手便闔上了書本。我仰靠在沙發上，遠遠望著那本書，變得心神不寧。

過了幾分鐘，我平靜下來，覺得剛才的情況一定出自我內心的幻象。我看書太久，過於疲憊了，而且，日子貧乏，難免有對神祕之事的潛在欲念。我重新打開書，翻到了剛才那頁，吳哥窟的照片還是老樣子，翠綠的樹叢，灰色的石頭，毫無變化。最重要的是，小書蟲也不見了。我再次拿起放大鏡，希圖找到牠的屍體，我甚至拉開了書的中縫，仔細搜尋著，卻一無所獲。牠逃脫了。

在這個迷惘的時刻，我的妻子胡莉下班回家了。星期六她應該和我一起在家休息的，可為了儘早還清我們這套房子的貸款，她非要去外面做兼職。你們應該從我的語氣中聽出來了，我對她的行為並不認同。其實，我和她在生活的許多方面有著根本的不同，比如她非要買下這套要價二百五十萬人民幣的二手房，這遠遠超出了我們的承受能力，我們在未來的二十年裡將過著僅能維持溫飽的生活。儘管我非常不願意一輩子當房奴，但我無法說服她，因為我們的父母和朋友都站在她那邊，他們甚至願意借錢給我們付首期，他們說，再不買，就更買不起了。但我們為什麼一定要買呢？我們不能一直租房嗎？或是搬離這座昂貴的城市，去到我們能夠承受得起的二三線城市？要不然，乾脆四海為家，環遊世界，豈不是更加爽快？

我一直想不通這件事，所以和這件事有關的其他事也讓我很不積極，為此我們吵了好幾次。

我簡單說說胡莉的職業吧，她在一所官辦中學裡當語文老師，儘管工資比民辦中學的可憐同行們要高個千把塊，但是在一眼就望到頭的職業生涯裡已經完全沒有了發財致富的可能。但她似乎沒有認清這個現實，或是拒絕接受這個現實。因為她常常鼓勵學生，所以她的身上一直洋溢著盲目的樂觀情緒。不過，從另一個方面來說，她的確是個好老師。我有時不懷好意地想，作為一名老師應該堅信自己出於道德職責而對學生說出的那些誇大其辭的話，即使他清楚眼前的學生步入社會後將會遭受怎樣的摧殘。我要是在中學時代遇上胡莉這樣的老師，也許現在就會認同她為了生活所付出的這一切了。

買房之後，我們的生活質量急劇下降，過著孔夫子說的三月不知肉味的生活。我希望事實能夠幫我說服胡莉，以及支持她的親友團，所以我按兵不動，對她察言觀色。她當然明白我的陰謀，便只得打腫臉充胖子，硬撐下去。她說為了早日還請貸款，她打算週末去輔導班做兼職。我直言不諱地對她說：「你那是杯水車薪。」她覺得我太消極，開始了對我的諄諄教誨。她對待我就像對待她的學生那樣，先是和顏悅色地講道理，如果不聽，她就會想出各種花招來懲罰你。此外，她對我還有一招殺手鐧，那就是拉出親友團來玩人海戰術，直到我認軟服輸為止。我已經飽受其苦，因此當我看出她已經做出了大幹一場的架勢之後，便趕緊表示了支持。她得寸進尺地說：「你也趕緊找個週末兼職吧！」「好的，我等會就找。」我溜進衛生間，想著今後的週末該去哪裡打發時間。

現在，胡莉喘著氣，放下手中粉紅色的手提包，就去脱鞋，頭都不抬地問我：「晚上吃什麼？」她看上去有點兒垂頭喪氣，和昨天前天大前天一樣，都是一副被生活打敗的樣子。我自然不是絕情的人，心裡不免有點酸楚，便說：「冰箱裡好像沒有什麼新鮮的蔬菜了，要不，我們出去吃吧？」

我以為她會為了省錢而拒絕，沒想到她說：「出去吃就出去吃。」她站起身來奇怪地瞪了我一眼，說：「那你也用不著這麼壓低聲音和我説話吧？什麼意思嘛，怨氣十足啊。」

「壓低聲音？」我愣住了，「我沒有壓低啊，你該不是累得幻聽了吧？」

「我是説真的，你説話的低音越來越重了，你感冒了嗎？有沒有不舒服？」説著，她走過來摸了摸我的額頭，然後再摸摸自己的。她的樣子把我逗笑了，我哈哈笑著説：「你真是累傻了！」我一邊說話一邊留心聽著自己的聲音，並沒有聽出什麼異常。

「別笑了，難聽死了！」她甩了甩手，像是手裡有根無形的溫度計，她說，「看你這精神狀態也沒什麼病，咳，先不管了，吃飯吧，我快餓死了！」

我們出門下樓，也沒什麼太多的選擇，又進了那家適合我們消費的「小蟲蟲」。我們坐在臨窗的卡座上，周圍都是談情說愛的學生。胡莉要了咖喱雞扒，我要了肉醬意粉。很久沒出來吃飯了，我望著窗外的車流，竟然對這座城市感到了親切。我們邊吃邊聊，氣氛還不錯，像是回到談戀愛那會兒了。胡莉比我愛說話，她喜歡談論她的學生，我覺得現在的學生很有趣，很瘋狂，他們會因為得不到一部蘋果手機就產生自殺的念頭，這讓我特別想知道他們到底是怎麼想的，我便時時鼓勵胡莉多說一些。但她今天很古怪，每當我回應了一句什麼話，她都會暫停話題來嘲笑我的嗓音。

剛開始我不以為意，可慢慢的，我也覺得自己的嗓音的確變粗重了，甚至有點兒甕聲甕氣了。我想，也許是身體上火了吧。吃完飯，我拉著胡莉去「黃振龍」買了一杯涼茶。黃振龍是一家涼茶連鎖店，廣州人感到身體不舒服了，先不考慮上醫院，而是先考慮喝點什麼涼茶。為了儘快把症狀給壓制下去，我點了最苦的那種涼茶，叫癍痧，一個聽上去就瘮人的名字。我一口氣喝了下去，苦得眼淚都出來了。胡莉摸摸我的腦袋，說：「良藥苦利於病。」她真是一塊當老師的好料。

無論如何，今晚都算是在外邊小小浪漫了一下，帶著這種浪漫的慣性，在睡覺的時候，我在她耳邊輕聲說：「親愛的，我們好像好久沒親熱了。」

胡莉又很驚訝地看著我了。

「怎麼了？」我有些不悅，提高了聲調：「對自己的老婆說這樣的話難道很過分嗎？」

「你的聲音不止是粗重啊！」她喊了起來。

她居然絲毫都不在意我說了什麼，而是繼續糾結在我的聲音上邊，我心中的火焰迅速點燃了。

我壓制著那股熱量說：「喂！你今天搞什麼鬼啊?!」

她愈加慌張起來，臉色煞白，像是掌握了驚天大祕密似的，小心翼翼地說：「啊，你，現在，你說話，有回音！」

「有回音？你也太異想天開了吧！你真是幻聽了。」我看著她那副滑稽的樣子，哭笑不得。

「你仔細聽聽，難道你聽不到嗎？」她和我保持著一米遠的距離，趴在床沿上，都快掉下去了，彷彿我變成了危險的病毒攜帶者。

我帶著火氣，乾脆閉上眼睛，一連說了七八句「老婆我們好久沒親熱了」，但我還是無法分辨出其中是否有回音。

「你等等。」她掏出手機，打開裡面的錄音軟件，衝我努努嘴，示意我說話。我又說了那句話。錄好後，她按下播放鍵，我們都屏住了呼吸。

暈！我真的在我的聲音之外，聽到了一個非常細小的回音。當我說「親愛的」，那個極細極輕的聲音也說「親愛的」，時間節奏大概只比我慢零點一秒，而且，只有在很安靜的情況下才能聽出來。這讓我毛骨悚然，不知道自己的嗓子和聲帶出了什麼問題。胡莉也害怕極了，她用探詢的眼神注視著我，說：「你不會是得了什麼疑難雜症吧？」

「你胡說！」我惱羞成怒了，「這只是上火引起的聲帶沙啞。」我使勁咳嗽了幾聲，想把那感覺不到的異物給咳出來，但這除了讓我像個模仿老人咳嗽的拙劣演員，其餘的都一無所獲。

看到我滑稽的樣子，胡莉並不笑，反而更加嚴肅了，她說：「你現在只要一說話，我就能聽到那個回音，就像是你身體裡住著一個鸚鵡學舌的人，真是讓人不寒而慄。明天我們早點起床去醫院看病吧，別耽誤了就診時機。」

鸚鵡學舌，不寒而慄；她真是個優秀的語文老師，這些成語用的恰到好處。我無法反駁她，只得保持沉默。她沒和我打招呼，就起身關了燈，然後一聲不吭，彷彿已經沉入了夢鄉。

我無法忍受這樣的噤聲，黑暗中她的呼吸聲顯得那麼遙遠，好像一列離我遠去的列車。我是要被遺棄了嗎？我突然翻身而起，向她那邊撲了過去，像頑劣的孩子那樣抱住了她，開始吻她。

她先是受驚般地驚叫了一聲，然後輕輕將我推開了，她背對著我說：「別這樣，你都病了。」

我一聽這話，滿身的熱情都消散了。

「就算病了，也不是傳染病吧？」我恨恨說道。

「你怎麼知道不是？」她說完這句，也許覺得有些難為情了，又補充道：「我不是那個意思，早點睡吧，明天還要早起呢。」

我仰面躺在床上，盯著黑暗的天花板，毫無睡意。但我又能怎麼辦呢，只得拉長音調，對她說了聲：

「晚安～～。」

「求求你別說話了，好嚇人！」她用被子裹緊了自己，像一個蠶蛹。

我只得緊閉起嘴巴，不再吭一聲。在這種令人尷尬的氛圍中，我失眠了。我想起小時候和同學們最喜歡在山谷裡大喊大叫，因為可以聽到自己的聲音反覆迴盪在天空下，像是世界上存在著另外一個自己，可以在某些神祕的時刻呼應自己，自己因此變得不再孤獨。那麼，我現在每說一句話都伴隨著回音，這能視為一種呼應嗎？即使算是一種呼應，可這種呼應一旦變成每時每刻的必然一定會叫人不堪忍受。這其中已經沒什麼神祕可言了，這就是病，一種生理性的病變。

第二天早上醒來，我發現情況非常嚴重了。這次我不需要別人告訴我，更不需要錄音，我在說話的時候，自己就能聽見那個細小的回聲。那個回聲的音量比昨天提高了不少，也粗壯了不少，好像有一個酷愛惡作劇的口技大師隱藏在我的體內，一刻不停地模仿著我說話。

「我們趕緊去醫院吧，那聲音變大了，」我慌亂地對胡莉說，「現在嚇到我自己了。」

胡莉見我這樣，發出了長久以來的第一次開懷大笑，她的肩膀一抖一抖的，整個身體都彎了下去，好像馬上就要栽倒了。過了一會兒，她才喘口氣說：「你現在終於知道害怕了吧？終於理解我的感受了吧？」

我不明白她看到我的恐慌為什麼會這麼開心，我想問問她，卻不想說話，只能痛苦地點著頭。

胡莉穿好了高跟鞋，站在那裡審視著我，像是看著另一個人。她總結道：「你變成了一台受潮發霉的舊音箱。」

我們來到醫院，卻一時不知道該去看什麼科，是去看內科呢還是去看耳鼻喉科？

「還是先去看耳鼻喉科吧，」胡莉說，「這個最直接，可以先看看是不是你的聲帶出了問題。」

我覺得她說得有道理。我們跟著洶湧的病人隊伍，排隊掛號，然後等了四十分鐘，終於來到了耳鼻喉科的醫生面前。這是一位年輕的女醫生，很瘦，兩隻眼睛又黑又大，彷彿被每天面對的疾病驚嚇過度了。她看見我，大眼睛像青蛙那樣一眨，問道：「怎麼了，哪裡不舒服？」

「我說話有回音。」我言簡意賅地說。我覺得我只要一開口，她肯定就能發現問題所在。

她瞪大了眼睛，一眨不眨地望著我：「什麼？我不明白。」

看來她沒聽出來，我只得滔滔不絕地說起來了：「我說話的時候聲音裡邊有回音，你沒聽見嗎？一個細小的回音，我說一句它就跟一句……」

這時，她撲哧一聲，捂著嘴巴笑了起來：「哈，世上真是無奇不有，還會有這樣的症狀啊？……不好意思，真的是第一次碰見。」

她一派天真的笑容讓她的職業威嚴瞬間瓦解，她在我眼裡變成了一個剛剛進入醫學院學習的充滿好奇的女學生。

不過，我打心底裡喜歡她這樣。因為突然間我第一次覺得，說話有回音不是什麼大不了的事情，它本身其實是一件特別好玩的事情。

她讓我張開喉嚨，發出「啊～啊～啊」的聲音。她頭頂戴著特製的醫用頭燈，像煤礦工人那樣在我的喉嚨隧道裡勘探著。我看到自己的臉在她的凹面鏡裡擴張成了一張肉餅，醜陋異常，我趕緊閉上了眼睛。她手中的小木板像瞎子的手杖那樣在我口腔深處左右摸索著，然後使勁壓在了我的喉嚨深處，在那一瞬間我差點把早餐嘔出來。

「看不出有什麼問題呀，沒有紅腫，更沒有炎症……」她喃喃自語著，忽然提高了聲調問我：「你最近經常用嗓子嗎？」

「什麼意思？」我不知道她想知道什麼。

「有些職業，比如老師，會比較費嗓子。」她解釋道。

我睜開眼睛，用眼神示意坐在一邊的胡莉，說：「那你說的就是她了，可她一天連續講二十四個小時嗓子也沒事。」

「嗨，我在問你，沒問別人。你是什麼職業？」女醫生說著話再次按壓起我的喉嚨，在裡邊又做了一輪探索。

等她的手剛剛放鬆，我的頭就向後一縮，躲開了那個噁心的小木板。我嚥著口水說：「我，我是個出版商，做書的。」

「那你應該看了很多書？」女醫生的聲音溫柔了一些，我覺得她應該會喜歡閱讀。

「是的，非常多。」我的回答有些自豪。

「可，這跟你的嗓子完全沒關係啊。」女醫生的大眼睛滿是憐憫。

「是的，這個工作完全不費嗓子，費的是眼睛。」我無奈地說。

看著她一籌莫展的樣子，我有些於心不忍，彷彿自己妨礙了她成為一個好醫生。我咳嗽了一聲，說：「也許是我最近太累了，沒休息好。比如昨晚我就失眠了。」

「啊，是這樣啊，」她看上去好像找到了靈感，大眼睛裡充滿了光澤。她說：「我想到了，問題應該出在你的共鳴腔上。」

「共鳴腔？長在哪裡啊？」我低頭望了望自己的胸膛。

「共鳴腔不是一個具體的地方，」女醫生笑著說，「那是一套人體的聲學系統，主要有胸腔、口腔和頭腔三大部分構成。你現在用口腔說話的時候，你的胸腔有回音，也許是你的胸部有積水，我建議你去內科看看，拍個片子吧！」

女醫生說完後，一副如釋重負的樣子，好似一隻慈祥的母蛙。

我們來到內科。接洽我的是一個年輕的男醫生，戴著時髦的黑框眼鏡，我想他的收入應該不錯。他聽到我的描述之後，張大了嘴巴，做出了一副不可思議的神情。他的嘴巴和他的時髦眼鏡構成了一個由三個空洞組成的等邊三角形。

我說了耳鼻喉科醫生的意見，他考慮了一會兒，拿出聽診器說：「我們先聽一下。」

他讓我使勁呼吸，並大力發出呼哧呼哧的聲音。我照著做了，令人驚奇的是，那個回音也在呼哧呼哧的。

「你說話。」醫生命令道。

「好的，」我說，「可我一時不知該說些什麼。」

醫生沒有理會我，說：「嗯，繼續。」

「我真的不知道該說些什麼，我妻子說我像是一台受潮發霉的舊音箱。」我還想說點兒什麼，被醫生打斷了。

「聽不出什麼異常啊。」醫生放下手中的聽診器，摘掉眼鏡，揉著眼眶，好像在與幻覺做鬥爭。「但那回音的確非常清晰，太詭異了！」他的聲音透著一絲恐慌。

我咬著牙，不敢說話，彷彿那回音會噴發出來。

「還是拍張片子看看吧！」他拿定了主意。

我在他的指示下，又到了放射科。我站在那台巨大的X光機前，伸手抱住了那個大探頭，把自己的胸腹迎了上去，緊緊貼著那冰涼的表面。身體不由自主有些顫慄。

拍完片子後，放射科醫生說：「結果下午才能出來，你們到時再來取。」

時已正午，我跟胡莉不得不走去外面吃飯。正值酷暑，太陽彷彿隨時都會爆炸。我們汗流浹背地穿街過巷，找了家便宜的快餐店吃了飯，然後又跑進附近的麥當勞裡坐著，像傻瓜那樣乘涼。周圍人很多，我怕驚嚇到別人，也不敢說話。於是我們相顧無言，昏昏沉沉地等到了兩點鐘，才起身返回醫院，在放射科拿到了胸透的片子，然後再轉頭去內科找到了那個戴著黑框眼鏡的男醫生。

男醫生優雅地扶了扶眼鏡，指著片子對我說：「沒有看出什麼異常，也許你只是太累了，體腔、體液與聲帶的綜合作用產生了這種奇怪的現象。」

他的解釋我完全聽不懂，但他顯得很自信，完全沒有了上午的驚慌失措。現在的他就像是一名見多識廣的老專家了。

「要不你回去好好休息下，觀察一段時間再說吧！」他看我絕望的神情，做出了些許讓步：「況且，這個，這個也不影響你的健康，不是嗎？」

話都說到這一步了，我還能有什麼辦法呢。

我們走出醫院，準備乘坐地鐵回家。我打算聽醫生的話，好好休息，好好觀察。但快到地鐵站的時候，胡莉突然說：「不行，我們不能這樣就算了。」

「那你有什麼辦法？」我聽見自己和回音一起沙啞疲憊地說道。

「哎呀，聽見你這樣，實在受不了了！」胡莉使勁擺著手，像是要擺脫什麼。她站在離我三步之遙的位置上，略微平靜下來，說：「你這樣的疑難雜症，我們應該去看看中醫的，對不對？」

「老中醫？」我的喉頭湧起一陣中藥的苦澀。我已經有很多年沒有看過中醫了，有著嚴格分門別類的現代醫院已經取代了傳統的中醫。更何況，各大媒體上還經常有中醫是不是偽科學的論爭。——即使現在還沒有定論，但至少讓人在心裡對其產生了猶疑。中醫在這個時代說是形跡可疑也並不為過。

看到我猶豫不決的樣子，胡莉說：「我有個朋友是中醫方面的專家，我現在諮詢下他！」

五分鐘後，胡莉掛了電話，對我說：「我們現在就去城南的靈山。朋友說了，那裡的土地廟旁邊住著一個姓劉的老爺爺，專治各種疑難雜症，非常靈驗。」

「土地廟？老爺爺？」我哭笑不得，「這是神話故事嗎？」

「不是的，是個很有經驗的老中醫。」胡莉好像很有把握。

「你朋友是幹什麼的？」我警覺了，問：「他是個醫生嗎？」

「不是，」胡莉搖搖頭，「他的爸爸五年前得了癌症，他四處尋醫問藥，因此變成了半個專家。」

「他爸爸治好了？」

「沒有，」胡莉明顯猶豫了下，然後說：「但是據說延長了一年的壽命，而且走的時候沒有太大的痛苦。」

「這是沒辦法證偽的事情啊。」我說。

「你說夠了沒有呀？」胡莉不耐煩了，「你難道也不信中醫嗎？去試試總行吧！」

說真的，我也不知道我信不信中醫。望著街對面的王姥姥辣醬的廣告牌，我恍然間記起小時候每次去看奶奶，她的房間裡都瀰漫著一股濃重的草藥味道。積年累月之後，奶奶身上的草藥味道洗都洗不掉，讓奶奶聞上去像是一株能夠走動的植物。

想起我的奶奶，我心裡逐漸升起了一股暖暖的親切感。「走吧，走吧！」我嘟囔著，任由胡莉帶著我上靈山了。

老中醫的診所雖然在一座土地廟的旁邊，但等到了那裡，發現也沒有我想像的那麼荒誕。土地廟的香火雖然談不上有多鼎盛，但總是有人陸續來上香的，尤其是上了年紀的阿姨比較多，她們幾乎都是一臉嚴肅，滿心虔敬。土地廟的周圍類似鄉鎮的集市，診所就在土地廟的街對面。那是一家簡單的中藥鋪子，門口的桌檯上矗立著一個人頭骨連帶著一截脊椎的模型，只要有風，那個骷髏的嘴巴就會上下晃動起來，好像在說出一些神祕的訊息。我們走進門，看到裡邊只有一個白鬍子老頭在罈罈罐罐之間忙碌著。老頭的手腳很利索，一邊忙碌，一邊像老鷹那樣盯著我，並不說話，弄得我渾身局促，好像犯了不可饒恕的罪孽。

「那個……」胡莉忍不住剛準備開口，老頭朝她做了個手勢，說：「讓我先看看你們。」

「不要看我，看他就好了。」胡莉說著，向後退去。

我知道中醫有「望、聞、問、切」之說，於是保持沉默，任他觀看。老頭看了半天，露出了一個神祕的笑容，說：「你得的肯定是一種隱疾。」

這句話把我逗笑了，我說：「如果我不是患了隱疾，我會上您這兒來嗎？」

老頭一愣，說：「你再說幾句話給我聽聽。」

我知道他發現我說話的回音了，一緊張，反而不知道該說些什麼了，張開嘴巴愣在了那裡。老頭示意我坐下來等等，然後他置我們於不顧，竟然轉身忙碌去了，也不再看我一眼。我和胡莉坐在小桌子旁面面相覷。

「你剛才怎麼不說話啊？」胡莉說，「老醫生好像生氣了。」

「我，我剛才腦子裡一片空白，忽然不知道該說些什麼。」我看了一眼老頭，他正面對著一面牆大的藥櫃，那兒有無數個小抽屜，他打開這個看看，又打開那個看看。我想，要打開所有的小抽屜，並認清它們的用途，也許要花上一生的時間。

我和胡莉又說了幾句話，商量著要不要上前和老頭說清楚，就在此時，老頭彷彿懂得了我們的心思，扭頭走過來，正色看著我說：「你得的這個病很離奇，我只是耳聞過，並沒有見過。你是第一例。」

「耳聞過?那已經很了不起了!」胡莉用乖學生的表情看著老頭問,「那究竟是什麼病?」

「你聽說過應聲蟲嗎?」老頭露出了一個詭異的笑容,露出嘴巴裡稀疏發黃的牙齒。

「應聲蟲?!」我覺得這應該是一個笑話吧。我們常常把一個總是附和別人意見的人,蔑稱作應聲蟲。胡莉將信將疑道:「難道世上還真有這種蟲子不成?」

「當然有了!這種蟲子生長於書頁當中,現在一般叫書蟲,古人叫書魚、衣魚、蠹蟲、應聲蟲等,據說也會寄生在人的體內。」老頭捋了捋稀疏的鬍鬚,晃著腦袋說:「許多典籍裡記載牠會仿效人說話,你說什麼,牠就說什麼,所謂『應聲蟲』是也!」

「天吶,這是什麼怪物啊,簡直像是聊齋裡的鬼故事。」胡莉雙手抱在胸前,好像很冷的樣子。

「看你是個讀書人吧,」老頭盯著我說,「你會沒見過這種小蟲子嗎?」

「當然……見過的。」我忽然支支吾吾起來。昨天下午的場景重新浮現在了我的記憶中,那在吳哥窟的畫面上詭異流竄的小書蟲,以及牠所帶來的幻覺,再一次讓我感到頭暈目眩。

「您這麼說,讓我想起了一件怪事。」我把臉埋進手掌裡,頓了一會兒,向老頭和胡莉詳細描述了我昨天傍晚的奇遇。胡莉緊緊握住我的手,說:「這麼怪異的事情,你怎麼沒對我說?」

「我以為是我太累了,那是想像出來的幻覺。」我聳聳肩。

「這麼說來,他患的是一種寄生蟲病?」胡莉說完,臉上竟然露出了一個微笑。

「哈哈，也可以這麼說，」老頭說，「但問題沒那麼簡單。」

「為什麼呢？除蟲應該是很簡單的吧。」

「這可不是普通的蟲子呢！和你們說過，我從來都沒遇見過這種病例。你們等等，我去查古醫書，看看如何治療。」

老頭從一個藥箱的底部掏出一本古書，翻了一會兒，找到了相關部分，緩緩讀道：「取《本草》令讀之，皆應，至其所畏者即不言。嗯，看來的確不難！」

「什麼意思？」我們問道。

「就是你現在開始大聲讀各種藥草的名字，讀到某些藥草的時候，蟲子會因為害怕而噤聲，你若將這些藥草服下，保管藥到病除。」說話間，老頭已經拿出了一本《本草綱目》遞給我，他打開了某一頁，讓我大聲讀出來。

我只得按照這個辦法讀了起來：「罌子粟，滑石，土蜂窠，菇旋花，石龍芮，九香蟲，沙參，蝸牛，商陸……商陸是什麼？」

「一種紫黑色的漿果。」老頭皺了皺眉說，「你只管讀，不要再問了，因為絕大部分你都不知道。」

「我一個朋友叫商陸。」我笑了起來。這其實沒什麼好笑的，但這種「治療」方式讓我覺得非常荒誕，這種感覺在我心間揮之不去。老頭和胡莉嚴肅地看著我，好像在看著一個頑劣的孩子。我收斂了笑容，像街邊小販真誠地呼喊著大減價廣告那樣讀了下去：「益智子，地膽，降真香，虎杖，狗寶，衣魚……」

這時，我聽到體內發出了一陣細微的笑聲。我心裡並沒有笑的意思，怎麼回事？是那個回音發出的嗎？當回音不是回音，而有了自己的聲音的時候，我感到自己的身體被另一種生命給侵略了，我的身體會不會面臨著亡國滅種的危險？

我身邊發出撲通一聲，原來胡莉被嚇得坐了回去，她面色蒼白，嘴巴囁嚅著說：「蟲，蟲，蟲子笑了……」

「真是蟲子在笑嗎？」我問老頭：「牠為什麼會發笑？」

老頭竟也嗤嗤笑著說：「你忘了？衣魚就是那蟲的名稱之一啊！牠本身也是一味藥，能夠治療眼翳，通小便等等。」

「衣魚，衣魚！」我故作鎮定，大聲喊了兩聲，沒有聽見任何笑聲，但也沒聽見回音了。看來牠是被嚇住了。

「你繼續讀吧。」老頭說。

我在恐懼的顫慄中重新開始讀了。那回音又準時出現，我讀得更快了，一連讀了十幾頁，當我讀到「雷丸」的時候，那個回音好像消失了。我不確定，又讀了幾遍雷丸，果然沒有回音了。老頭高興地說：「那就是它了！」他從藥櫃裡拿出一堆黑乎乎的東西，像發霉的乾蘑菇，說：「這就是雷丸了，雷雨天後才能採集到，所以藥農也叫它雷震子。」

「雷震子？那不是《封神演義》裡的神仙嗎？」我接過來一個放在鼻下嗅了嗅，一股無法分辨的草藥氣息。

「記住，一定要用溫水來泡，」老頭說，「不然就破壞它的功效了。」

胡莉終於緩過勁來了，她用手捂著嘴巴，好像我很臭的樣子，她說：「我們就在老先生這裡喝，看看行不行。」

「行。」老頭馬上就去泡藥了，他的背影讓我想起我的爺爺，我那經常幫奶奶熬中藥的爺爺。

杯子裡的液體看上去像是普洱茶，有著發亮的深褐色。我喝了一口，卻沒有普洱的濃郁，只有苦丁茶般的苦澀。太苦了，我感到我滿臉的肌肉都痙攣了。

老頭說：「喝完，然後還要全部吃掉。」

我忍著強烈的嘔吐感，使勁咀嚼著雷丸。我感到它在我嘴裡碎成了一個個的顆粒，帶著一定的黏性，不過，繼續咀嚼，發現那些顆粒全都都能融化掉。我眼睛一閉，全都嚥下去了。我的腸胃迅速蠕動了起來，好像要脫離我的身體，變成獨立的活物。那個模仿我的小蟲子現在我體內的何處呢？牠是像知了趴在樹枝上那樣趴在我的聲帶上嗎？牠感受到了雷丸的力量了嗎？或說，感受到了雷震子的力量了嗎？那古代神祇的力量。——既然小蟲子的魔力也來自古代典籍的記載，那麼在我庸常的身體內部，正在發生的是一場神與魔的鬥爭？這種想法讓我暗暗驚奇，逐漸感到了興奮，之前那種染病的噁心感不知不覺間變淡了。就像是信徒目睹了神的奇蹟。作為當代中國人，我很難說出自己的信仰，但是對神祕事物的好奇和衝動總是存在的，那也是信仰本身嗎？一種沒有意識到的信仰。

五分鐘後，我的肚子裡開始轟鳴作響，老頭帶我去上廁所。果然，我剛走到廁所，就腹瀉了。如此這般折騰了三次，我感到疲憊不堪，體內早已空空如也。

「休息會兒吧。」老頭給我端來了一杯茶。看到我的猶疑，他說：「放心吧，不是雷丸了，是我自製的一種補氣茶。」

我喝了一口，滿口生香，腹中的痙攣也很快平息下來了。

「你感覺好點了嗎？」老頭那衰老耷拉的眼皮之後，有一雙炯炯有神的黑眼珠。

「好點了。」我點點頭。

「我們聊會天吧。」老頭給胡莉也倒了一杯補氣茶，然後問我：「你平時喜歡讀書嗎？」

「喜歡，我就是做出版的。」

「那真是很難得，」老頭憂心忡忡地說：「現在讀書的人少了，像我的孫子根本就不讀書，天天不是對著電腦，就是捧著手機。」

「我的學生都拿著iPad看書，」胡莉也插話進來說，「紙質書快要消亡了，像他們出版的書越來越賣不動了。」

「這個我倒不擔心，我們現在也在開發電子書了。」

「所以說，你是幸運的人啊。」老頭看著我說。

「幸運？」

「是啊，難道不幸運嗎？皮之不存，毛將焉附。書少了，書魚已經很罕見了，更何況你還遇見了一隻有靈性的書魚。」

我笑了起來，如實說道：「我一開始很害怕，以為是什麼疑難雜症。後來知道了是書魚的緣故，心裡先是覺得噁心，直到服用了雷丸，才覺得這件事情非常神祕。要說幸運，就是終於遭遇到了一回神祕吧。這個世界好像已經沒多少神祕可言了。」

「你發現了沒有？」老頭忽然問我。

「什麼？」我一愣。

「你的回音沒了。」老頭慢悠悠地笑了起來。

「是嗎？」我剛才說話的時候都忘了去留意這點，我又說了幾句話，胡莉清脆地笑了起來：「是沒了，真的，再也沒有回音了。」

「真沒想到這麼快就治好了，而且是用這麼簡單的辦法。」我感慨萬千，「我原本還擔心明天上班的時候，該怎麼和人說話呢。甚至還想著是不是要請一個星期的病假。」

「我也用不著再怕你了，跟一個怪物待在一起的感覺是很恐怖的。」胡莉輕輕挽住了我的胳膊。老頭沒再說話，只是把手放在了《本草綱目》上，輕輕撫摸著。

我們坐在回家的地鐵上了，胡莉因為太累，把頭靠在我的肩頭上睡著了。我微微傾斜著看了她一眼，發現她憔悴了許多。我的這個怪病儘管時間很短，卻把她嚇得不輕。她是應該好好睡一覺，我一動也不敢動。說起來也怪，我這麼快就擺脫了回音的困擾，卻說不上有多快樂。我心底深處認定這病是治不好的，我覺得自己會像《變形記》那樣變成一隻蟲子，然後厄運加身，不可挽回。想必這也是閱讀這篇小說的讀者諸君的期待。可惜的是，我的故事沒有滿足這樣的期待。

十分鐘後，胡莉的腦袋讓我的那側肩膀變得痠痛起來。我得好好忍受著這種壓力的痠痛，並且永遠把它保持在祕密裡。這就是愛情的一部分，也是生活的一部分。生活就是由戀人的腦袋到昂貴的房價這一系列的重量構成的鏈條，它們嚴密銜接，牢牢限定著我的現實。而染上書魚的病，就是這段鏈條上的意外漏洞，差點把我拋出去，丟在一片絕望的荒野上。

深究下去，我還是為自己感到慶幸了。我重新置身在這段鏈條當中了。為了迅速獲得可靠的現實感，我掏出手機來，想發一條微博或是微信。但我很快就失去了興趣和信心。沒人會相信我所說的。明天我去單位也是一樣，同事們會覺得我在開玩笑，我如果非要爭辯，反而讓自己真的變成了一個怪物。我應該什麼都不要說，不論對任何人，包括我的媽媽。等胡莉醒來，我要讓她也保持沉默。

但這樣一來，剛才發生的事情在我心中也恍惚起來了，它究竟發生過嗎？難道不會是一場荒誕的夢境？

我打開手機的瀏覽器，開始查詢和書魚有關的信息。原來這種小蟲子並非總是作為寄生蟲這般不堪。在很遙遠的過去，人們相信書魚只要三次吃掉「神仙」兩字，就可以變成「脈望」，人在星空下用脈望可以招來天使，從而羽化成仙。

要在以往，對於書魚從「脈望」到「應聲蟲」的轉變，我會覺得這顯然是一種文化的隱喻：我們的祖宗曾經相信文字是溝通人與神的媒介，但到了晚近，過於漫長的歷史讓文字的神祕性大大降低，太多的文字意義掩蓋了我們的生命意義，因而我們變成了像書魚這種寄生蟲似的存在。可以說，我們每個人都成了歷史的寄生蟲。

這個隱喻當然是完全成立的，但我經歷了這樣的遭遇，已經沒有熱情再進一步去闡釋了。現在，我心中湧起的是一股逆歷史流勢而上的衝動。我覺得我應該抓幾隻書魚養起來，看看能不能把牠們變成脈望。為此，我將不惜變成書魚一般的寄生存在，天天暢遊在書頁裡邊。

要是有一天，我變成了神仙，你們也用不著驚訝。我早都說過了，傳奇是用第三人稱寫就的，而真正的現實只屬於第一人稱。

因此，我告訴你們的，都是不折不扣的現實。

倒立生活

真的忘記了，從哪兒得到了這樣的啟示，這個啟示像一顆青稞的種子，在我腦海裡頑強地生長起來，我被它誘惑著，變得惶惶不可終日。我壓抑著這個啟示帶來的熱情，就像情人壓抑著夜夜難眠的興奮，然而，就在我遇見神女的那個晚上，那種熱情像是壓力超標的鍋爐蒸汽，終於不可遏制地冒了出來，我想，我看起來應該像是一輛老式的蒸汽機車，笨拙和不耐煩地行進在被劃定的軌道上，周身籠罩在一片白茫茫的霧氣與噪雜刺耳的汽笛聲中。

神女的大名我早都聽説過，一般來説，她是一個詩人，雖然她的詩我從沒看過，但這並不妨礙她在我心目中的詩人形象，也許女詩人這個形象本身就索取著大量的想像力。不過，意想不到的是，那個晚上我見到她的時候，她卻告訴我，她是個畫家，喜歡畫油畫，她家已經差不多是個專業的畫室了。這讓我很迷惑，我想追問一下，卻及時刹車了，因為我們並不熟悉，輪不著我多嘴多舌。一個陌生人咄咄逼人地要她承認她不是個畫家而是個詩人是個傻到極點的事情。我沉默了，保持著禮節性的微笑。

沉默令人痛苦。神女大名鼎鼎，自然身邊不乏諂媚者，其實我也渴望成為那樣的諂媚者，但遺憾的是，自己的能力不夠，在關鍵時刻我怕自己會變得張口結舌、毫無樂趣，因此，我有絕對的自知之明，我蟄伏在人群的一角，暗暗關注著神女，等待著突如其來的機會。是的，我像條陰險的蝮蛇。

機會總會賜予有準備的人，深夜的時候，機會出現了。那天吃完晚飯已經很晚了，但大家熱情不減，面對著殘羹冷炙還喝了許多酒下肚，直到飯店打烊，我們才被迫離開了戰場，八九個人在大街上像酒鬼一樣晃蕩了很久，然後有人提議去唱卡拉OK，大家紛紛叫好，好像第一次知道有此等好事，實際上，昨晚很多人就是在KTV度過的，但他們太清楚燈紅酒綠的城市實際上是非常貧瘠的，他們必須對有限的娛樂寄予深切的厚望。

大家保持著偽裝出來的熱情向KTV走去，但是在半路上，出現了狀況。神女站住了，她轉頭對大家說：

「我就想在這裡唱歌，這裡多暢快啊！」

說著，她便坐下來了，她的身後便是經過園丁定期打理過的城市綠化帶，一些整齊卻低矮的灌木叢裡黑黝黝的，特別適合野貓野狗的寄宿。這一刻，我的心情是興奮和複雜的，因為這落實了我對她的判斷——她是一個詩人而不是一個畫家，畫家中自然也不乏自由率性之人，但這種情懷是屬於詩人的專利，「詩人情懷」是一個組合起來的形容詞。……至於說複雜，是因為我隱隱預感到有機會了，卻還不知道這種機會的蹤跡在哪裡，又如何去把握。

「好啊，」我當機立斷，也站住了，看著神女大聲說，「這個提議太棒了，我非常贊同，太有創意了！」

她看了我一眼，很高興有人響應她，讓她對自己的影響力有了一個確證。我為自己第一個充當了這個確證而感到幸運。這時候人群開始騷動，看來並非所有人都喜歡這樣率性而為，因為他們都不是神女這樣的詩人。掙扎、辯論與協商的結果是，隊伍分裂了，一部分繼續向KTV進發，他們執著的要在現代化設備下一展歌喉；另一部分人和我一樣，選擇了和神女待在一起，留在街邊當流浪的吉普賽人，為這個城市守夜。儘管，留下來的人還不少，但畢竟比剛才少多了，我數了一下，正好有五個人，這個數字很好，有人群的熱鬧，也有每個人都接觸的機會，進可攻，退可守。甚好。

我緊挨著神女坐下來了，神女望著我露出調皮的笑意，她不但美麗還有種激情，像略微激動的春風。我知道她這是在鼓勵我，我的膽子略略放大了些。說實話，直接坐在地面上的感覺並不好，但她的笑聲比椅子還令人舒服。我坐在她的笑聲上，對她笑著說：「你再怎麼偽裝，詩人的本質還是露出來了。」她捋捋頭髮，笑著，不置可否，突然對我說：「可惜這裡沒有酒，有酒的話就完美了，比KTV完美多了。」這話對我宛如懿旨，我馬上義無反顧地說：「這有什麼，我馬上就去買。」她撩了撩頭髮說：「你一個人行不行?」我壯著膽子說：「也許需要你的幫忙，要不我們一起去吧，主要的重活交給我就好了。」她吐了吐舌頭，馬上就站起來了，說：「走!」其他人還沒反應過來，有些張皇失措。

有人問：「你們去哪?」

神女頭也不回地說：「都不許走，等著!」

我們走了幾條街，才找到了一家快要關門的士多店，一路上我們所說的話並不多，都集中在如何才能買到酒這個話題上，不知道是不是因為尷尬導致的結果，我顯得有些沒話找話。她倒是一如既往的態度，率性地走在黑暗的街道上，一輛又一輛車稀稀拉拉的駛過，車燈一次次照亮了她，讓她周身長滿了光的絨毛。我在心中暗想，她擔得起神女這個名字。

她要了一箱啤酒，我搶著付好帳，然後抬起箱子就往回走，神女不能忍受被閒置的尷尬，她跑到我前面，打開箱子，從裡面拿出兩瓶啤酒來拎在手中，一手一瓶，像個戰場上手持炸彈的敢死戰士，我們相視了一眼，哈哈大笑起來。

我覺得手上的箱子再累都是值得的。

鼓足勇氣，我又和她談起了畫畫的事情，我說：「你真的畫畫嗎?我非常好奇，很想看看。」她揮舞著酒瓶說：「好的，沒問題，以後有機會一定讓你見識下，到時你別害怕就好。」「害怕？為什麼呢？難道你畫的是靈異類的？」我詫異了。她說：「反正你到時見了就知道了，哈哈。」她的自信狀態讓我暗自歆慕，她是一朵跳動的火苗，走到哪裡，夜色就在哪裡被劈開。她要進入一個人的內心，是多麼輕而易舉的事情呵。

那幫人看到我們抬著酒，歡呼了起來，他們早先都喝了酒，現在被夜風一吹，一撩撥，都有了比平時多一倍的熱情，這時的狀態是最好的，隨意的聊天都能聊出深度，一不小心的真誠都能抵達到骨子縫裡。神女負責分發啤酒，把這種綠色的玻璃炮彈遞給每個人，然後，大家又開始喝了，泛著白沫的液體擁擠在腸胃間，讓坐著的腹部感到壓迫。

神女舉起瓶子，有點兒凶猛地喝了幾大口，然後她提議大家講故事，每個人都講講自己生命中的一個故事。……這樣的遊戲形式的確很老套，但不管神女說什麼，我都會第一個響應，而且發自內心。在座的五個人，除去我和神女，還有兩個男的和一個女的，那個女的很文靜，一點也不像神女這樣飛揚跋扈，因此她得到了另外兩位哥們的格外關照。

看來，我是個很奇怪的人，我被神女的飛揚跋扈所吸引，也許，在他們眼裡，我就像是一隻愚蠢的飛蛾，是在自尋死路。

「要講生命的故事？從誰開始？要不神女你先來吧！」大家聽了她的提議，面露難色，儘管有夜色的掩護，隱私還是像縮頭烏龜，畏首畏尾的。

神女的魅力就體現在這樣的時刻，她坦率自然，一點都不像要刻意表現自己，她說：「好吧，我先說。」

她喝了一大口啤酒，靜靜呆想了一會兒，說：

「我生命中最核心的故事全部和一個人的死有關。」

那是四年前，神女懷孕了，當然，那時候她還沒離婚，有個完整的家庭。那是她幸福的年頭，她是一個好媽媽，而不再是一個好詩人，詩歌的細節成為日子中點點滴滴的瑣屑。本來，這樣過下去也是非常幸福的，但是有一天，她在下樓梯的時候，突然感到下腹一陣絞痛，她靠著牆，打電話給一二〇急救，等到她被送到醫院的時候，流產已經發生了，孩子沒了。據說那是個男孩，只要再等上一個月就有活下來的可能，但是，現在沒了，也許進了垃圾箱，因為神女都沒見過他。神女的男人，一個在政府工作的公務員，匆匆趕到的時候，也沒看到他，他被醫院以最快的速度處理掉了，隔離開了。男人儘管只是個小職員，但所在的部門不錯，收入還是比較高的，這給他們的日常生活提供了一種保證，但同時，男人的情懷也是小職員式的，他不能面對和接受這樣的情況，他覺得自己各方面做得都接近完美了，包括連月嫂都請好了，但是現在孩子卻說沒就沒了，而且還找不到什麼原因——只不過是下樓梯嘛，怎麼下樓梯也會流產呢？這個問題極大的困惑著男人。男人和醫院的醫生護士們較上勁了，非要問個一清二楚，他的頭髮幾天沒洗，變得油膩膩的，黏在額頭上，任憑他的叫喊卻紋絲不動，這讓他的歇斯底里顯得有些空洞。醫生耐心地解答著他的困惑，告訴他這種事情是說不好的，各種因素都會導致這樣的情況，況且，大人也沒事，休整幾個月過後就能重新要孩子了。

「但究竟是什麼原因嘛？如果我不知道，下次極有可能重蹈覆轍啊，這次我已經做得盡善盡美了。」男人不依不饒地追問著，他十足的認真中蘊含著一股按捺不住的急切。

「這個世界上沒有什麼盡善盡美的事情，尤其是從醫學的角度來看，人的身體尤其如此。」醫生說。

「這個，我當然明白，但是，凡事都有因有果，即使沒有直接的原因，也會有間接的原因吧？間接的原因你也得告訴我啊。」一種絕望感從男人的胸間湧起，他看起來變得可憐兮兮的了。

「間接原因太多了，真的太多了，也許沒休息好什麼的，都有可能。」

「不可能！我問過她了，她說她休息的很好，這個，其實不用問她我也是知道的，因為我晚上被她的呼嚕聲都給吵醒了，早上我起床去上班的時候，她還在繼續睡覺呢！」男人在說到呼嚕聲的時候，用了一種難以言喻的聲調，混雜著興奮、羞澀與氣憤等多種情感，令躺在病床上的神女一陣顫慄。

「所以說嘛，間接原因太多了！沒休息好只是其中的一種假設……」醫生越來越無奈，在男人窮凶極惡地追問下，他支支吾吾的態度反倒顯得是在刻意遮掩似的，其實他什麼也沒遮掩，是真的不好說，也說不好。

神女看著這幕情景，她的心情是複雜的，剛開始她也很想知道原因究竟何在？一個誕生於自己內部的生命就這樣去了，總是得需要一種解釋的，沒有解釋，她的心是非常不安的。她一想到那個小身體待在帶血的紗布與破碎的藥瓶當中，她就感到自己要瘋掉了，她有種強烈的負罪感，感到是自己沒有照顧好他，是自己在哪個環節出了問題，她必須給他一個交代。……但是，男人歇斯底里的質問看起來很傻，醫生的為難也是反映了這個世界在某種本質上的缺失。她邊看邊想，就像是看著一部電影，終於，她看清了一些事情，她想到也許不是所有的問題都有答案，也許不是所有的答案的都是真實和存在的，答案也許可以是一句詩，一個詞，或者是任何其他的什麼東西。想到這裡的時候，她突然間就脫口而出：

「重力！」

男人和醫生停止了僵持的扯皮，回過頭來不解地看著她。

她眨巴了幾下好看的眼睛，面無表情地說：「都是因為重力。」

這句話讓醫生驚愕的臉部肌肉逐漸鬆弛了下來，他推了推沉重的黑框眼鏡，喜笑顏開地說：「是的，是的，沒錯，是因為重力，無處不在的重力，導致了這次的不幸。」

「重力?!」男人的臉上浮現了一層霧樣的困惑。

「是的，重力！」神女和醫生異口同聲道。

男人走到病床邊的椅子前坐了下去，陷入了某種沉思的狀態中。醫生不失時機地跟過來，說：「你看，連你這樣的正常人站久了都會覺得累，都要被重力拉扯著坐下來，那麼女人的腹部要承受多大的力你知道嗎？一不留神，孩子就會被重力給拉扯出來了。」

「胡扯！」男人不甘心自己的失敗。

「你得相信科學啊，這是物理學，萬有引力定律。」醫生說。

「我覺得，還是胡扯！」男人很固執。

眼看快要解決的問題在男人這裡遇到了阻礙，醫生很著急，雙手來回搓著，眼角的餘光小心翼翼地窺伺著神女。

神女感覺到了那種窺伺，她嘆口氣，對男人說：「你不覺得重力是最好的答案嗎，只有它才可以解釋這一切的悲劇？」

男人抬起頭，看看神女，不再說話。

他們出院了，回到家門口的時候，男人盯著樓梯使勁看，說：「難道真的是重力？樓梯放大了重力的作用……」神女沒有理會他，任他自言自語。從此，他們的生活中有了一個缺席卻存在的人，這個人不受重力的作用，從天上俯視著他們，令他們越來越難以忍受。每次下樓梯的時候，男人都會不自覺地嘆口氣，嘴裡吐出一個詞：「重力。」神女也不得不更加小心翼翼地踩在樓梯上，每下一級台階都變得舉步維艱、如履薄冰。久而久之，神女的心中出現了一個巨大的滑坡，她和男人的生活在滑坡上孤零零的，沒有任何羈絆，因此，那種生活便像小孩坐在滑梯上一樣，滑了下來。——也許，這又是重力的作用。等到這種生活滑到底端的時候，他們便不得不離婚了。從這點上來說，重力也是神女為什麼會離婚的原因，儘管這種解釋比較飄渺，但是非常形象化，利於記憶。

重力是個完美的答案。

這件事情之後，神女就很少寫詩了，她開始以畫家自居，儘管見過她的畫的人少之又少，但因為她的堅持，很多人開始迷惑了，進而，一些人就把她當做畫家了，一個傳說中的神祕畫家。

神女的故事講完了，大家鼓掌，有人吹起口哨，有人舉起瓶子在空中碰碰，喝了起來。他們和我一樣，搖晃著醉醺醺的腦袋，沉浸在對重力的想像之中。在我看來，重力是對生活的一種提醒，一種客觀存在卻無法理解的事物，我們應該對此保持足夠的警惕，同時，我也感慨神女不愧是優秀的詩人，竟然有著這麼鋒利的思想直覺，她愈加吸引我了。

但是，別人也許不會想這麼多，我看到那兩個哥們在感慨一番後，便繼續和文靜女孩搭訕了，那個女孩很高興會有兩個男人對她感興趣，她的矜持不見了，但她一時半會兒還適應不了這種局面，因此，她的臉蛋變得紅撲撲的，惹人憐惜。神女喝了很多酒，瞥了他們一眼，扭頭對我說：「你不是老問我是個詩人還是個畫家嗎？現在你都清楚了吧？」

我說：「清楚了。」

「那我到底是詩人還是畫家呢？」

「都不是，你是小說家。」

我的話讓我們哈哈大笑了起來，她說：「才不是呢，我不擅長虛構的，我說的都是真實，生活中最真實的東西。」

「如果你說的都是真實的，那麼還是得承認你是個詩人，因為你對生活的理解落腳在一些細節與意象上面。」

「就意象這點而言，我想你說得還是有道理的，因此，我變成了畫家，畫家不表現意象，而是直接創造意象。」

我被她的話所折服，我說：「你越這樣說，越勾起我的好奇心，我一定得看看你的畫才行，只有看了你的畫，我才能真正認為你是個畫家，而不是一個虛構的身分。」

她突然趴在我的耳邊說：「那我們現在就去吧。」

我扭頭看到了她閃動著光彩的眼神，我抑制不住地笑著，點著頭，沒想到奇蹟這麼快就發生了，我該好好感恩一下。不過，我不知道該如何擺脫其他的三位朋友，儘管他們現在沒有關注我們，但我們的離開對他們也是難以接受的事情。缺少了人群的遮掩，他們三個人或許會變得尷尬起來的。

神女比我聰明多了，她站起身來四處張望著，她的張望引起了另外三人的關注，他們問她要幹什麼，她說她想去廁所，有點怕，然後她就叫我的名字，叫我陪她去。我像個士兵聽到命令一般，堅定的尾隨在她的身後，向著某個莫須有的廁所走去。那三個人又低頭喝酒了，我回頭，看到中間的女孩子已經適應了局面，她能夠左右逢源地應付著兩個男人，她被兩個伶牙俐齒的傢伙逗得哈哈大笑，在夜色中這種歡樂顯得很不真實，很沒來頭，卻也格外誘人魂魄。

等我們拐過街角，神女就攔住了一輛出租車，她說了一個地方，我們便向那裡駛去。我再次陷入了沉默，假如說之前我的聒噪只是為了引起神女的注意，那麼現在我的目的已經基本達到了，她不但注意到了我，而且還和我組成了一個新的隊伍，一同行進在夜色的戰場上。這已經遠遠超出了我的預計。老實說，我沉默是因為我有些緊張，我不確定今晚會發生些什麼，但我是渴望發生些什麼的，我變得蠢蠢欲動，像其他的蠢男人一樣。

下車，進小區，上樓，我想像著神女每天的路徑，每天的心情，我覺得離她近了，走近一個人，就要走近她的全部歲月。然後，電梯停在了十六層，我們走出來，來到左邊的那扇門，她開門邀請我進去。我有些緊張，站在門口，準備換鞋，可她一把把我拽了進去，說：「不用那麼麻煩，我這裡崇尚自然，你就隨遇而安吧。」我驚魂未定，看到了四面牆上的畫，還有面前的落地窗，窗外燈火輝煌的城市夜景襯托著一個很大的畫架，上面有一副色彩絢爛的畫，但我一時還看不清楚那到底是什麼。待我走近細看，初以為是滿天的太陽，後來才驚覺這是向日葵，長在天空中的黃金般的向日葵。

「你的向日葵怎麼長在天上？」

神女說：「因為它們不受重力的作用。」

我笑了起來，看到畫的下面還有一行小字：「每當我們看見不可描繪的形象和無以言表的淒涼——孤獨、貧困和悲慘，萬物的終結和極致，上帝進入一個人的心靈，這總是能撞擊我，總是非常奇怪。」

「這是你寫的嗎？」

「不是。」

「能告訴我……」

「文森特．梵高。」

對，梵高，怎麼可能不是梵高呢，那些怒放的向日葵，那些在天上舞蹈的黃金。我深愛梵高的畫，在我心情最陰霾的時候，是梵高的畫給了我力量。那個赤貧的畫家都有如此旺盛的生命與頑強的希冀，何況我呢？「看來你也喜歡梵高……」我喃喃說道。神女說：「我怎麼會不喜歡呢？他太明亮了，他能攪動一切。」我心弦一顫，知音的感覺吧。我們靠在她的大畫架前，面對面看著彼此，我們還是第一次這樣對視，她的美有些刺目，就像向日葵。突然，她抱住我，哭了起來。

我有些不知所措，有些緊張，在她耳邊問：「怎麼了？告訴我好嗎？」

她不說話，只是哭著，我想，也許她只是想哭了，需要一個人安慰了，我便抱緊她，一動不動，她的身子抖動著，像隻假寐的貓咪。難以相信的是，我的眼淚也流下來了。她的哭泣有種強大的蠱惑力量，讓我生命中的破碎翻騰而起，化為淚水，在夜色中靜靜流淌。很久了，我都忘記了這樣的滋味，而這樣的滋味讓我感到自己還活著。我們哭了很久，我覺得我的心臟開始隱隱作痛了，我便拍拍她的背，說：「我們不哭了。」

她伸出一隻手在我前胸摩挲著，她說：「疼了吧？」

「是的。」我很奇怪她怎麼會知道。

「因為太多碎片，所以我知道。」神女抬起淚眼望著我，我又流淚了，不過只是因為這一瞬她太美了，令人心碎。

哭過之後，我感到自己虛弱極了，然而同時也寧靜極了，從沒有過這樣的寧靜，此時再看那浮在天上的向日葵，我感到了一種冷冰冰的燃燒，一種沒有灰燼的安靜的燃燒。

「你看看我畫的其他畫吧。」她擦擦眼角，笑了，像個孩子。

「好啊，我喜歡你種在天空中的向日葵。」

她把滿屋子的燈都打開了，眼睛感到了針刺的疼痛，不過等到適應這種強光的時候，眼睛真的開始大飽眼福了。四面牆上掛滿了她的畫，那些畫在顏色上都非常絢爛，儘管形態各異，都有一個共同的特徵，那就是倒立，就像是那天上的向日葵一般，不過因為向日葵的對稱性，倒立表現得並不明顯，而現在，我面前畫裡的這把椅子就非常惹眼了，就像是倒立過來看椅子一般，椅子是懸掛在天花板上的。

「都是源自你的反重力情結？」我笑著問。

「是的，重力是我的悲傷之源。」

「今晚遇見你，激發了我蘊藏很久的一個啟示。」我覺得到了必須要說出那個啟示的地步了，而且，我覺得恰到時機。是的，真沒想到，我和神女是如此相似的人，也許，正是這種相似令我對她一見傾心，令我用整整一個晚上來痴迷她。

「什麼啟示？」神女有些好奇了。

「我給你講個小故事吧。」

「好的。」

我們倆並排坐在地板上，像兩個精疲力竭的裝修工人。我看著周圍這些倒立過來的畫面，有種超現實的感覺，這種感覺令我迷醉。我說：

「我小時候，每次和小朋友要告別的時候，總是捨不得，然後我們走幾步，就會俯下身子，從褲襠的那個三角形裡倒看這個世界，在褲襠裡和對方招手作別，沒有人能對褲襠下的笑臉無動於衷的，那一瞬間真的令人開心，那種開心遮蓋了離別的傷心……啊，你知道嗎，在這個世界上對我來說，離別的傷心是最噬心的痛苦。」

「離別的傷心……」神女喃喃道。

「是的，萬事萬物最終都免不了離別，因為變化是如此的永恆，腐蝕著我們對永恆的渴望。」說完後，我覺得自己突然變成詩人了，竟然說出這樣的話來，我兀自笑了笑。

神女把頭靠在我的肩膀上，說：「你的故事講完了嗎？」

「哦，還沒有，不過這個故事的跨度很大。自從我迷戀倒立著從褲襠裡告別後，我就注意上了一種動物，那就是蝙蝠，這種古怪的玩意白天從不出現，隱藏在陰暗的洞穴裡，倒掛在一些石縫底下睡覺。這種長著翅膀的老鼠本來就像是從魔幻世界裡邊飛出來的，然後牠們還喜歡倒掛，這就讓我非常迷惑了……你說牠們為什麼會倒掛著呢？你知道嗎？」

「嘿，你還別說，我真不知道，這個現象和重力的關係太密切啦！」神女興奮了起來，呵呵笑著，她心中柔軟的部分正在顯露出來。我越來越覺得自己和她是一路人，都喜歡為一些奇怪的事物傾心不已。

「說真的，這個問題困惑了很久，基本上貫穿我的童年時代。那時候沒有網絡，知識的來源非常單一，我就去問我的自然課老師，她說蝙蝠倒掛在半空中睡覺是最安全的了，不怕別的動物襲擊牠，比如老鼠害怕貓，而長著翅膀的老鼠——蝙蝠，就可以高掛無憂了。」

「這的確算一種解釋。」

「是的，但我並不滿足，我跑去圖書館查資料，我都忘了我看了些什麼書籍，反正我知道了蝙蝠的腿是毫無力氣的，甚至連走路都舉步維艱，更別說像鳥類一樣靠著腿部蹬力騰空而起，沒有最初的一躍，是不可能飛起來的，因此蝙蝠便倒掛在樹上，待牠想飛的時候，撒手就可以了，重力變成了牠的動力……」

「這個解釋不錯，蝙蝠真聰明，懂得利用重力，我們的逆境是牠的順境。」神女若有所思，不知道這個解釋是不是又拓展了她對重力的思考。

「蝙蝠肯定會喜歡你這些畫的。」我看著她這些倒置的畫哈哈大笑了起來，覺得它們好像是專門為蝙蝠而畫的。

神女笑了笑，說：「你看到我的畫，就應該明白我很想像蝙蝠那樣活著，我做夢都夢見我是倒置的，我站在天花板上，那些家具的頂部向我的頭頂湧來，我害怕極了，不過同時，我也覺得有趣極了。」

「哈哈，英雄所見略同，我的啟示便是——」我賣個關子，停住了。

「你快說啊！」她急了，催我。

我說：「啟示便是，倒立著生活應該是很有意思的一種方式，你想想看，你如果倒立著生活，孩子就不會掉出來了。」我半開玩笑半真誠地說道。

「是的，絕對是的！」沒想到她認真了，沉浸在一種追憶帶來的想像情景當中。她的樣子令我傷心，我知道她的心情，一種迷惘與失落折磨著我，我做出了一個非常大膽的動作，完全出乎自己的預料——我伸出右手，放在了她的下腹，靜靜停在那裡，似乎在召喚著什麼意想不到的事物。她明白了我的意思，臉埋進了我的頸窩，悄無聲息的哭著，我感到脖子濕濕的，癢癢的。神女的確是我夢寐以求的伴侶，我想和她生活在一起。我願意分擔她小腹傳來的無盡虛空，只要她願意，她願意就好。

更晚的晚上，我住在神女那裡了，她讓我睡在客廳，她睡在臥室，我們之間的門開著，我抬頭便可以看到她。她說能這樣彼此看著都很好了，都能慰藉彼此的孤獨了。我內心竊笑著說，那還不如睡在一張床上呢。她看了我一眼，似乎看穿了我的企圖，她說：「今晚我們就睡在一起的話，那是最沒有風景的事情了。」我點頭稱是，我躺在長滿天空的向日葵下面，抬頭望望神女蜷縮在被窩裡的身影，心裡暖呼呼的。她說的對，這樣的感覺太微妙了，強大地慰藉了我的孤獨，我的早已結冰的孤獨。

第二天，我們哪裡也沒去，就待在她的家裡兼畫室裡。我以為我們早上起來，看到彼此惺忪的睡眼會感到尷尬，但是沒有，因為我早上醒來的時候，神女就睡在我的身邊，像個小貓似的蜷縮成一小團，臉埋進被子裡，發出均勻的呼吸。我抱緊她，幾分鐘後，她醒來了，衝著我笑，我說：「你裝睡的吧？」她伸了個懶腰說：「你才裝呢，哈哈。」我嘲笑著說：「沒想到你也做了最沒風景的事情。」她咧咧嘴角不屑地說：「我是今早才來的，又不是昨晚，我來的時候你正跟野豬一樣打著呼嚕呢！」我掐她的脖子，驚呼道：「什麼？我是野豬?!」她說：「那你又不能像蝙蝠那樣倒掛著睡覺。」

……沒想到，她還惦記著蝙蝠呢。

我們同居了，這場同居快得令人難以置信，因為，我自從那天去她家後，就再也沒出過門了。原本我幹著的工作就是可有可無的，待遇相當可憐，神女知道後便勸我不要上班了，我也樂意從命，我們將身上全部的現金拿出來，居然還有千把塊錢，足夠我們在房間裡好好住上一陣子了。

「讓你住下來可是有目的的，」神女說，「你可知道原因嗎？」

我撓撓腦袋，說：「總感到和重力有什麼關係，你和重力較上勁了。」

「算你聰明！」她一巴掌拍在我的肩膀上，我趔趄了一下，懷疑她的身體裡是不是居住著一個男人？不過，這股巨大的力量讓我幸福。

她從床底下搬出一個墨綠色的工具箱，打開後，我看到了眼花繚亂的各種裝修工具。她撫摸著一把榔頭黑亮的身體說：「我當初就是被他的勤勞給迷住了，我覺得這樣的好男人簡直絕種了，你想像不到，每逢週末，他就搬出這個工具箱，按照自己的意願來改造家居，當然，我有什麼要求，他也會盡力滿足。」

我想像著一個中規中矩的男人，穿著舊衣服，手持電鑽，穿行在自己的房間裡，是的，我甚至還有點兒令人羨慕的感覺，因為，他像是這片小天地的王者。

「你怎麼放過了這樣的男人？」我低聲說，若無其事的樣子。

「因為他是個一定要掌控秩序的人，對細節一絲不苟的人，你知道，我最怕的就是這個，沒有了可能性，死亡便提早蒞臨了。」她撫摸著金黃色的門把手，我想，那一定她那位一絲不苟先生安裝上去的，看起來很好用。但是很遺憾，「很好用」在感情關係當中似乎並不好用。

「你現在要我怎麼做？不會想讓我創造一個新秩序吧？」我看到榔頭的反光，在室內顯得很刺目，而且危險。

「我的本意是毀滅一種本質的秩序，但是反過來說似乎也可以，也是一種建造吧。」她站在畫架前，只穿著黑色的文胸和黑色的三角底褲，顯得像是若干年後和我熟悉到腳趾縫的妻子，她指著天花板說：

「我要你把上面變成下面，我們要倒立著生活了。」

我笑了起來，我知道她會這麼幹的，只不過沒想到她如此的迫不及待。她一個箭步跳到我面前，我看到她胸前的白色起伏著，像是兩個沒有答案的謎語，令我略感迷惑。她俯身過來，抱住我，開始撒嬌了，她說：「快點行動吧，我真的是迫不及待了。」

「好的，知道了，詩人同志！」我撫摸著她瓷器一般光潔的後背。

我脱掉襯衣，光著膀子行動起來了，我不知道我的形象在多大程度上可以喚醒神女對她前夫的懷念，我只知道自己被一種奇怪的想法所驅使，不僅僅是為了滿足神女的奇思妙想，同時，也是為了我自己。我一直暗暗有種期待，覺得也許倒立著生活就能挽回我破敗的生活，就像當年勾頭從褲襠裡告別夥伴一樣，一切都變得那麼荒誕和滑稽，一切都令人發笑，歡樂最終取代了悲傷，生活就改變了……啊啊啊啊啊，是的，説到底，生活説到底不就是一種情緒嘛，對個人來説，情緒就是生活的本質。

這個工具箱太強大了，裡面居然應有盡有，我用螺絲和鐵片現將一個椅子倒置在天花板上了，看上去詭異極了，就像神女的畫變成了現實。神女的臉上蕩漾著難以描述的微笑，像是嘲弄，又像是欣賞，她站在一把椅子上，伸出手臂抓住了頭頂上那把椅子的椅背，狠狠往下拽了拽，結果那椅子紋絲不動。她大聲驚叫道：「真的這麼結實啊?!」我仰視著她細長的雙腿説：「那當然啊，你坐上去都沒問題的。」她鼓掌大笑説：「太棒了，你加油啊，等你把主要的家具到倒置過來的時候，我們就可以住上去啦！」我摩拳擦掌道：「行，沒問題，你就等著吧！」

有了安裝第一把椅子的經驗，接下來的工作變得簡單了。神女也發揮了很大的作用，她的力氣真大，我再次懷疑她身體裡居住著一個男人。她能一個人扛起桌子，讓我可以心無旁騖的上緊螺絲，那一刻，我覺得她絕對可以媲美國家級的舉重運動員。不過，儘管我知道了她的力大，但她的力氣之大還是超出了我的想像，那是在安裝好桌子、櫃子之後，我說：「現在只剩下床了，只要裝好床，一切就搞定了。」她面不改色地說：「那就裝啊。」我站在高處，俯視著她，無奈的說：「我倒是想馬上就動工，但床實在太大了，我想打電話找個朋友來幫忙。」她顯出吃驚的樣子，說：「什麼？還要找人幫忙？不需要的，我可以的。」我的嘴巴張得大大的，說：「你真的可以？」她使勁點著頭：「真的，可以，沒問題。」

她認真的樣子讓人不容置疑，我無法抗拒，便說：「那好吧，那我們就開始裝床。」說完，我看著她，有點兒置身事外的意思，成心想看她的笑話。她似乎沒覺察到我那點兒玩笑式的惡意，她走到床邊，把床墊卸了下來，然後把床板也卸了下來，現在就剩下一個骨架樣的床架了，不過那玩意也夠重的了，我看她怎麼辦。她邁步站在了床架的中間，然後慢慢抬起床架的一側，將床架翻轉了過來，然後她站立了一會兒，深深呼吸著，突然，她伸手握住床架中間的橫梁，大喊一聲，竟然將床架舉了起來，她抬腳站在了凳子上，讓床腳頂在了天花板上，她閉著眼睛、聲音顫抖地對我說：「好了，快點上墊片和螺絲！」我這才慌亂了起來，太可怕了，我緊張得雙手顫抖，趕緊工作了起來，面對這個奇蹟我已經沒有時間去感慨了，我怕也許就在下一秒一切都會轟然落地。

但是，神女天生神力，她一直堅持到最後，直到我上完最後一根螺絲釘，她還保持著舉重冠軍的標準姿勢。我說：「好了！」她這才睜開眼睛，驚恐地望著上方，然後緩緩鬆手了。她望著這個不可思議的傑作，驚訝得說不話來。我也很驚訝，但我還能說話，我說：「你不該當什麼詩人，你應該去參加奧運會的舉重比賽！」她這才回過神來，說：「我平時真的沒有這麼大力，今天只是夢想給我的力量，就像是以前看到過的一個報導，一個母親為了救自己的孩子，把重達一噸的汽車給抬了起來。這就是意志的力量。」我說：「難道你的夢想有那麼重要嗎？」她看了我一眼，認真地說：「有的，真的很重要。」

就這樣，我們把床也裝在了天花板上，一切物質性的條件都已經具備了，現在就剩下我們兩個主要人物如何倒立著去生活了。這是這一切的關鍵，就像是蟋蟀的眼睛，緊緊盯著希望的綠色草尖，期待著最後的拼命一躍……

「但是且慢，」神女突然想到了什麼說，「我們忘記了一個很重要的裝飾。」

「什麼裝飾？」

「你仔細想想呀。」

我上下左右看著，那些生長在天花板上的家具讓我有種錯覺，我覺得自己現在是站在天花板上的，這讓我的身體有了種本能的恐慌，我說：「我一時半會還想不到，不過，親愛的你有沒有覺得我們現在像是站在天花板上？」

她也上下左右觀看了一番，說：「有，我覺得自己好像在做夢。」

我說：「那我們就這樣生活在房間的地板上，算不算倒立生活呢？」

她想了想，斬釘截鐵地說：「不算！」

我吃了一驚，我沒想到她會這麼快的否定，我問：「為什麼呢？」

「因為儘管形式上我們已經在倒立生活了，但實質上我們還是重力的俘虜，我們不能自欺欺人啊，你說對不對啊？」她用麋鹿一般明亮的眼眸盯著我看，我覺得她的靈魂也一定會是與眾不同的，我和這樣的靈魂比鄰而居是我的榮幸，我應當無條件服從她的話語。

於是，我也斬釘截鐵地說：「對！」

她笑了，就像那晚在人群中的洋洋自得，她恢復了女王的信心與尊貴。

「但是……但是你說還缺乏什麼裝飾呢？」我小心翼翼地問道。

「笨呀你，假如我們要和重力做鬥爭的話，我們還缺少一個藍色的星空。」

「星空自然不錯，可出現在哪裡呢？」

「這個還用問呀，就是我們腳下啊，你想想，地板成了星空的時候，你現在站在這裡是什麼感覺？」

我想了想說：「我會覺得我站在宇宙中，地球懸浮在我的頭頂上。」

她說：「你會不會有一種壓迫感，覺得地球就要掉下來壓碎你了？」

我又想了想，說：「嗯，好像是的。」

「那你再想想，同樣地板還是星空，但我們站在天花板上的時候，那是一種什麼樣的感覺？」

我閉上眼睛想像了那個場景，然後大吃一驚，說：「恐怖極了，我覺得我要掉進無邊的宇宙當中了。」

她卻露出了幸福的微笑，說：

「那種感覺美妙極了，那不正是我們夢寐以求的感覺嗎？」

那是我夢寐以求的感覺嗎？我不知道，或說我無法確定，當一件事情被置於反思的境地時，它的意義就會面臨著消解的危險。我懼怕那樣的危險，我曾像兔子一樣跳躍著，逃避著那樣的危險，現在我可不想再自討苦吃。因此，我可以負責任地說：那就是我夢寐以求的感覺。

星空的製作相當容易，找來藍色的顏料，將地板整個塗抹了一遍。星星呢？用黃色的顏料勾畫嗎？就在我思考的時候，神女拿了一串彩燈過來，說：「這個就是亮閃閃的星星。」啊，我得承認，她太有創意了，沒有什麼比這些小燈泡更適合扮演星星了。

現在真的就剩最後的一步了，住到上面去，這實在太難了，人不是物體，不能靠墊片和螺絲來固定，那該怎麼辦呢？難道渾身黏滿吸盤，像章魚一樣吸附在上面嗎？

我思來想去，發現我們只能採用最原始的辦法，那就是繩索，神女說：「那我們豈不是成了蜘蛛俠了？」我搖著頭說：「不，我們比他笨拙多了。」

儘管笨拙，卻也不是一件簡單的事情。我第一次發現我是個極具物理學天分的人，我用有限的材料居然製作了滑輪升降裝置，有兩個搖把，一個在地板上，一個在天花板上。操作的方法非常簡單，一個人先鑽進「升降機」中（補充一下，那原本是一個插花的巨大竹籃，放上沙發墊之後非常舒服），然後另外一個人搖動地面上的搖把，「升降機」便徐徐上升，那個人隨之到達了天花板，可以鑽進特製的網狀睡囊中，這時，到達天花板的人把籃子放下去，地面上的人坐進去，上面的人開始搖把手，「升降機」便再次升起了……我想，這幅圖景應該是很好理解與想像的，我之所以詳細描述這個過程只是為了一種講解員式的熱情，那讓我感到愉快。

我在床上、椅子上都安裝了結實的皮帶扣，這樣我們就可以「仰臥」在床上，或是「坐」在椅子上看書了。不過，那種感覺真是難受極了，全身的血都湧進了腦袋中，眼睛發脹，太陽穴的血管像個柴油機似的跳動著，要是神女坐在那裡顯得更加可怕，以倒過來的視角看，她的長髮完全站立了起來，像個通電的女巫。一次，我們並排「躺」在床上，她問我：「蝙蝠為什麼倒著睡覺，就不怕血液湧入到腦袋裡呢？」我說：「這個問題你真的難住我了，我們用百度搜搜吧。」打開電腦，輸入問題後，出來了一大堆網頁，我們點開了一個開始看，上面有眾多網友留下的解答，第一個人說：蝙蝠終日在外活動，掛著睡有助於血液循環和恢復體力。第二個人說：蝙蝠的飲食習慣不好，容易嘔吐，所以倒著睡覺時萬一嘔吐了還不會吐到自己身上。第三個人說：牠要證明牠與眾不同。第四個人說：是因為蝙蝠的心臟太小了，害怕血液到不了大腦，才利用了地球的重力！第五個人說：因為牠很懶，又不會做窩，倒掛在樹上有極大的好處，一是不會被雨淋，二是能更好的隱蔽自己。第六個人……

神女笑得已經喘不過氣來了，我也笑得不可遏制，倒立過來笑是件很危險的事情，弄不好就會被嗆到，我小心翼翼的捂住嘴巴，臉漲得通紅。

最後，我們看到第十八個人的時候，才覺得他的答案勉強能說服我們。他說：「因為我們人類在站立的時候，下半身的血管緊縮，使下半身的血液不會聚積，蝙蝠剛好相反，牠在倒掛的時候，頭部的血管緊縮，使流到頭部的血液不會太多，所以就不會腦充血。」也許牠是對的，我們的判斷標準是：因為牠並不可笑。但仔細琢磨下，牠還是似是而非的，真偽更是難以辨別，不知道有沒有什麼生物學與解剖學上的證據。

除卻這種「血倒流」的不適，其餘的一切都很新奇。看著下方的星空，那種宇航員獨有的感受被我們領略了，她經常對我說：「我們就像是宇宙中的兩個小隕石。」我說：「你也太高看自己了，在宇宙中，咱倆就是兩粒微塵。」她說：「我就喜歡微塵的感覺，因為微塵即使有痛苦，也是微不足道的。」我點頭說：「對極了，但我怕消失的感覺，微塵與消失只有一線之隔。」

「消失又怎麼了？」

「我怕。」

「不用怕，怕也沒用。」

「好的。」

神女握著我的手，我也握著她的手。

其實平時單純「住」在上面還好，最大的困難來自於欲望，也就是我們的做愛，堪稱充滿想像力的高難度表演藝術。當然，這樣做導致情趣與快樂也成倍遞增。唯一的困難在於，當我「趴」在神女身上的時候，我總感到有隻看不見的大手要把我拉下去，那種感覺實在太恐怖了，好像我們是在偷歡似的，這讓我沮喪極了。我試圖讓她「趴」在我身上，結果發現這是根本不可能做到的事情，她的神力不知道去哪裡了，竟然像一灘爛泥似的徑直往下掉去，幸虧被我抱住了。她驚魂未定地喘著氣，看著我的眼神像是翅膀淋濕的鴿子。

我沮喪的說：「我們要是像壁虎一樣，能自由自在的飛簷走壁該多好呀！」她突然來勁了，也不害怕了，問我：「你知道壁虎會為什麼能那樣嗎？」

「是因為腳掌上有吸盤嗎？」

「不是的。」

「不是的？那是什麼，難道你知道？」

「是的，這個我恰好知道，我們也不用百度了。」

「說來聽聽。」

她撲哧一笑，說：「那你讓我還是在下面吧。」

我重新「趴」在她的身上了，我感到腰部像吊了一桶水，倍感吃力，我喘著氣說：「你快告訴我壁虎是怎麼樣的吧！我實在怕了蝙蝠的生活了。」

她喘著氣，斷斷續續說著一些專業的術語，她說了很久，倒是讓我暫時忘記了「偷歡」的難堪，有一陣子，我甚至覺得我們是在其他某個星球上做愛，也許已經不在銀河系了。

她說：「壁虎的腳底並沒有什麼吸盤，而是長著數百萬根極細極細的剛毛，每根剛毛末端又有更細的分支，其根部尺寸是微米級的，端部能達到納米的大小。這種精細結構，使得剛毛與物體表面分子間的距離非常近，從而產生分子引力。雖然每根剛毛產生的力量微不足道，但累積起來就很可觀，壁虎就是靠著這種分子力飛簷走壁的。」

這時，我們的做愛已經結束了，不過我還是驚奇了一把，我在一陣眩暈中感慨道：「真的太神奇了！完全顛覆了我的認識！」

「你知道自然界有四種本質的力嗎？分子力本質上屬於電磁力，它戰勝了另一種本質的力，萬有引力。」

「沒想到你還這麼精通物理學！」

「都是因為重力。」

我笑了，吻了吻她的眼睛，她無聲的微笑了起來，她的笑容美極了。我看著她，我覺得一會兒是我俯視著她，一會兒又是她俯視著我，我感到越來越眩暈了，在這樣的眩暈中我跌進了睡眠的渦流中，我似乎聽到神女在叫我，但我實在太睏了，因為倒立生活要付出比往常多幾倍的體力，何況如此激烈的做愛，幾乎已經耗盡了我的體能，我像個操勞過度的蝙蝠，看上去也許會有幾絲古怪，不過，這不正是我期待的嗎？

我很想對神女說出這些，但我的嘴巴無聲地囁嚅了幾下便停住了，我聽到她在我耳邊一會兒粗暴一會兒溫柔的呼喊我的名字，我卻無能為力，不得已獨自滑向睡眠的歡樂。我做了個夢，夢見我和神女身上長滿了細細的絨毛，這些絨毛讓我們能像壁虎那樣隨心所欲地倒立在天花板上，我感到我全部的恐懼、絕望與不幸都向頭頂那個星空傾瀉而去，一股如星雲般壯麗的寧靜誕生在我的心間。

也許，這是我第一次感覺到：存在還真有可能是一種幸福。

信男

我寫信成癖，不知道什麼時候養成這個習慣的。也許是倉庫的光線太暗淡了，某種隱藏在其中的力量總是把世界遠遠推開，只留下幾十年來積存下來的大堆舊書，一些時光摔倒在書頁的褶皺裡，當我仔細諦聽的時候，我聽到了蜂鳴器一般的嗡嗡聲。我坐在桌邊的時候，總是會不自覺地把自己看做是一個老人，的確，朦朧的昏暗宛如老人的記憶，而紛飛的細塵惹起我慢性咽炎的發作，我一聲聲咳嗽著，感到自己的骨頭就要散架了。我攤開信紙，開始寫信，寫信成了我和外界聯繫的唯一渠道。

通常，我會先寫給我的前妻，她帶著我的女兒去了另一座城市，我沒去找過她們，她們也沒來看過我，每回她們收到我的信，都會打電話給我，但我聽到她們的聲音覺得很陌生，都不敢相信電話那邊的人是我朝思暮想的人，我小心翼翼地應答著，但還是被指責為心不在焉，我沒法解釋，我知道自己有社交障礙了。幸好，我的女兒還小，她嘰嘰喳喳說個不停，說她在學校遇到的各種事情。她馬上就要上小學一年級了，我說：「琪琪，等你會寫五百個漢字的時候，就可以寫信給爸爸了。」她想了一會兒，稚氣地問：「信是什麼東西？」這時她的媽媽搶過電話說：「孩子要學習呢，還報了鋼琴班和舞蹈班，哪有時間給你寫信，你記得準時給她寄生活費就好了。」這樣的電話會讓我難受好幾天，但我好了傷疤忘了痛，隔上一個禮拜，我就會繼續給她們寫信，然後盼望著一封信（而不是一通簡單的電話）從她們所在的城市坐上綠色的郵車，向我駛來。

今天，我的運氣不大好，我剛鋪開信紙，領導就進來了，他是來這裡視察的，一般一年來一到兩次，今天是他今年第二次來。我拿起一摞報紙丟在信紙上邊，這樣誰也搞不清楚我在幹什麼了。但問題是，有誰會在意我幹什麼呢？這樣想來，我就覺得自己更傻了，我望著那堆報紙有些發愣，我忘了領導就在我身邊站著呢。領導說：「王木木，你又在發什麼呆？」我趕緊搖搖腦袋，也許看起來像是一隻淋雨的雞，我說：「沒發呆啊。」領導說：「王木木，你知道嗎，單位要改制了，全國的文化產業都要改制，所以我們也要改。」我點著頭說：「知道了，那就改吧。」領導笑了，說：「你這樣說，好像我是來請示你的。」他說完，周圍幾個同事也哈哈大笑起來，他們剛才還一副認真謹慎的模樣。領導對自己能「搞活」氣氛很高興，他說：「改制後，人員的工作也許有一些變動，也許，有些人要被裁掉。」大家不笑了，笑不起來了。領導的小眼睛在倉庫的昏暗中隱隱發光，我覺得他在審視我，我把頭低下了，不說話，我不知道該說什麼，難道我說：「求求你不要裁掉我嗎？」他們會笑死過去的吧？但是，我也感到危險在逼近了，像一隻暗中喘息的狼狗。在倉庫裡，變成一個老人已經是我生存的底線了，我不能想像離開這裡我還能怎麼存活下去。其實我也說不上來，究竟是我喪失了生存的能力，還是在潛意識裡迷戀這種老人一般的絕望？絕望，離死亡更近一些，但作為生的壁壘，卻更堅固。

領導像頭站起的黑熊，踮起腳尖，兩手扒拉在書堆裡，然後他很響亮得打了幾個噴嚏，能聽得出來，他是故意的，肯定又想「搞活」氣氛，但可惜的是，大家聽到裁員之後，興致一落千丈，誰也笑不起來了。領導跺跺腳，說：「這些積壓書都要處理掉。」有人問：「怎麼處理？」領導瞪大了眼睛說：「自然是賣掉啊，誰還要啊，當廢紙賣掉好了。」說完，他望望窗外，又低頭望望腳底，說：「最值錢的東西被咱們踩在下面。」我望望地面，不解，又呆掉了。領導咳嗽著，聲音尖銳了不少，說：「這倉庫要是拆掉了，這塊地皮可值了大錢了。」我忍不住了，我說：「不是要改制嗎？為什麼要拆倉庫？」領導好像愣了一下，沒想到我會這麼問他，他語重心長地說：「所謂文化產業叫得好聽，但好聽不能當飯吃，我們改制，就是要多種經營方式並存，雞蛋不能放在一個籃子裡，你懂不懂？」我說：「懂了。」

他們走了，剩我一個人留在這裡，本來這裡有三個人的，一個快退休了，身體不大好，經常在醫院裡，另一個女人去生孩子了，她是懷孕後才調到這裡來的，等生完後就會迅速撤離這兒。我不是什麼預言家，只是因為，她並不是第一個這麼幹的人。她們如魚得水，而我卻像是泡在水裡的旱鴨子。他們喜歡把旱鴨子放在水裡，因為看有個活物在那裡瞎折騰總是有趣的。不過，當倉庫只剩下我一個人的時候，我就如魚得水了，我為自己不感到恐怖的心態感到恐怖，我自己才是最恐怖的。我掀開報紙，展平信紙，準備繼續寫信，可是，我的心卻靜不下來了。我都要下崗了，還能對我美麗的女兒說些什麼呢？我怎麼能告訴她，她的爸爸即將連自己都養活不了了！

我現在應該給領導寫信……這個想法像一根棍子戳著我的腦袋瓜，假如我不善社交，那麼我總能在我最拿手的領域：文字的編織中，捕到幾條小魚吧？我有些蠢蠢欲動，握著筆的手有些顫抖。我的眼光又一次停在我的中指的關節上，那兒由於長期握筆已經長出了厚厚的老繭，而且還扭曲變形了。我像個前現代的作家，在沒有打字機和電腦的時代與文字做著垂死的鬥爭。我不搞藝術，我要搞鬥爭，爭活著的權力(已經談不上權利了)。我寫了很多文字，我覺得那些漢字像是從我腦內某處經由胳膊到手指流出來的，它們落在紙上，我覺得親切，我想領導也會覺得親切的。

「王木木，你寫的這是什麼東西？」領導今年第三次出現在倉庫裡，這是非常罕見的，可見我的信還是有些力量的。我放眼望去，領導手中的信刷刷抖動著，他的表情很不平靜，好像遭受了什麼侮辱似的。我又有些發呆了，我遲疑著說：「是我寫給你的信啊。」他用難以置信的語調問：「為什麼要寫信？啊？為什麼要寫信？」我覺得他奇怪極了，不就寫了封信嗎，又不是寫給反貪局的舉報信，至於那麼大驚小怪的麼？我說：「您……沒看信嗎？」他的手不抖了，說：「看了，但一頭霧水，你簡直不知所云。」我覺得我寫得清楚極了，甚至都可以用精確來形容了，但他說我不知所云，看來，他對我老人化的困境根本無法理解，當然，更大的原因也許是因為他從來不讀陀思妥耶夫斯基和卡夫卡，更別說索爾·貝婁和羅蘭·巴特。這些人寫的東西，倉庫堆積的書裡到處都是，而且這些書裡都印著他的名字，就在責任編輯的名字上面，他是名義上的出版人。如果他讀過，不不，僅僅只是翻過那些人的書，他就不會這樣對我說話了。

「我覺得我表達得很精確。」我平靜地說。他也許會覺得我固執，其實我就是固執，我不喜歡妥協，假如我喜歡妥協，我就不可能一直待在這個老鼠窩一般的倉庫裡。

「精確？你怎麼會用這個詞？」領導站在那裡，似乎陷入了沉思，他自信的氣勢也打了折扣。他手中的信紙在窗外一縷陽光的直射下，顯得像蟬翼一樣輕薄和透明，那些字跡，像是一些細小的血管。

「是很精確，我細微的心理脈動都傳達給你了，希望你能理解我的苦衷。」我覺得自己的口才好像有些進步，我以為這樣的話我只能寫出來，而不能說出來。

「你的苦衷？單位有這麼多人，我為什麼要聽你的苦衷？」

領導搖著腦袋離開了，他的神情好像是遇見了一隻倉庫老鼠。我以為他會把信紙扔回給我，但他沒有，他又拿著信紙離開了，不知道他是忘了，還是要把我的「罪證」緊緊攥在手裡。

我覺得他打亂了我的心境，我真的是個老人了，就連心境也跟骨頭一樣脆弱，被他這麼搖一搖，竟然找不回原來的寧靜了。我鋪開信紙，想寫下我女兒美麗的名字，但是我的手卻不聽話，它固執地要寫出領導的名字。我幾乎要站起來大喊幾聲了，我使勁甩著我的手，但它只要一接觸到鋼筆那涼颼颼的身體，它就有種給領導寫信的衝動。看來我和所有的生物體一樣，在涉及生存問題的時候，都有種本能的保護機制，就連蟑螂那人造革一樣的軀殼卻有著靈敏的反應速度。如果我想存活下去，即使像蟑螂一樣地存活，就得聽從自己的本能，這是活著的最低限度的道德。於是，我這麼想著，就由著手去寫信了，當然，大腦內部也開始活躍了，螞蟻一樣的字跡又密密麻麻爬滿了信紙，我覺得自己逐漸變得輕鬆起來，像是抓住了上帝不小心丟下來的一根蔥，我生怕被自己給拽斷了。

信又被我寄出去了。我買了很多很多的郵票，放在抽屜裡，因為今天已經沒人寫信了，所以大家都以為我在集郵，我也樂於做出集郵的樣子。說實話，我也喜歡一套套的買郵票，那些花紋與圖案美麗極了，我敬佩那些設計郵票的傢伙，他們理應比鈔票的設計者得到更多的尊敬。我貼好郵票，塞進了倉庫對面街角的墨綠色郵筒裡。這個郵筒的外表非常骯髒，白色的鳥糞從它的頂端流了下來，形成一道道白色的印跡，稍不注意，你會以為它是個垃圾桶。我有時候特別痛恨它，因為很多次我收不到別人寄給我的信，估計是在途中某處給弄丟了，在電子郵件的時代，平信已經沒什麼人在乎了，也許郵遞員就像作家福克納那樣幹過，拆開別人的來信，然後編織著想像中的故事……當然，我痛恨這個郵筒的原因似乎不是剛才說的這些，而是恰恰相反，這個垃圾桶似的玩意兒，從來沒弄丟過我一封信，一封都沒有，真他媽的混蛋，對我這樣的信男來說，為什麼不弄丟我的信呢？那樣我就可以一封又一封的寫下去，而不必擔心會改變這個世界的什麼結構，哪怕是風吹草動的小小改變。

這次時間像霧一樣緩緩降臨，又遲遲不肯散去，不知道過了多久，也沒有任何人出現在我的面前，包括我的領導，我以為他會再次拿著信出現在我的面前，但他沒有，也許他讀懂了這次的信而變得沉思和沉默，也許他因為更加讀不懂這次的信而惱羞成怒，將我的信撕成了碎片，並且，惡狠狠地發誓不再見我，讓我在倉庫裡守一輩子，讓我全身發霉，和那些堆積的舊書一起被時間淹沒。

我抬頭看看窗外，看到光線中舞動的輕塵都比以前慢了不少，我身體裡的老人愈加蒼老了，我甚至還裝模作樣地咳嗽了幾聲。我鋪開信紙，打算給我女兒寫信了，我已經少給她寫兩封信了，寫給領導的那兩封信的精力與時間本來應該是給我的寶貝女兒的。我落筆了，親愛的琪琪，好幾天沒給你寫信，你還好嗎，爸爸最近過的不大好，主要是因為周圍的灰塵太多，快把爸爸給淹沒了……我正打算深入寫下去的時候，突然，我聽到有腳步聲走了進來。我照例拉過一疊報紙來蓋住信紙，然後裝作一副若無其事的樣子。我想，領導又來找我了。這次他還會惱羞成怒嗎？讓他來倉庫這樣的地方紆尊降貴這麼多次，我都覺得自己是不是有點兒過分了？

那腳步聲越來越近了，不過那聲音聽起來非常輕盈，沒有權力散發出來的傲慢與笨拙之音，我能肯定，那不是領導，但是，但是，現在這個時間點，有誰會沒事幹會跑到這裡來呢？我竟然好奇了起來，這種情緒太久違了。

啊……啊，天藍色的長裙出現在倉庫裡，像夢境一般不可捉摸，我是不是已經腐朽到了做白日夢的地步了？我使勁揉著眼睛，按道理，我天天待在細塵飛揚的地方，眼睛早已是百毒不侵了，我揉完眼睛，睜開，看到了一個穿著天藍色長裙的女孩，她站在那裡，對我微微一笑。我渾身一個激靈，背上的汗毛都豎起來了，我覺得自己遇見鬼了。我幾乎說不出話來，用手指胡亂在空中指著，意思是你找我嗎？女孩看我的樣子居然放肆地笑了起來，她說：「你就是王木木？你真有趣。」「啊——」我的嗓子眼裡一些詞語擠在那裡打架，卻說不出口，我怎麼有趣了，真是意想不到的評價。而且，最重要的是，她是誰？她怎麼開口就那麼大大咧咧地喊我的名字，她以為她是我領導啊？

「你，請問你，是哪位？」我好不容易說話了，但支支吾吾的，這倉庫像是她家的，我成了她家裡的陌生人。

「你不用管我是誰，我看了你的信了，很有趣。」她上下左右打量著倉庫，然後徑直朝舊書堆走去，她的目光搜尋著書脊上的名字。

「看了我的信？」我囁嚅道，什麼人能看到我的信呢？除了我的前妻，我的女兒，還有……還有我的領導，那麼，這女孩和領導有關係咯，或者說，這女孩就是領導派來的了。

我說：「你是領導派過來的吧？他有什麼指示，你現在可以傳達給我了。」

「哈哈，」女孩笑彎了腰，本來就彎著看書的腰更低，像只藍色的蝦米，「指示，傳達，……這些詞怎麼會從你嘴裡說出來啊，你寫的信卻是那麼唯美，簡直讓我難以置信。」

「你和領導是什麼關係？看來，你看了我的信了。」我有些不悅地說。因為信之所以稱之為信，就是寫給特定的人的，而不是像公告一般，搞得全天下的人都要知道。

「是的，我看了，我都不記得我上次看信是什麼時候，你的信讓我覺得新鮮，我從沒看過那麼好的信。」她直起身子來，望著我。她的個子高挑，氣質斯文，給人非常健康和活潑的感覺。嗯，她的眼睛也很大，在昏暗中很有神采。不過，她很瘦，兩根鎖骨露在領外邊，也許，別人會認為這是性感，而我倒覺得刺目，我前妻是個柔若無骨的女人，我覺得那樣很好，看不到骨頭，就是看不到人的肉身本質，我喜歡自欺欺人。

她的話軟化了我的敵意，居然還有人喜歡我的信，這對我而言是石破天驚的事情，我給我前妻寫了那麼多的信，她從沒說過喜歡我的信，最終，她離開我也許和信不無關係。而我的寶貝女兒琪琪，她還太小，她還讀不懂我的信，但願在將來，她會對我說這樣的話：「爸爸，你怎麼不給我寫信了，我想你，想看你寫給我的信。」

我對她說：「讓我猜猜你和領導的關係，你既然能讀到我的信，莫非你是他新來的祕書？」

她笑著說：「難道親密關係就只有小祕這種嗎？繼續猜。」

我想了想，說：「不知道。」

「不知道？」

「對，真的想不到了，莫非是情人？」

「情人?!哎喲……」她蹲在地上咯咯大笑起來，像是腹部抽筋了似的。

「那你說嘛。」我看她的樣子，越發覺得她神祕起來。

她依然蹲在那裡，藍色的裙子使她看起來像一小塊倒置過來的天空，她仰起脖子，眼睛眨了眨（這個瞬間我覺得她很美），聲音提高了八度，響脆地說：「我是他女兒！」

我站了起來，這是我做夢也沒想到的一層關係。是的，她這麼一說，我再端詳她的時候，似乎依稀看到了領導的影子。我沒有想到領導會有個這麼大的女兒，或者說，我沒想到女兒會是這麼大的，這樣說起來是很奇怪的，但因為我的琪琪太小了，所以我總覺得女兒都是小的，都是咿呀學語的。我是個比較容易沉溺自我的人。

「哦，……是女兒啊，那你爸爸叫你來的嗎？」我的語調一下子親切起來，也許因為那層和我沒有任何關係的「女兒」身分。我突然明白了，我的琪琪有一天也會長成這樣一個亭亭玉立的女人，但再怎麼女人，她還會是我的女兒。

「不是，他才不會讓我來呢，他說你是個瘋子。」她說的時候嘴角微微笑了一下。

「什麼?!他怎麼能……簡直……」我想罵幾句髒話，卻吐不出口，看來我還是被怯懦所圍困著。

「但我知道你不是個瘋子，我理解你。」她說，說完後她被自己的話給逗笑了，說：「是吧?你別否定我的話啊。」

我笑了，我被她逗笑了，我說：「怎麼會否定你呢，我又不是瘋子。」

她突然說：「不過，我看你不是瘋子，但也是個呆子。」

這話讓我哭笑不得，我分辨不清她是在惡作劇，還是在辱罵我。

她突然嚴肅地說：「好吧，我再次承認，你的信寫得很好，不過你引用了巴赫金、別爾嘉耶夫、梅列日科夫斯基、大衛·休謨、米歇爾·福柯、莊子、魯迅等人的著作，為什麼不加註明呢？如果你在搞學術，那麼我可以認定你是剽竊了。」

「啊，我已經分辨不出哪些是他們的，哪些是我的了，已經扭結在一起了。」我誠實地說，我不希望給她一個狡辯的印象。

「怎麼扭結的？」

「就像是不同的書扔進洗衣機去洗，最終出來的是一堆難以分辨的紙泥，那就是我腦海中發生的情況。」我指指那堆如山的積壓書說：「他們天天在我的腦海裡攪拌，我的思想也得了結石病了。」

她捂著嘴笑了起來，說：「你這麼說還蠻形象的，那就暫且饒恕你吧。」

「那你來找我，就是為了說我『剽竊』的事情……」

「哈哈，我對你很好奇，你太奇怪了，會給領導寫信，還寫那樣的信，要不是我是文藝學的碩士研究生，也許我也不知道你在說什麼，你要表達什麼。」

「你知道我要表達什麼？」

「當然，要是我不知道，我幹嘛來找你。」

「你來找我就是為了告訴我你知道我想要表達的意思了？」我覺得自己在說繞口令，看來，她的「女兒」身分非常管用，都能夠讓我克服言語交流的障礙了。

她搖著頭，一縷耳朵後邊的頭髮耷拉了下來，她又把它捋了上去，說：「不對不對，我想告訴你，別寫信了，你可以改行，搞文學創作了。」

「呵呵，其實，你是第二個對我說這話的人。」

她有些吃驚，小嘴巴微微張開，說：「你經常給別人寫信？」

我說：「不是的，我只給無限少的人寫信。」

她明顯好奇了，眼睛又頑皮地眨呀眨的，說：「不好意思，假如你不介意的話，能告訴我第一個人是誰嗎？」

我沉吟了一下，還是說了：「我前妻。」

她笑了，但是那笑容帶著抱歉的意味，她說：「看來，你沒聽她的？」

「是的，沒聽。」我也笑了，澀澀的。

她輕輕說：「也許，你應該聽聽？」

我說：「這個，還真不知道。她說我們生活在一個屋子裡，我還給她寫信，說我像個神經病。」

她哈哈大笑起來，像是聽到了一個非常可笑的笑話，但隨後她突然意識到了不妥，馬上捂住嘴巴，含糊不清地說：「對不起……但是，聽起來的確……」

「的確很滑稽。」

「是的，我就是這麼一個很滑稽的人。」

「不，你一點兒也不滑稽，我只是笑你前妻罵你的話比較滑稽。」

她走近我的桌子，翻弄著報紙，我真怕她翻出信紙來，儘管上面只有幾個字，但我也覺得那是我不容侵犯的隱私。她拿起一份報紙快速翻動著，然後說：「嗯，你幹嗎不寫信給一個陌生人呢，甚至，一個想像中的人呢？那樣，其實你就是在創作了。」

「我對和我生命沒有關係的人，沒有任何興趣，要不然，我也不會待在倉庫裡了。」

「怎麼樣才算和你的生命有關係？你覺得我和你的生命有關係了嗎？」

「就是那個人的所作所為會影響到我吧，你……目前……還不算吧。」

「你覺得我不會嗎？我爸爸是你的領導，我又看了你寫給他的信，我到時再把我的想法告訴他……你覺得不會影響到你嗎？」她有些竊笑地望著我。

「呃，這樣說來，倒真是影響到了。」我感到了無奈。

「那麼就這麼說定了，你要寫信給我。」

「給你寫信?!」覺得腦袋要裂開了，我從沒想過自己的嗜好會成為別人的一道命令，我看著她，覺得全身都焦躁不寧。

她走到我面前，孩子氣十足，我又想像起了我的琪琪若干年後的樣子，她有些蠻橫地把手中的報紙拍在我面前的桌面上，說：「是的，反正我爸爸又看不懂，你就寫給我吧，咱們現在也算認識了，不是陌生人了。對了，你以後就叫我小琪好了。」

「啊，你不是開玩笑吧?」

「誰和你開玩笑，就這麼說定了，拜拜！」

她一轉身，那身天藍色的長裙就消失在門口了，像是一陣從夢中吹來的風。

我有些犯難，信紙在我眼前模糊成了一片霧氣，我不知道該寫什麼，因為我不知道該寫給誰。寫信本來是一件多麼私人的事情啊，我想寫給誰就寫給誰，一切隨心而動，但是自從小琪(這名字總讓我想起我女兒)命令我給她寫信之後，我的感覺就發生了變化。我不能專心致志地寫信了，我想寫給我的琪琪，但是，我知道她現在讀不懂，而我的前妻應該也沒什麼興趣讀，在這樣嚴峻的局勢下，小琪的臉又蠱惑著我，似乎在說：「快寫給我，我能讀懂，只有我能讀懂。」

寫還是不寫，這是個大問題，是我信男存在方式的一次改變，我應不應該寫給小琪?應該對她寫些什麼呢？

還是寫吧，我決定了，因為只有寫了才能破除那種要寫的誘惑，只有寫了才能正正經經坐下來，給我的琪琪寫信。

我寫得並不長，對於小琪來說，我要說的話並不多，於是，我就把她當做是我和領導之間的一個中介人，通過她，也許我的詞語就能抵達領導那裡。我這次寫信寫得很不舒服，因為有隻第三隻眼審視著我，看著我寫，看著我為了寫而寫，我有些惱羞成怒，我以為自己的脾氣早被倉庫的灰塵給淹沒了，沒想到，脾氣還在，火氣還旺，在那幾個短暫的時間點上，我忘記了我老年人的身體，體會到了尚且年輕的滋味。

寄出去之後，我感到自己鬆了一口氣，甚至覺得滿屋子的昏暗重新聚攏了，讓我沉浸在一個黑暗的核心地帶，在那裡，我覺得安全。

我以為小琪看完信會來找我的，但她沒有，等了很久，都沒她的蹤影。我開始學著去忘記，就像那些如山的舊書，它們被人遺忘的同時也遺忘著自身。

但是某一天，我收到了一封信，我真的很好奇，因為除了很早很早以前，我這個信男還能收到一兩封零星的來信，後來就再也沒有過了，收到我信的人通常會打電話給我，他們告訴我他們已經收到信了，然後他們似乎想就信的內容做一些反饋之時，他們伶俐的口才變得吭吭巴巴，辭不達意，我也聽得如墜雲霧，他們也尷尬，也著急，慢慢地，他們便避免這樣的反饋了，只是說：「你的信收到了，哈哈！」他們對我的信的反饋就是這樣的，變成了簡單的兩個音節：「哈哈！」

帶著好奇，我打開了信，我迅速翻動著紙張，看到落款的琪字，我的心頭一震，難道是我的琪琪會寫信了？真的太高興了！但是等我回頭再看的時候，我發現自己誤會了，是小琪寫給我的，是領導的女兒、穿藍色長裙的小琪。

她居然沒像她的爸爸一樣直接來找我，而是寫信給我，我深感意外，我坐下來，戴好眼鏡，像個老人一樣，開始緩慢地讀信，不是看，是讀，一個字一個詞從嘴角輕微爆炸出來，湮滅在倉庫無邊的沉寂裡。她告訴我她好多好多事情，原來她喜歡寫詩，真好，布羅茨基，茨維塔耶娃，里爾克……我的腦海裡衝出了幾個名字。

是的，我感到愉悅，一種重新做回讀信者的愉悅，繼而更全面理解信的涵義的愉悅。我覺得她寫得好極了，應該比我寫得好，儘管我對此不確定，但是我像個傻瓜一樣認為自己能收到這樣的信簡直是一種奢侈的幸福了。為什麼別人收到我的信卻不幸福呢？所以說，還是我寫得不夠好。但是，這個我覺得寫信好的人卻說我寫的信很好，並且寫信給我……我被翻騰的思緒快要搞糊塗了。

我鋪開信紙，開始回信。握筆的手似乎比平時溫柔了許多，寫得也更慢了，我暗暗想到，這可是我第一次寫回信。寫回信的感覺和寫信的感覺有什麼不同？那種微妙的細節，我暗暗體會著，像是咀嚼著一種全新的食物。我品味著，似乎回信更像是穿著誘餌的魚鉤，它有些蠻橫地落在我的心間，儘管我知道那裡存在著危險，卻還是感到了一種持續存在的誘惑。

很快，信寫好了，我感到很快，比平時寫同樣長度的信也快三分之一的時間，我暗暗吃驚。看來，魚鉤的作用不可小覷，它刺激著詞語的流速。我應該感到羞恥嗎？還是應該感到興奮？實際上，是羞恥帶來了更多的興奮，我把信投寄出去的時候，都有些迫不及待的意思，而以往，我總是緩慢地走向垃圾桶似的郵筒，懷著一種對自我命運暗自撫摸的儀式感。而今天，沒有什麼儀式感，我覺得自己像個荒唐的年輕人，對自己身上肆虐的類似青春期的憧憬與希冀無能為力。

在等待的日子裡，倉庫的環境突然變得惡劣起來，光線也欺負我，太暗了，就連灰塵也比平時舞動得更歡快了。我像個城裡的老鼠來到了鄉下的親戚家裡，一切都覺得不自然。我破天荒的拿起抹布，開始擦桌子，然後從角落裡撿起拖把，淋上水，開始拖地。第一次發現倉庫這麼大，待我拖完之後，發現全身都被汗給滲透了。倉庫裡的時間和外邊的不一樣的，當我等待著外邊世界的來信的時候，我的時間就完全錯亂了，我成了被時間放逐的人，我渾身不自在，我的琪琪在幹什麼呢？我要轉移注意力，但我的琪琪她太小了，她沒法理解他的爸爸，一個無限虛弱的爸爸。於是，這個虛弱的孤獨的爸爸，就把一個叫小琪的大女孩幻想成小琪琪長大後從時光隧道裡溜過來看我……

沒想到我熬的日子比想像的更久，一個多月了，我沒有再收到任何回信。啊啊，神經病，我開始罵自己了，我真是個傻瓜，笨蛋，一頭豬，人家上次的來信已經盡到了責任與義務，而我還貪心不足，盼著第二封，難道這東西是像一日三餐似的，總也停不下來嗎？我又鋪開稿紙，不知道第幾遍鋪開了，我覺得我的汗都浸到信紙上了，到時候我的筆尖都在那裡打滑了。罵了一陣子，感覺稍微好點了，我便搬張椅子坐在舊書堆邊上，開始看書，是的，我這真是在「看書」呢，就盯著這麼一大堆發黃變舊的書看，我看那些殘破的表面，也看看書脊上微微露出來的文字，然後想像一下書裡面都講些什麼，我經歷著智力上的愉悅，以及某種難以言說的擁有感，彷佛眼前的這堆舊書是一頭俯臥著的巨獸……突然，我渾身開始顫抖起來，我快癱倒在地了，我從椅子上滑了下來，蹲在地上，泣不成聲。喔唷哎呀，我捶胸頓足，哭嚎著，像個失控的婦人，只是因為我頭腦中的幻象崩裂了，那堆舊書不再是什麼巨獸，只是一具快要腐敗的屍體，啊，也不對，屍體還有腐爛、腐臭，而這堆書什麼也不是，只是一堆冷冰冰、髒兮兮的物質，一些植物纖維的殘骸，一些油墨的汙跡，而那些創作這些書的人早就死成了灰塵，在風中飄來蕩去，也許，會有那麼幾粒落在這兒來，正好飄在自己的書上，那可真是相得益彰了！……眼淚流的我滿手都是，滑滑的，好久沒哭了，淚水都變稠了，像是加了些白砂糖。

「你怎麼了?!你這是在搞什麼名堂?」

突然，一陣粗魯的聲音像把菜刀砍破了空氣，砍在了我的耳朵裡，我渾身又一個哆嗦，我被嚇得夠嗆。我擰過腦袋向後上方看，看到了領導那張張皇不安又怒氣衝衝的臉。我心想這下全完了，肯定是他知道我和小琪通信的事情了，他肯定會說：「你幹嘛不撒泡尿去照照自己，居然還敢寫信勾引我女兒?」我慢慢站起來，等待著這句話的劈面而來，我眨巴著眼睛，等待著，我的眼睛一定紅紅的，腫腫的，還有些殘餘的淚水，看起來完完全全是患了老風眼的老頭。

領導沒罵我，領導說：「王木木你生病了?」

「沒有，沒生病，我，我，我有個朋友過世了，很難過而已。」我居然撒謊，還這麼惡毒，我鄙視自己。

「那你可要節哀順變了。」領導一副關切的樣子。

「啊，我沒事，您來找我有事吧?」我小心翼翼探著他的話。這是領導今年第四次出現在倉庫裡邊了，倉庫那些板結的黑暗都被他撞碎了不少，他身上的某種東西和這裡格格不入。

「是有事找你。」

「呃……您說。」我心裡咯噔一下。

領導看我的眼神變得柔和了，散發出母性的光澤，他說：「王木木，你那麼能寫，單位打算給你換個崗位，好好發揮你的特長。」

「您……您打算讓我寫什麼？」我的聲音顫抖。

「你也知道，公司在改制，需要你這樣的人才來寫寫文件什麼的。」領導的口氣依然溫和的，似乎還有著商量的意味，這讓我心裡還有了一絲幻想，幻想我可以和他好好談談。

「可是，您看，我只會寫信。」我輕輕地說，正如我輕輕地呼吸。

「沒關係，寫作的原理都是一樣的，一通百通，只要你學學，很快就可以上手的。」領導的聲音重了，也許是他覺得倉庫裡邊太憋悶了吧。

「不一樣的，它們只是表面上看起來相似，但一個是有規矩的，一個是毫無規矩的……」我的聲音更輕了，但我確信這種強度恰好能讓聲波到達領導的鼓膜。

「規矩？難道你不懂規矩嗎？」

「我真的不大懂那樣的規矩。」我搓著手掌，右手中指的老繭像塊風化的橡膠，那塊橡膠提醒著什麼，也許是某種難以忘記的疼痛呼喚著對生活的改變？我用左手緊緊握住了右手的中指，這樣看起來，也許猥瑣了一些。

時間沉寂了一會兒，光線變硬了，像玻璃柱，將灰塵都鎖住了。我不看領導，他也不看我，倉庫真是個好地方，只有在這裡，才能出現眼下的情況。

「你這裡怎麼這麼悶？空氣一點也不流通！」

領導突然對空氣吼了起來，他走上前去推開窗戶，大街上車水馬龍的那種噪雜聲一下子全湧了進來，沖淡了我和領導之間的尷尬。

領導站在窗邊，他依然不看我，他望著大街上的某處，然後，他掏出一包菸來，敲了敲，一根黃色的過濾嘴香菸就巧妙地鑽進了他的手裡，他點著，開始吸了起來。我的心裡很癢，我很想提醒他，倉庫裡是不允許吸菸的，身為領導不是應該以身作則的嗎？但我忍著，沒說話，因為領導似乎也忍著什麼話沒對我說。為了公平，那我繼續忍耐著吧。

這時，門口那邊有動靜，我轉頭，看到了那身墨綠色的制服，我的心收縮了一下，滿倉庫的時間又甦醒了，時間朝著某處看不見的刻度快速邁了一步，空間震顫了下。郵遞員走到我面前，像上次一樣帶著神祕的微笑，他把信丟在了我的桌上，說：「外邊的信箱壞了，要修了。」我還沒得及說話，站在一邊的領導突然說：「沒什麼必要修了，到時候這裡要大變樣啦！」郵遞員是個年輕的小夥子，他對領導所在的方向斜睨了一眼，沒說話，搖頭晃腦地走出去了。

領導一直死死盯著那封信，我甚至覺得他已經看穿了信封，看到了那些字，他女兒的字，女性味兒十足。我把身子挪了挪，擋住了他的視線，但我發現他的目光還是沒有收回，我感覺他的目光像是X光，穿過了我的腸胃，繼續落在信紙上。

「為什麼我覺得那個字跡很熟悉……」領導還是說出了口。他的語氣與談論別的事情的時候完全不同了，某種東西像是被水稀釋了。唉，作為父親，我懂得這點。

「是的，您當然熟悉了，因為這是您女兒寫給我的信。」

「什麼？我的女兒?!」領導咆哮起來，我覺得他在裝腔作勢，為什麼要這樣呢，為什麼領導做事總是這麼誇張呢？我不解，我靜靜盯著他看，他似乎也不好意思了，全身上下都安靜了下來。

「對，是我的女兒，」領導疲憊地說，「沒想到，她真的給你寫信了。」

「她真的給我寫信了，看來，您事先就知道這件事情。」

「我不知道！」他語氣凶狠，卻有氣無力，這瞬間，他看上去很可憐。是的，可憐，他的頭髮都斑白了，是接近老年的人了，以前他的威嚴阻擋著我的窺探，讓我覺得他的花白頭髮只是一種……一種道具。

我說：「她很美麗，可愛，像一面湖水。」

我看著小琪原來蹲下來歡笑的地方，彷彿看到小琪的笑容了，儘管我們就見過一次，但我記得卻如此清晰，她的每一個細節，一顰一笑，都記得。當然，她寫給我的信，更加讓我理解了她的靈魂。記住了一個人的靈魂，你會發現笑容只不過是靈魂的投影罷了。

領導變得很安靜，小琪是他生命的一部分，他知道她很美，很可愛。

「是的……」領導的嘴巴噏動了一下，再也說不出話來。

誰能想到，我和領導一起坐在咖啡店裡，還是靠窗的位置，那是情侶或是密友酷愛的位置。服務員微笑著看著我們，也許以為我們是兩個密探的商人，但她不知道，我們只是兩個父親。我看著領導的臉，突然想念起小琪來了，想念她的笑容，雖然就見過一面，但我們勝似天天見面的人，而且，也是因為她，我和領導這樣兩個火與冰的人才能坐在一起。

交談，顯露出來的都是事實嗎？我的大腦感到了玻璃渣，它們讓我疼，也許出血了。

「這麼說來，……你覺得她不正常？」我並不願意用這些字眼，什麼叫「不正常」？我的詞典裡似乎並沒有這樣的詞條。但沒有辦法，我必須和他溝通。我覺得嘴裡的咖啡苦得發酸，舌頭澀澀的。

「嗯，是的，不大正常，她開始寫詩之後，就不怎麼和別人說話了，醫生說她得了自閉症。」領導的聲音低沉，在我聽來，這樣比較好聽，因為這才是父親談論女兒的聲音。

「寫詩後，就不怎麼和別人說話了。」我重複了一句，毫無表情地重複，像是複讀機，我只是想聽聽這句話的效果，有時，很多話從人的嘴裡吐出來的時候，是沒有經過大腦的。這時，就需要讓話重新進一進大腦。

「是的。」領導對我複述的事實進一步確認了。

「這樣就不正常了？」我只能主動提醒他。我搖著腦袋，腦袋裡全是小琪的樣子，說小琪不正常，打死我我也不會相信的。我這樣的人既然還沒有被完全擯棄，那麼小琪沒有理由被劃到什麼「不正常」當中去。我覺得，這都是領導太刻板了，就像權力一樣。

「醫生這麼說的。」領導說。

「你相信嗎？」我質問。

「這個……呃……醫生這麼說總有他的道理，畢竟他是知名的專業人士，他是博士生導師。」他用重音撫摸「博士生導師」這五個字，好像那是一小段金屬。

「博士生導師說你女兒瘋了，你就覺得她瘋了，對吧？」我望著他的眼睛說。

「你……怎麼這麼說話，也不是，不是的。」他向窗外看去。

「那你怎麼看你的女兒？」我不知道哪裡獲得的勇氣，單刀直入地問。

領導回過神來，驚訝地望著我，好像我突然變成了他的上級，坐在他身邊。他的嘴巴吧嗒了幾下，也許是咖啡太苦了，他突然變得羞澀起來，儘管並不明顯，但我能感覺到。他說：

「啊，王木木，小王同志，我也不怕告訴你，其實我也覺得她不正常了。因為一個人突然寫詩，寫那些沒人看懂的句子，然後不和人交流了，多多少少都是有些奇怪的。」

「奇怪，還不屬於不正常吧？」

「那也接近了。」他嘆息著。

我突然微笑了一下，不知道他有沒有看到我的笑容，我又喝了一口難喝的咖啡，皺著眉頭說：「其實，有句話我很早就想問你了。」

「你問。」他的眼神變得慈祥起來。

我看了看窗外，一個孩子拿著氣球般大小的棉花糖走過，讓我想起我的琪琪，或許她的小手裡現在也拿著這樣的棉花糖⋯⋯小琪的童年也應該是這樣的，小琪真好，保住了童年的某些東西，她緊緊握著，沒有弄丟，我希望我的琪琪也能這樣。想到這裡，我對領導說：

「我在你眼中早都不正常，早都瘋了吧？」

領導一驚，隨即又恢復了平靜，他顯得坦率地說：

「呃……說實話，是，我是覺得你怪怪的，但說你瘋了也不至於，因為大家都知道你是在裝瘋賣傻。你不就是跟著上一任領導的屁股後面使勁巴結，卻什麼也撈不到，一氣之下自願來倉庫的嗎？年輕人嘛，年少氣盛，可以理解。」

「你們真的以為我來倉庫是因為沒當上那個科長？」我還是感到了震驚，儘管我知道這種說法早已廣為流傳了，但從領導嘴裡說出來，還是具有一種震驚的效果，就像流言從新聞播音員嘴裡說出的那種感覺，震驚——即便，你早就知道他喜歡說謊。

「那你說，你說為什麼。」他似乎覺察到了我的火氣，但他依然像是在質問。

「為什麼？原因非常非常簡單，那就是因為我想寫信，寫信的願望俘虜了我，世界上沒有任何事情比寫信更重要了。」我覺得我回答得很真誠，這是我第一次開口回答這個問題，以前，任別人怎麼說，我都是不置一詞的。我今天之所以這麼坦誠，只是因為面前這個頭髮斑白、大腹便便的傢伙和我一樣，都是做爸爸的，我們都有一個可愛的女兒。

「你真的這麼想嗎？」

「是的。」

「一個好端端的人為什麼會這麼想呢？我真的想不通。」

「你想不通沒關係，關鍵是我女兒的媽媽也想不通，那就比較糟糕了。」我端起咖啡來喝，沒加糖的咖啡真苦，但我不打算加了。
「太可怕了。」他深深喘氣，不知道他說什麼可怕。
我說：「不過，沒關係了，因為你的女兒小琪肯定會理解我的，或者說，她已經理解我了。」
「你覺得她給你寫信就是理解你了？」領導的語氣有些嘲弄。
「是她寫的內容，能夠撫慰我苟活於世的心，你想看嗎？」我拉開隨身帶的皮包，把那封信取出來放在桌面上，那封信還沒拆開，靜靜躺在那裡，像是靈魂的衣裳，靈魂通常都是裝在信封裡的吧。
不知道為什麼，領導的眼光避開了那信，好像那信是她的小琪忘記了穿衣服，但問題是，一個心無雜念的父親，即使面對赤身裸體的女兒也是覺得美的吧？那種超越一切事物的生命之美，會灼傷人的雙眼嗎？
「你真不看？」我問。
「我不想看，」領導沉吟了一下，突然說，「其實，也不怕告訴你，小琪變成今天這樣，跟我看她的信有關。」
「你肯定偷窺了她的信。」我幾乎不用想就知道。
「是的，我偷窺了，我為自己感到羞恥，但我也是為了關心她啊，我怕她走上邪門歪道。」

領導的雙手放在了臉上，他感到羞愧了？我為眼前的景象感到不可思議，也許，這根本不是景象，而只是某種鏡像？

「我想，你的偷看，是她最介意的事情，因為你的角色與他人不同，還因為你的無知，你會誤解她的本意，從而冒犯了她的靈魂。」我斟字酌句地說，我不知道自己居然會變得這麼大膽，把話說得這麼殘酷卻準確。我並不是個勇敢的人，我只是，只是想起了小琪，小琪那天在倉庫的時候，就跟陽光一樣，但是他們卻說陽光是不正常的。

「冒犯了她的靈魂……為什麼你的話和她說的差不多呢？」領導的臉紅紅的，他的雙肘還撐在桌面上，他望著那杯黑色的咖啡發呆，我想，現在他才是不正常的吧。我嘆口氣，開始問他問題，我說：

「你知道她在生命中經歷了什麼嗎？」

「不知道。」

「你知道她為什麼寫詩嗎？」

「不知道。」

「你知道她為什麼不喜歡和別人交流卻和我交流得很好嗎？」

「不知道。」

「你知道為什麼我說的話和她說的差不多嗎？」

「為什麼？」

「為什麼？」我想了一下，我決定說出我真實的想法，也許那個詞在日常生活中會顯得無比突兀，甚至可笑，但我也必須說出來，因為那也許是唯一的原因。於是，我一字一頓地說：

「為什麼？只是因為我和她一樣，都有一顆高貴的靈魂。」

……

領導沒有說話，我以為他會嘲笑起來，但他的嘴角依然是陰鬱的，只是他的表情變得十分古怪和不安，青一陣白一陣的，我不知道為什麼他會變成這樣。

也許，這是領導今生最具挫敗感的一次談話……不過，既然我還要在他手下工作，那麼，為了他的人格尊嚴，我應該省略掉很多敘述。

我並不怕他，我只是試著理解他的困境，他是小琪的爸爸。

我又在倉庫裡了，而且這次會待得更長久，因為領導給我了許諾，不再找我去寫公文了。他的私心令他變得可愛，他覺得我給他女兒寫信也許也是一種治療的方法。（當然，在我看來，也許他才需要他女兒的治療。）他這樣想也不錯，起碼我的處境安全了，他不會再來倉庫騷擾我，這兒不是他該來的地方，他應該盡情享受他的寶座，人生得意須盡歡，莫使寶座空對月。

倉庫裡依然有種揮之不去的黑暗，這種黑暗美極了，因為它能夠復活窗外那些被光線摧毀的事物，而我，還有小琪，就屬於那類易碎品。我們需要黑暗的庇護。我鋪開稿紙，開始給小琪回信，她這次的信我已經看過了，寫得好極了，至於她寫了什麼，我是不會說出的，因為美好的事物不容分享，而且也是分享不了的。……不過，我可以透露一點，那就是我看了她寫的詩，還有她為什麼會突然寫詩和懶得搭理別人的原因。那些原因，都在我的預計之內，因為和我的原因差不了太多。其實，這些原因就像蛛網一樣毫不重要，重要的是我們不但可以寫信了，而且還可以收到回信了。這很重要，就像是兩顆恆星突然接近，然後繞著彼此公轉了起來。

我寫著字，腦海中想著小琪，我覺得溫暖，短短一面之緣，讓我現在還在想念她。她不像我，我只是個寫信成癖的信男，而她是個詩人，她懂得詞語的飛翔與文學的創造。我要邀請她再次來我這倉庫裡玩，因為她上次來的時候美極了，即使她不習慣世界上的其他任何地方，她也會習慣這倉庫的。我要告訴她，這也是卡夫卡夢想的地方，卡夫卡雖然說他最喜歡的地方是地窖，但是他也會喜歡這裡的，因為這裡只不過是一座懸浮在地面上的更大地窖而已。

……還有一件小事值得一提，也許，必須得提一提。

由於我這段時間沒給前妻寫信，而她又聯繫不到我（因為我早就不用手機和電話了），所以她不得不給我寫了一封信，這是她第一次寫信給我，她寫了她現在的生活，儘管寥寥幾筆，非常簡略，卻也讓我在腦海中可以撫摸她的生活了，也許，她現在的生活更好……對於這點我不想再深究，最令我開心的是，在信的末尾，前妻告訴我，她教我們的琪琪學寫字了，並且讓琪琪給我寫了一句話。

我趕緊翻到信的背面，看到了幾個歪歪扭扭的鉛筆字：

「爸爸，我愛你。琪琪。」

後記——寫作的光榮

很高興我的小說集《北京一夜》能在台灣出版，光是想像著我的書變成繁體字的豎排本，心間就有種神祕的興奮感。

對台灣的文學，我一直非常關注和喜愛，很小的時候，在圖書館讀過陳映真的《將軍族》，本以為是戰爭的故事，滿含期待，讀後才發現是一個悲慘的愛情故事。當然，那會還不懂得隱喻和象徵。青春期的時候，讀席慕蓉的詩，並發現姐姐在讀一個名叫瓊瑤的女作家的書，由於封面的親暱男女，我誤以為是黃色書籍，偷偷翻閱，卻一無所獲。後來有段時間，電視上都是她的故事。讀大學的時候，讀朱天心、朱天文的小說，不但喜歡那種古雅的語言，而且特別喜歡其中的煙火氣，那種對事物的描摹，讓我想起明清小說裡的細密語調。後來，又陸陸續續讀了張大春和駱以軍等作家的作品，對他們的文本實驗相當欣賞，讓我思考現代漢語寫作的諸多可能性。

也許，以上這段話，本質上是對台灣文學的致敬。感謝文學，讓我認識了一個更加親切、更加神祕、更加深邃的台灣。感謝台灣，讓我能夠想像中國人的另一種生活，人類的另一種生活。

我的這本小書，便是承載如此心情的一封感謝信。

接下來，我打算談談自己，談談自己對當代文學的看法，這些談論都並非結論，只是一種試探、一種詢問、一種思想的角度。

從小我就喜歡聽故事，也許，沒有不喜歡聽故事的孩子。我很幸運，我的祖父就是一個滿肚子都是故事的人。曾經我以為，只要人到了一定的年紀，閱歷多了，自然故事就多了，但事實上並非這麼回事。像我的父親，至今仍然不會講故事，或說沒有講故事的熱情。現在，他對待我的小外甥，就像對待小時候的我一樣，用「從前」打頭，然後拖長音調，講述著一件就連他自己都不確定的事情。他的目的從來都不在故事上，而在於要將孩子哄瞌睡。而這招總是奏效，因為沒有孩子能忍受一個枯燥無味的故事。

我的祖父講述兩種故事，一種是書裡邊的故事，其中我最喜歡聽的是春秋義士的故事；還有一種是他親身經歷的故事，這裡邊讓我難忘的就很多了，抗日的故事、青海剿匪的故事、右派的故事等等，常常都會讓我想起，並產生身臨其境的想像。我能夠寫作，與經常聽祖父講故事很有關係。作為孩子的我，已經朦朦朧朧地意識到：人的生活是豐富無邊的，而且還可以用語言保存下來，讓另外的人也能去體驗。這對我來說，是個極為重要的發現。這是我生命經驗的最初覺醒。

但這是一個講究經世致用的世界。我和其他人一樣，從小到大都努力適應著教育的規則，以期在這個世界上找到立足之地。在這漫長的時間裡，寫作不是我的夢想，因為我不敢有那樣奢侈的夢想，我的夢想僅限於閱讀，那種可以置身事外、不管不問的閱讀。但這種夢想依然堪稱奢侈：人作為一株會行走的樹，世上的風何曾使其停歇過？有發芽抽枝的欣喜，有開花結果的滿足，更有枝葉折斷的疼痛，這時候，我便重新想起了祖父的故事。

我喜歡聽祖父的故事，因為那些故事充滿了傳奇。自從我寫作以來，我就不止一次問自己：那麼又有誰會喜歡聽我的故事呢？我的沒有傳奇的故事。甚至，不妨說，我是個沒有故事的人。但儘管如此，沒有故事的我依然有著講述的渴念，依然希望有人通過我的講述，激活他自身的生命體驗。在這種困境中，我只能虛構起來了。後來，當我讀到本雅明所說的：「小說的誕生地是孤獨的個人。」我深感自己被理解了，我再也不為那些從自己的孤獨中凝聚起來的想像而惶恐不安了。我愈發覺得，寫作是一樁孤獨無望的事業，同時，也是充滿了無限希望的事業。

小說的事業，便是生命的事業。小說與生命最相近的地方，在於它們既客觀又主觀的時間屬性。一方面，無限的過去、無限的未來都必須交會在活著的此刻、寫作的此刻、閱讀的此刻，然後，隨著時間的自然流逝，意義的空間得以產生，人類豐厚的精神屬性得以重申。另一方面，小說和生命又可以打破「此刻」的藩籬，無限的過去、無限的未來像種子那樣，能夠從當下的瞬間中生長並延伸出去。

這意味著什麼？我想說，這意味著人的自由。

就人的本質而言，自由是至關重要的東西。正是人的自由，讓小說成為一門關乎想像的語言藝術。小說不僅能用語言保存生活，而且還能用語言創造生活。在這個創造過程中，生命的另一個空間被打開了，生命的可能性也藉此而得到充分顯現。小說的藝術讓我們發現，人的生命並非是一成不變的圈定之物，而是可以去塑造、改變與辨析的源頭活水。

值得注意的是，小說的藝術是語言的藝術，卻並非是語言的空中樓閣，小說與文化的關係遠遠超過我們腦海中的一般印象。我讀的小說越多，就越是驚訝於人類所有成熟的文明發展到後期，都不約而同地選擇小說這種藝術來闡述自身。像以詩歌為文學正宗的中華文明，不也在明清時代誕生出了那麼多的偉大小說嗎？我們清楚，在中國古代，小說不但不被視為高雅之辭，還被當成街談巷議的淫邪末流，卻依然取得了那樣輝煌的高度，非常值得我們深思。不單單是社會、政治環境等方面的客觀因素，還有那種人心的訴求、尤其是文明的動機更加值得考量。

今天這個時代，真正的傳奇已經消亡，因為傳奇都在電視電影網絡等媒體上，傳奇的奧祕已經被消耗殆盡。我敬重的作家莫言先生以「講故事的人」來定義自己，因為他有講不完的故事，光一個高密東北鄉，就足以讓他講述一生。可現在，他所隸屬的「傳奇時代」正在以摧枯拉朽的方式走向消亡。詩人葉芝早在一百年前，就寫出了直到今天還讓我們惴惴不安的詩句：「一切都四散了，再也保不住中心。」一百年後，不僅僅是西方，而是整個人類的文化生活都在駛進一個加速變化的深海漩渦，沒有人知道這場旋轉的終點會在何方。

既然傳奇已經消亡，那麼從隱喻的角度來說，我們都變成了沒有故事的人。沒有故事的人，並非不會講故事，而是會以更高的效率，像流水線那樣來生產故事。也許，隨著技術時代的進一步來臨，用機器軟件來「製作」故事也不是什麼不可想像的事情。但這些像可口可樂的祕方一般大批量訂製的故事，卻離人的內心、靈魂甚至生活本身，都愈加遙遠。我們該如何講述自身？我們能否將那些鬆散的時代沙粒團聚成一個人的形象？我們能否聽到那聲來自文明深處的召喚？

這些追問，正是當代小說所面臨著的前所未有的挑戰。

我不知道這些追問的答案，我只知道加繆的一段話長久地打動著我：「二十多年荒唐的歷史進程中，我茫然無助，和許多同齡人一樣，在時代的劇烈動蕩中，僅靠一種情感模模糊糊地支撐自己：寫作的光榮。寫作之所以光榮，是因為它有所承擔，它承擔的不僅僅是寫作。它迫使我以自己的方式、憑自己的力量、和這個時代所有的人一起，承擔我們共有的不幸和希望。」

今天的寫作，依然需要承擔起我們共有的不幸和希望。今天的作家，依然需要接過那盞從歷史的晦暗中遞過來的燈，並繼續傳遞下去，直到寫作的光榮照亮即將來臨的時代。

以誠摯之心，與台灣的朋友們共勉！

王威廉創作年表

作品名稱	刊物(或出版社)
〈非法入住〉(中篇小說)	《大家》二〇〇七年第一期;入選《北大年選:2007中國小說》;入選《華語新實力作家作品十年選》。
〈雲上的青春〉(短篇小說)	《大家》二〇〇七年第三期
〈合法生活〉(中篇小說)	《大家》二〇〇八年第五期
〈無法無天〉(中篇小說)	《大家》二〇〇九年第三期
〈夢中的央金〉(短篇小說)	《文學界》二〇一〇年第一期
〈誰是安列夫〉(短篇小說)	《文學與人生》二〇一〇年第一期
〈鐵皮小屋〉(短篇小說)	《西湖》二〇一〇年第一期「新銳專題」
〈辭職〉(短篇小說)	《西湖》二〇一〇年第一期「新銳專題」
〈禁地〉(中篇小說)	《野草》二〇一〇年第二期
〈內臉〉(中篇小說)	《花城》二〇一〇年第三期
〈孤獨的寒潮〉(短篇小說)	《小說林》二〇一〇年第五期
〈全世界受苦的人〉(短篇小說)	《文學與人生》二〇一〇年第七期
〈來我童年旅行的舅舅〉(中篇小說)	《西湖》二〇一〇年第十一期
〈我的世界連通器〉(短篇小說)	《大家》二〇一一年第一期;《文學界》二〇一一年第三期。

〈暗中發光的身體〉（中篇小說）	《作品》二〇一一年第三期（下）「專題」
〈沒有指紋的人〉（中篇小說）	《山花》二〇一一年第六期（A）
〈倒立生活〉（短篇小說）	《青年文學》二〇一一年第九期
〈市場街的鱷魚肉〉（短篇小說）	《北方文學》二〇一一年第十期
〈秀琴〉（短篇小說）	《作家》二〇一一年第十一期；《小說月報》二〇一二年第一期轉載；《中篇小說選刊》二〇一二年第一期轉載。
〈信男〉（短篇小說）	《紅豆》二〇一二年第一期
〈第二人〉（中篇小說）	《花城》二〇一二年第一期；《北京文學　中篇小說月報》二〇一二年第三期轉載；入選謝有順主編《２０１２年中國中篇小說年選》；賀紹俊主編《２０１２年中國中篇小說年度佳作》。
〈病足〉（短篇小說）	《西湖》二〇一二年第三期
〈洗碗〉（短篇小說）	《廣州文藝》二〇一二年第四期
〈他殺死了鴿子〉（短篇小說）	《山東文學》二〇一二年第六期「專題」
〈大姨〉（短篇小說）	《山東文學》二〇一二年第六期「專題」
〈飛升的雅歌〉（短篇小說）	《福建文學》二〇一二年第七期
〈老虎！老虎！〉（短篇小說）	《作品》二〇一二年第八期；當選「中國文學現場」二〇一二年十一月「月度作家」。
〈看著我〉（短篇小說）	《長江文藝》二〇一三年第一期
〈膠囊旅館〉（短篇小說）	《山花》二〇一三年第一期
〈水女人〉（中篇小說）	《創作與評論》二〇一三年第三期（上）「八〇後文學大展」專輯

《獲救者》（長篇小說）　河南文藝出版社二〇一三年四月出版
〈魂器〉（中篇小說）　《文學港》二〇一三年第十一期；《中篇小說選刊》二〇一四年第一期轉載。
〈安靜的天使〉（中篇小說）　《長城》二〇一三年第六期；《長江文藝．好小說》二〇一四年第一期轉載。
〈有形的生活〉（短篇小說）　《長江文藝》二〇一三年第十二期
〈聽鹽生長的聲音〉（短篇小說）　《文學界》二〇一三年第十二期「封面專輯」
〈你的陌生人〉（短篇小說）　《山東文學》二〇一四年第一期「個人專輯」
〈父親的報復〉（短篇小說）　《小說界》二〇一四年第一期
〈佩索阿的愛情〉（短篇小說）　《作家》二〇一四年第七期；《中華文學選刊》二〇一四年第九期選載；
入選吳義勤主編《中國當代文學經典必讀（2014年短篇小說卷）》；
入選林建法主編《2014年中國最佳短篇小說》。
〈書魚〉（短篇小說）　《收穫》二〇一四年第五期；
入選人民文學出版社編的《2014短篇小說：21世紀年度小說選》。
〈北京一夜〉（中篇小說）　《十月》二〇一四年第六期；《小說月報》二〇一五年春「新聲特輯」轉載。
《內臉》（中短篇小說集）　太白文藝出版社二〇一四年四月出版
〈當我看不到你目光的時候〉（短篇小說）　《十月》二〇一四年第六期；《長江文藝．好小說》二〇一五年第一期轉載。
〈絆腳石〉（短篇小說）　《中國作家》二〇一五年第一期；《小說月報》二〇一五年第三期轉載。
《非法入住》（中篇小說集）　安徽文藝出版社二〇一五年三月出版
〈我的豮，我的小笨鳥〉（短篇小說）　《作家》二〇一五年第七期
《聽鹽生長的聲音》（中短篇小說集）　花城出版社二〇一五年八月出版
〈從冰川的高處〉（短篇小說）　《長江文藝》二〇一五年第九期

人間 書訊

《橋》創刊號　二〇一四年冬季號　徐秀慧等編　二〇一四年十二月出版

在物質娛樂掛帥的年代，辦一份文學評論刊物似乎是件不智的事。之所以不惜氣力搭橋，無非是為了摸索新的契機，希望重新激發文學與我們當前生活之間的活力。

兩岸當代文學評論刊物《橋》由五位學者發起，首期介紹備受矚目大陸七〇後作家張楚，並且嘗試由兩岸評論者相互評論對方作品，包括台灣的伊格言、吳明益、郝譽翔、駱以軍等，大陸的徐則臣、阿乙、付秀瑩、田耳等七〇後作家均在評論之列。

期望，這一次新的嘗試，是通往深層理解的開始。

《橋》第二期　二〇一五年夏季號　徐秀慧等編　二〇一五年六月出版

這一期的《橋》包含兩個專題。其一為台灣新銳作家「野路上的少年郎——張萬康」專題，透過作家自述、長篇小說《道濟群生錄》的節選與從未發表過的短篇小說〈旅館〉，與兩岸評論者的分析與討論，來提煉、凸顯作家創作的精神與特質。其二「對話空間：我們一起讀書！」選擇了十本近幾年出版的兩岸文學作品，包括大陸六〇後的胡學文、七〇後的葛亮和石一楓、八〇後的蔡東和甫躍輝，台灣方面則有「六年級」的童偉格和黃麗群、「七年級」的黃崇凱、言叔夏和陳栢青。透過兩岸評論者共同閱讀評論的方式，既展現作家在關懷和寫作風格上的差異，也呈現評論者閱讀視點與評論方式的異同。

當代大陸新銳作家系列

01 在雲落　張楚著　二〇一四年十二月出版

二〇一四年魯迅文學獎得主張楚第一本台灣版小說集

河北作家張楚的《在雲落》以現代主義筆緻，書寫北方小縣城裡面貌模糊、生存堪慮的人們面對生活中種種困阨與苦難時的現實選擇與精神狀態。無論是〈曲別針〉裡既是殘暴凶手也是慈愛父親的宗國，或是〈七根孔雀羽毛〉裡吃軟飯的宗建明，甚者是〈細嗓門〉裡因不堪長期家暴殺了丈夫後，被捕前到了閨蜜所在的城市，想幫閨蜜挽救婚姻的女

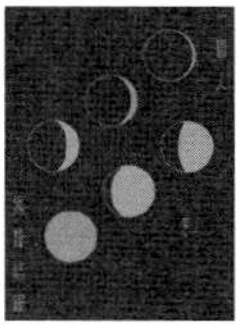

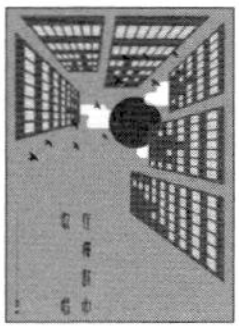

屠夫林紅；張楚既逼近他們的生命創傷又滿含悲憫，寫出他們絕望的黑暗與卑微的精神追求，介乎黑暗與明亮間蒼茫的生存景觀。

02 **愛情到處流傳**　付秀瑩著　二〇一四年十二月出版

被譽為具有沈從文之風的七〇後女作家

在《愛情到處流傳》中，北京作家付秀瑩以沉靜的目光靜看「芳村」，遙念「舊院」，不管是「芳村」系列中農村大家庭裡夫妻、母女、贅婿們之間的愛情與競爭，或者是〈小米開花〉裡，小米的性啟蒙與看待身體的方式，無一不精準的抓到鄉村人們特有的、微妙的人際關係、獨特的處世方式與世界觀。另一部分作品則是書寫都市人們精神與情感的隱密曖昧：〈出走〉裡男性小職員亟欲逃離瑣碎平庸日常生活的衝動；〈醉太平〉中學術圈裡浮沉男女的利益交換、欲望追逐；〈那雪〉則寫出了都市女性的情感缺憾。付秀瑩以傳統溫柔敦厚的溫暖剔透筆法，書寫了這人世間的岑寂荒涼。

03 **一個人張燈結彩**　田耳著　二〇一四年十二月出版

當魯蛇（loser）同在一起！

《一個人張燈結彩》具有鮮明的通俗色彩，來自湘西鳳凰的田耳筆下的人物都是現實世界中的失敗者、邊緣人、被損害者，他們在陰鬱、沒有出口的情境中，群聚在一起，以欲望反抗現實困厄的生存法則，以動物感官吹響魯蛇之歌。他們欲以魯蛇之姿，奮力開出一朵花。

04 **愛情詩**　金仁順著　二〇一四年十二月出版

與衛慧、棉棉、陳染齊名的七〇後女作家

二〇〇二年的〈水邊的阿狄麗雅〉造就了二〇〇三年張元、姜文和趙薇的電影《綠茶》。二〇〇九年的〈春香〉又開啟了朝鮮民間傳說的故事新編。不管是朝鮮族的金仁順、女作家的金仁順，或是編劇的金仁順，她總面對著愛情，描繪著孔雀開屏時的美好與幸福，以及華麗開屏背後的殘酷與幽微。

05 **在樓群中歌唱**　東紫著　二〇一四年十二月出版

山東作家東紫擅長日常生活化敘事，在《在樓群中歌唱》一書中，她敏銳細膩地觀察人情百態，寫出各階層人物在近乎無事日常生活中的情感空虛與心靈創傷。〈白貓〉藉由一隻白貓介入初老失婚男性與闊別十年的十八歲兒子重聚的生活，帶出父親對兒子期待又戒慎恐懼的情感、初老失婚男性枯寂冷漠的生活與對生命的回顧與甦醒。〈在樓群中歌唱〉中，透過喜歡唱著「我在馬路邊撿到一分錢，把它交到警察叔叔手裡邊」的清潔工李守志無意間撿到十萬元所引發的波瀾，寫出消失中的德性與安於本分的快樂。東紫的作品看似庸常，卻宛若「顯微鏡」般總能於瑣碎中見深刻。

06 狐狸序曲　甫躍輝著　二〇一四年十二月出版

剛滿三十歲的甫躍輝來自中國南方邊陲保山，大學考上了上海復旦大學，從此開始了一個鄉村青年的都市震撼教育，也開啟了他的創作之路。身為作家王安憶的學生，也為現在大陸最受注目的八〇後青年作家之一，他的小說主人公多數和他自身一樣，是外地移居上海的異鄉人，他們孤寂，他們飄零，他們邊緣，他們是大城市中的一點浮塵微粒，他們存在，但並不擁有這個世界。然而，這群浮塵微粒也有過去，因此，他也喜寫老家保山，這個孕育他想像力的故鄉。在這些鄉村書寫中，可以察覺出他對幼年時代農村生活的懷念。然而，懷念亦表示這群浮塵微粒再也回不去了，他們註定在這個世界中繼續飄零。

01 山南水北　韓少功著　二〇一四年七月出版

韓少功散文集《山南水北》的最新繁體中文版

《山南水北——八溪峒筆記》是韓少功在多年以後從大城市重新回到文革時期下放的農村，重新拿起農具務農的農村生活筆記。書中充滿了他對生命、農村、勞動、農民、自然的重新思考。特別是在現今這個只講求ＧＤＰ成長的時代，韓少功對生命、農村、勞動和自然的重新探索，開啟了我們面對世界時的另外一種思索與想像。

02 中國在梁庄　梁鴻著　二〇一五年五月出版

梁鴻在離家二十多年之後，回故鄉「梁庄」以田野考察的方式，再現中國的轉型之痛、農村之傷。透過作者具有思考力的觀察和誠懇、踏實的文筆，我們看到在當代中國經濟朝前飛越、並取得莫大的成功的同時，沒有討到便宜的「農村」在這過程中，逐漸崩壞、瓦解，漸成一個廢墟，產生了諸多的問題，比如留守老人、留守兒童產生的家庭倫理和教養問題，天主教進入農村產生的「新道德」之憂，離鄉青年們在中國當代大規模經濟資本下的生存苦鬥，成年「閏土」們欲走還留的困境，與農村改革與鄉村政治之間的衝突與折衝等等。透過梁鴻筆下的「梁庄」故事，除了道出「梁庄」這一農村的困境，更道出中國近二十年被消滅的四十個農村的美麗與哀愁。

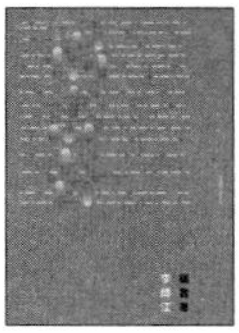

03 福壽春　李師江著　二〇一五年六月出版

在現代和傳統兩造之間欲走還留的鄉村圖景

《福壽春》是一部世情小說，且是一部近期少見的用章回體創作的長篇小說，李師江從世道人心的角度書寫現代鄉村生活。書中，李師江刻畫了一個李福仁家庭兩代人——父母與四個兒子的倫常關係與命運，透過這一家兩代人描述了中國東南海邊鄉村近十幾年來的風土人情，可說是一幅充滿命運感、生命力的風俗畫。但李師江並不著急表達這種生活的意義所在，而是用如同工筆畫一般的細膩筆觸，著力對生活本身進行日常化的精細描摹，由此我們看到一個在現代和傳統兩造之間欲走還留的鄉村圖景——又耕田又種花又做海的農民生活，迷信色彩與傳統觀念交織的鄉村精神世界，老一代農民與下一輩觀念斷裂中的痛楚和傷感，一個從農耕社會城市化正在消失的農村。

04 出梁庄記　梁鴻著　二〇一五年七月出版

梁鴻於二〇一〇年推出《中國在梁庄》之後，深感必須把散落在中國各處打工的「梁庄人」都包括進去，才是真正的「梁庄」故事。因此，他歷時兩年，走訪十餘個省市，再度以田野調查的方式訪問了三百四十餘人，最後以二十二萬字和照片，描繪出這些出梁庄的人們——也就是我們熟知的「農民工」、當代中國的特色農民——的生活與精神樣貌。他們遠離土地已久，長期在城市打工，他們對故鄉已然陌生，但對城市卻也未曾熟悉。不管在哪裡，他們都是一群永恆的「異鄉人」。梁庄外出的打工者是當代中國近二·五億農民工大軍中的一小支，從梁庄與梁庄人的遷徙與命運、生存與苦鬥，可以看到當代中國的細節與經驗的美麗與哀愁、傲慢與偏見。看梁庄人出走的路徑，也就如同在看中國農民從農村——土地出走的過程，看得見的「梁庄」故事編織出一幅幅看得見的與看不見的當代中國。

國家圖書館出版品預行編目（CIP）資料

北京一夜 / 王威廉著. --初版. --臺北市：人間, 2015. 12
320面；14.8 x 21公分
ISBN 978-986-92485-0-1（平裝）

857.63　　104024593

北京一夜

作者　王威廉
執行編輯　蔡鈺淩
封面設計　蔡佳豪
內文版型設計　黃瑪琍
排版　仲雅筠
校對　陳莉雯、林妏霜、蔡鈺淩

發行人　呂正惠
社長　林怡君
出版　人間出版社
台北市長泰街五十九巷七號
電話　（02）23370566
傳真　（02）23377447
郵政劃撥　11746473・人間出版社
電郵　renjianpublic@gmail.com

定價　三四〇元
初版一刷　二〇一五年十二月
ISBN　978-986-92485-0-1

印刷　崎威彩藝有限公司

總經銷　聯合發行股份有限公司
新北市新店區寶橋路二三五巷六弄六號二樓
電話　（02）29178022
傳真　（02）29156275